WANDERING EARTH
流浪地球

刘慈欣　王晋康　何　夕◎著

北方联合出版传媒(集团)股份有限公司
万卷出版公司

ⓒ 刘慈欣 王晋康 何夕 2016

图书在版编目（CIP）数据

流浪地球 / 刘慈欣，王晋康，何夕著 . — 沈阳 : 万卷出版公司，2016.11（2021.4 重印）
ISBN 978-7-5470-4315-8

Ⅰ . ①流… Ⅱ . ①刘… ②王… ③何… Ⅲ . ①科学幻想小说—小说集—中国—当代 Ⅳ . ① I247.7

中国版本图书馆 CIP 数据核字（2016）第 234837 号

出版发行 : 北方联合出版传媒（集团）股份有限公司
　　　　　万卷出版公司
　　　　　（地址 : 沈阳市和平区十一纬路 25 号　邮编 : 110003）
印　刷　者 : 北京欣睿虹彩印刷有限公司
经　销　者 : 全国新华书店
幅面尺寸 : 160mm × 230mm
字　　数 : 300 千字
印　　张 : 18.75
出版时间 : 2016 年 11 月第 1 版
印刷时间 : 2021 年 4 月第 23 次印刷
责任编辑 : 胡　利
版式设计 : 展　志
封面设计 : 宋晓亮
责任校对 : 高　辉
ISBN 978-7-5470-4315-8
定　　价 : 35.00 元

联系电话 : 024-23284090
邮购热线 : 024-23284050
传　真 : 024-23284521
E-mail : wanrongbook@163.com

从武侠看中国科幻三巨头

刘慈欣、王晋康、何夕三人的作品各有特点，年轻的时候，更喜欢何夕，喜欢他的随意挥洒傲岸不羁，更喜欢他高冷的寂寞和孤独，喜欢他在描写《伤心者》时展现的那种绝望；长大一点更喜欢刘慈欣，对他在硬科幻上的造诣几近膜拜，他那些作品若没有雄厚的数学功底是不可能写得出来的，而且还需要与生俱来的科幻天赋；年龄再大一点就会爱上王晋康，他对科学进步的担忧不是杞人忧天而是应该必须面对的现实，只有深具人文情怀的作者才会写出这样的作品。

金庸、梁羽生、古龙是新派武侠小说里公认的"三大家"，他们以武侠爱情故事的发展重构自己梦想中的大千世界，其中夹杂的江湖恩怨与儿女情长，令每一个华人读者都难以忘怀。可以说有华人的地方就有武侠，有武侠的地方就有金梁古。

而中国科幻圈就没有那么幸运了，至今为止，虽然已经开始感知到科幻的力量，但它仍然是一个小圈子。在这个圈子如果一定要选出"三个代表"来的话，那就是刘慈欣、王晋康和何夕。刘慈欣像金庸，王晋康像梁羽生，何夕像古龙。刘慈欣自不必说，他已经是中国科幻的旗帜性人物，成为时代认可的主流作家，当前影响力已经不在金庸之下。王晋康在科幻圈的地位一直与刘慈欣并列，只是因为《三体》气场太强，将整个科幻圈都笼罩在阴影之下，才让很多人不自觉地忽略了王晋康这位科幻界同样优秀的存在。而何夕跟刘慈欣和王晋康又不一样，他像一个独行侠，似乎并不在意自己是否是一个科幻作家，同时又游离于主流文学之外，个性随意无拘无束，完全沉迷于自己世界，像一个颓废浪子，又像一个吟游诗人，与古龙有太多相似之处。

　　作为中国三大科幻作家之首的刘慈欣，他的作品构建出一个又一个气象万千的宇宙世界，手法熟稔，结构宏大，略有瑕疵的是，工程师出身的大刘构建小说着重科幻本身，在文字方面不事雕琢，有点像程序员一样只求以极简方式达到目标，但却并没有去追求代码里的美感，所以其人物塑造略显粗糙与简陋，对于主流文学界作家而言，个体复杂，人性难测，用程式化去构造一个人就是粗鄙无文的表现，而刘慈欣笔下的人物往往形象单一，所以《三体》中程心的形象被很多人认为是一个败笔。其实作者试图将人性中最善良的部分寄托在一个女性身上，希望她的真善美能够为人类找到一丝存在价值，为无限黑暗的宇宙点燃一点光明，然而最终结果是很多读者认为程心是一个"圣母婊"，刘慈欣后期作品明显开始注意到这些缺点并试图去弥补。《球状闪电》和《三体》这两部长篇作品，越读到后面越能感觉到他底蕴深厚，想象深邃，其作品正统宏大，其恢宏意境以及层出不穷的铺陈与金庸有些相似，在文字美感和人文情怀方面，刘慈欣亦应该拥有巨大潜能。我们知道金庸是世所公认的集武侠之大成者，他的十四部作品"飞雪连天射白鹿，笑书神侠倚碧鸳"（《越女剑》不在其中）无一不是精品，人物刻画栩栩如生，故事情节环环相扣，出手气象恢宏，落笔必有丘壑。对大事件的把握，以及故事情节的构造，重峦叠嶂，悠然厚重，金、刘二位相似处极多。

王晋康的作品，公认的特点是"沉郁苍凉"，到底这种"沉郁苍凉"感是怎么产生的，至今无法解释，因为王老的外形上并不具有这样的气质，而且他的文字朴素且并无萧瑟气息，这种"沉郁苍凉"到底隐藏在王老故事里的哪个角落，一直是很多读者探讨的话题。而"沉郁苍凉"正是梁羽生武侠小说里极特殊的气质，塞外奇情，尘垢不染，朔风呼啸，爱而弥远。无论是《白发魔女传》里的练霓裳和卓一航，还是《云海玉弓缘》里的金世遗和厉胜男，以及《塞外奇侠传》中的杨云聪和飞红巾……我们都能感觉到这种冲灵空旷的抑郁，以及大漠孤烟的苍凉，而王晋康的作品表面上却看不出这些，但内里却能让人同样触摸到这种冷清。比如，他的《蚁人》《生命之歌》《水星播种》，其间对人性的深沉问诘，对宇宙终极目的的反思都让人不由得从心底升起一丝凉意。王晋康作品的另一特点是对科技的自我反思，其富含哲理的行文让资深并具有人文情怀的科幻迷喜欢，和刘慈欣"万花筒"式的硬科幻不同，他喜欢将一个包袱包装成一整篇完整的故事，借助两性观念，营造大家熟悉的家庭氛围，与冰冷的科技形成强烈对照，酝酿感性人生和理性科技的冲突。在梁羽生的作品中，英雄美人也往往在家族恩怨中演绎悲情故事，柳梦蝶与左含英的爱情演绎成《龙虎斗京华》主线，《萍踪侠影录》中张丹枫与云蕾的家族世仇是故事发展的驱动力，专注于家族，然后将故事点燃，这也是两者之间相通之处。现在主流读者对于王晋康的认识还比较浅薄，这主要是因为科幻读者的年龄和阅历限制，其实王晋康作品最深刻的地方并不是故事本身，而是他对科技发展的审视和反思，如果没有较深的人文关怀和思辨能力，很难意识到王晋康的厚重，但事实上这种超越科幻圈之外的清醒，是对人类社会的终极关怀，而这，似乎才是科幻的本真命题，更应受到关注和尊重。

何夕，则是科幻界一位活生生的古龙，他的文章有一种难以言说的诗意，这种诗性气质让人感觉到他的超然和洒脱，甚至有点与尘世格格不入，所以何夕的文章在科幻读者中有两个极端，喜欢他的人喜欢得要命，不喜欢的人说他装×。古龙亦如是，喜欢他的人觉得他已超越了金庸，不喜欢他的人说他只知道自己抄袭自己。何夕的小说更像是兴之所至、笔之所至，不知道他师承何派，与西方的正统科幻没有任何牵连，与本土作家的文风亦相去甚远。何夕小说的主人公就是他自己，虽然这种自恋情结让人很是不爽，但正是这种投入感使得其文章直达人心，甚至接近癫狂。比如何夕在描写《伤心者》时，你能感受到他内心深处的黑暗，这种来自骨子里的诗性悲哀是科幻界任何一个作家都难望其项背的，他心中的黑暗和绝望，不是因为宇宙，而是他的内心世界，这是成为一个伟大作家的必备潜质，用第六感去触摸几万光年以外的绝望，这需要极其强大的想象力。从技术层面来讲，甚至可以说这两种思维是完全背逆的，一种是文学作品本身所需要的性感和海阔天空，一边又是科幻需要的理性和逻辑清晰，一种是社会科学思维，一种是自然科学思维，将这两者结合得很好并非易事，所以在科幻圈或者科幻迷的眼中，谈到文笔更多读者推崇的是何夕，认为只有他的文字才能与主流作家一较高下。何夕的《伤心者》非常全面地展示了他的文笔功底，小说讲述了一个非主流基础数学男坎坷的经历，性格描述入木三分，与古龙小说《边城浪子》里的傅红雪、《多情剑客无情剑》里的阿飞极为类似，他们都是不世出的天才，不容于尘世，这种落拓被写得荡气回肠，让人心灵震撼。何夕和古龙，都以想法奇特、描写诡异在各自领域独树一帜，他们以"剑走偏锋"的方式成就了自己的江湖地位。

刘慈欣、王晋康、何夕三人的作品各有特点，年轻的时候，更喜欢何夕，喜欢他的随意挥洒傲岸不羁，更喜欢他高冷的寂寞和孤独，喜欢他在描写《伤心者》时展现的那种绝望；长大一点更喜欢刘慈欣，对他在硬科幻上的造诣几近膜拜，他那些作品若没有雄厚的数学功底是不可能写得出来的，而且还需要与生俱来的科幻天赋；年龄再大一点就会爱上王晋康，他对科学进步的担忧不是杞人忧天而是应该必须面对的现实，只有深具人文情怀的作者才会写出这样的作品。

中国科幻圈冷清多年，这三位作者各自做出了自己的努力，因为《三体》的关系，目前国内科幻市场逐渐向市场巅峰靠近，但是刘慈欣还是比较有自知之明的，在媒体和科幻迷都因为《三体》乐观估计中国科幻就此兴起的时候，刘慈欣还在说，中国科幻的销量还不够，中国科幻还有很长的路要走。相比于红了近 40 年的武侠，科幻仍然还是一片处女地，相比于武侠万部长篇，科幻的长篇作品屈指可数，相比于武侠层出不穷的接棒者，科幻圈新生代寥寥无几。

谈中国科幻三大家，固然有些草率轻浮，但数年观察也并非完全杜撰，只是希望有一些高峰的存在，让更多年轻人有追寻目标，希望在不久的将来，能看到中国科幻圈不仅只是高山巍峨，还有更多的是群峰耸立！

科幻作家、前南都网评论主编　罗金海

目 录

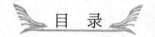

流浪地球——太阳熄灭，人类搬家

刹车时代

我没见过黑夜，我没见过星星，我没见过春天、秋天和冬天。

我出生在刹车时代结束的时候，那时地球刚刚停止转动。

地球自转刹车用了四十二年，比联合政府的计划长了三年。妈妈给我讲过我们全家看最后一次日落的情景——太阳落得很慢，仿佛在地平线上停住了，用了三天三夜才落下去。当然，以后没有"天"也没有"夜"了。东半球在相当长的一段时间里（有十几年吧）将处于永远的黄昏中，因为太阳在地平线下并没落深，还在半边天上映出它的光芒。

就在那次漫长的日落中，我出生了。

黄昏并不意味着昏暗，地球发动机把整个北半球照得通明。地球发动机安装在亚洲和美洲大陆上，因为只有这两个大陆完整坚实的板块结构才能承受发动机对地球巨大的推力。地球发动机共有 1.2 万台，分布在亚洲和美洲大陆的各个平原上。从我住的地方，可以看到几百台发动机喷出的等离子体光柱。你想象一座巨大的宫殿，有雅典卫城上的神殿那么大，殿中有无数根顶天立地的巨柱，每根柱子都像巨大的日光灯管那样发出蓝白色的强光，而你则是那巨大宫殿地板上的一个细菌，这样，你就可以想象到我所在的世界是什么样子了。其实这样描述还不是太准确，地球发动机的喷射必须有一定的角度，这样切线推力分量才能刹住地球的自转，所以天空中的那些巨型光柱是倾斜的，我们是处在一个将要倾倒的巨殿中！如果有人突然从南半球到北半球，多半会精神失常的。比这景象更可怕的是发动机带来的酷热，户外气温高达七八十摄氏度，必须穿冷却服才能外出。在这样的气温下，常常会有暴雨，而发动机光柱穿过乌云时的景象简直是一场噩梦！光柱蓝白色的强光在云中散射，变成无数种色彩组成的疯狂涌动的光晕，整个天空仿佛被白热的火山岩浆所覆盖。爷爷老糊涂了，有一次被酷热折磨得实在受不了，看到下大雨喜出望外，赤膊冲出门去，我们没来得及拦住他，外面雨点已被地球发动机超高温的等离子光柱烤沸，把他身上烫脱了一层皮。

但对于在北半球出生的我们这一代人来说，这一切都很自然，就如同刹车时代以前的人们，看见太阳、星星和月亮很自然一样。我们把那以前人类的历史都叫作"前太阳时代"，那真是个让人神往的黄金时代啊！

在我小学入学时，作为一门课程，老师带我们班的30个孩子进行了一次环球旅行。这时地球已经完全停转，地球发动机除了维持这颗行星的静止状态外，只进行一些姿态调整，所以从我三岁到六岁的三年中，光柱的光度大为减弱，这使得我们可以在这次旅行中更好地认识我们的世界。

我们首先近距离见到了地球发动机，是在石家庄附近的太行山出口处看到的。那是一座金属的高山，在我们面前赫然耸立，占据了半个天空。同它相比，西边的太行山脉如同一串小土丘。有的孩子惊叹它如珠峰一样高。我们的班主任小星老师是一位漂亮姑娘，她笑着告诉我们，这台发动机的高度是 11000 米，比珠峰还要高 2000 多米，人们管它叫"上帝的喷灯"。我们站在它巨大的阴影中，感受着它通过大地传来的震动。

地球发动机分为两大类，大一些的叫"山"，小一些的叫"峰"。我们登上了"华北 794 号山"。登"山"比登"峰"花的时间长，因为"峰"是靠巨型电梯上下的，上"山"则要坐汽车沿盘"山"公路走。我们的汽车混在不见首尾的长长车队中，沿着光滑的钢铁公路向上爬行。我们的左边是青色的金属峭壁，右边是万丈深渊。车队由 50 吨重巨型自卸卡车组成，车上满载着从太行山上挖下的岩石。汽车很快升到了 5000 米以上，下面的大地已看不清细节，只能看到地球发动机反射的一片青光。小星老师让我们戴上氧气面罩。随着我们距喷口越来越近，光度和温度都在剧增，面罩的颜色渐渐变深，冷却服中的微型压缩机也大功率地忙碌起来。在 6000 米处，我们见到了进料口，一车车的大石块倒进那闪着幽幽红光的大洞中，一点声音都没传出来。我问小星老师："地球发动机是如何把岩石做成燃料的?"

"重元素聚变是一门很深的学问，现在给你们还讲不明白。你们只需要知道，地球发动机是人类建造的力量最大的机器，比如我们所在的华北 794 号，全功率运行时能对大地产生 150 亿吨的推力。"

我们的汽车终于登上了山顶，喷口就在我们头顶上。由于光柱的直径太大，我们现在抬头看到的是一堵发着蓝光的等离子体巨墙，向上伸延到无限高处。这时，我突然想起不久前的一堂哲学课，那个憔悴的老师给我们出了一个谜语："你在平原上走着走着，突然迎面遇到一堵墙，这墙向上无限高，向下无限深，向左无限远，向右无限远，这墙是什么？"

我打了一个寒战，随后把这个谜语告诉了身边的小星老师。她想了好长一会儿，困惑地摇摇头。我把嘴凑到她耳边，把那个可怕的谜底告诉她："死亡。"

她默默地看了我几秒钟，突然把我紧紧地抱在怀里。我从她的肩上极目望去，迷蒙的大地上，耸立着一座座金属巨峰，从我们周围一直延伸到地平线。巨峰吐出的光柱，如一片倾斜的宇宙森林，刺破我们摇摇欲坠的天空。

我们很快到达了海边，看到城市摩天大楼的尖顶伸出海面，退潮时，白花花的海水从大楼无数的窗子中流出，形成一道道瀑布……刹车时代刚刚结束，其对地球的影响已触目惊心：地球发动机加速造成的潮汐吞没了北半球三分之二的大城市；发动机带来的全球高温融化了极地冰川，更给这大洪水推波助澜，波及南半球。爷爷在30年前目睹了百米高的巨浪吞没上海的情景，他现在讲这事的时候眼还直勾勾的。事实上，我们的星球还没起程就已面目全非了，谁知道在以后漫长的外太空流浪中，还有多少苦难在等着我们呢？

我们乘上一种叫"船"的古老交通工具，在海面上航行。地球发动机的光柱在后面越来越远，一天以后就完全看不见了。这时，大海处在两片霞光之间——一片是西面地球发动机的光柱产生的青蓝色霞光，一片是东方海平面下的太阳产生的粉红色霞光——它们在海面上的反射使大海也分成了闪耀着两色光芒的两部分，我们的船就行驶在这两部分的分界处，这景色真是奇妙。但随着青蓝色霞光的渐渐减弱和粉红色霞光的渐渐增强，一种不安的气氛在船上弥漫开来。甲板上见不到孩子们了，他们都躲在船舱里不出来，舷窗的帘子也被紧紧拉上。一天后，我们最害怕的时刻终于到来了。我们集合在那间用来做教室的大舱中，小星老师庄严地宣布："孩子们，我们要去看日出了。"

没有人动。我们目光呆滞，像突然冻住一样僵在那儿。小星老师又催了几次，还是没人动。她的一位男同事说："我早就提过，环球体验课应该放在近代史课后面，学生在心理上就比较容易适应了。"

"那没什么用的。在近代史课前，他们早就从社会上知道一切了。"小星老师说。她接着对几位班干部说："你们先走，孩子们，不要怕，我小时候第一次看日出也很紧张的，但看过一次就好了。"

孩子们终于一个个站了起来，朝着舱门挪动脚步。这时，我感到一只湿湿的小手抓住了我的手，回头一看，是灵儿。

"我怕……"她嘤嘤地说。

"我们在电视上也看到过太阳，反正都一样的。"我安慰她说。

"怎么会一样呢，你在电视上看蛇和看真蛇一样吗？"

"……反正我们得上去，要不这门课会扣分的！"

我和灵儿紧紧拉着手，和其他孩子一起战战兢兢地朝甲板走去，去面对我们人生中的第一次日出。

"其实，人类把太阳同恐惧连在一起也只是这三四个世纪的事。这之前，人类是不怕太阳的，相反，太阳在他们眼中是庄严和壮美的。那时地球还在转动，人们每天都能看到日出和日落。他们对着初升的太阳欢呼，赞颂落日的美丽。"小星老师站在船头对我们说。海风吹动着她的长发，在她身后，海天连接处射出几道光芒，好像海面下的一头大得无法想象的怪兽喷出的鼻息。

终于，我们看到了那令人胆寒的火焰。开始只是天水连线上的一个亮点，但很快增大，渐渐显示出了圆弧的形状。这时，我感到自己的喉咙被什么东西掐住了，恐惧使我窒息，脚下的甲板仿佛突然消失，我在向海的深渊坠下去，坠下去……和我一起下坠的还有灵儿，她那蛛丝般柔弱的小身躯紧贴着我颤抖不已。还有其他孩子，其他所有人，整个世界，都在下坠。这时我又想起了那个谜语，我曾问过哲学老师，那堵墙是什么颜色的，他说应该是黑色的。我觉得不对，我想象中的死亡之墙应该是雪亮的，这就是为什么那道等离子体墙让我想起了死亡。这个时代，死亡不再是黑色的，而是闪电的颜色。当那最后的闪电到来时，世界将在瞬间变成蒸汽。

三个多世纪前，天体物理学家就发现太阳内部氢转化为氦的速度突然加快，于是，他们发射了上万枚探测器穿过太阳，最终建立了这颗恒星完整精确的数学模型。巨型计算机对这个模型计算的结果表明，太阳的演化已向主星序外偏移，氦元素的聚变将在很短的时间内传遍整个太阳内部，由此产生一次叫"氦闪"的剧烈爆炸。之后，太阳将变为一颗巨大但暗淡的红巨星，它膨胀到如此之大，地球将在太阳内部运行！事实上，在这之前的氦闪爆发中，我们的星球已被气化了。

这一切将在四百年内发生，现在已过了三百八十年。

太阳的灾变将炸毁和吞没太阳系所有适合居住的类地行星，并使所有类木行星完全改变形态和轨道。自第一次氦闪后，随着重元素在太阳中心的反复聚集，太阳氦闪将在一段时间内反复发生，这"一段时间"是相对于恒星演化来说的，其长度实际上可能是人类历史的上千倍。所以，人类在以后的太阳系中已无法生存下去，唯一的生路是向外太空恒星际移民。而照人类目前的技术力量，全人类移民唯一可行的目标是半人马座比邻星，这是距我们最近的恒星，有四点三光年的路程。在这个问题上，人们已达成共识，争论的焦点在移民方式上。

为了加强教学效果，我们的船在太平洋上折返了两次，又给我们制造了两次日出。现在我们已完全适应了，也相信了南半球那些每天面对太阳的孩子确实能活下去。

以后我们就在太阳下航行了。太阳在空中越升越高，凉爽下来的天气又热了起来。我正在自己的舱里昏昏欲睡，忽然听到外面有喧闹纷乱的人声。灵儿推开门，探进头来。

"嗨，飞船派和地球派又打起来了！"

我对这事儿不感兴趣，他们已经打了四个世纪了。但我还是到外面看了看，在那打成一团的几个男孩儿中，一眼就看出了挑起事儿的是阿东。他爸爸是个顽固的飞船派，因参加一次反联合政府的暴动，现在还被关在监狱里。有其父，必有其子。

小星老师和几名粗壮的船员好不容易才拉开架，阿东鼻子血糊糊的，振臂高呼："把地球派扔到海里去！"

"我也是地球派，也要扔到海里去？"小星老师问。

"地球派都扔到海里去！"阿东毫不示弱。现在，全世界飞船派情绪又呈上升趋势，所以他们也狂起来了。

"为什么这么恨我们？"小星老师问。

"我们不和地球派傻瓜在地球上等死！"其他几个飞船派小子接着

喊了起来。

"我们要坐飞船走！飞船万岁！"

……

小星老师按了一下手腕上的全息显示器，我们面前的空中立刻显示出一幅全息图像，孩子们的注意力被它吸引过去，暂时安静下来。那是一个晶莹透明的密封玻璃球，直径大约十厘米，球里有三分之二充满了水，水中有一只小虾、一小枝珊瑚和一些绿色的藻类植物，小虾在水中悠然地游动着。小星老师说："这是阿东的一件自然课设计作品，小球中除了这几样东西外，还有一些看不见的细菌，它们在密封的玻璃球中相互依赖，相互作用。小虾以海藻为食，从水中摄取氧气，排出含有机物质的粪便和二氧化碳废气。细菌将这些东西分解成无机物质和二氧化碳。然后，海藻利用这些无机物质和二氧化碳在人造阳光的照射下进行光合作用，制造营养物质，进行生长和繁殖，同时放出氧气，供小虾呼吸。这样的生态循环应该能使玻璃球中的生物在只有阳光供应的情况下生生不息。这是我见过的最好的课程设计。我知道，这里面凝聚了阿东和所有飞船派孩子的梦想。这就是你们梦中飞船的缩影啊！阿东告诉我，他按照计算机中严格的数学模型，对球中每一样生物进行了基因设计，使它们的新陈代谢正好达到平衡。他坚信，球中的生命世界会长期存在下去，直到小虾寿命的终点。老师们都很钟爱这件作品。我们把它放到所要求强度的人造阳光下，默默地祝福他创造的这个小小的世界，能像阿东预想的那样长存。但现在，时间只过去了十几天……"

小星老师从随身带来的一个小箱子中小心翼翼地拿出了那个玻璃球。死去的小虾漂浮在水面上，水混浊不堪，腐烂的藻类植物已失去了绿色，变成一团没有生命的毛状物覆盖在珊瑚上。

"这个小世界死了。孩子们，谁能说出为什么?"小星老师把那个死亡的世界举到孩子们面前。

"它太小了!"

"说得对，太小了。小的生态系统，不管多么精确，也是经不起时间的风浪的。飞船派想象中的飞船也一样。"

"我们的飞船可以造得像上海或纽约那么大。"阿东说，声音比刚才低了许多。

"是的，按人类目前的技术最多也只能造这么大。但同地球相比，这样的生态系统还是太小了，太小了。"

"我们会找到新的行星。"

"这连你们自己也不相信。半人马座没有行星，最近的有行星的恒星在850光年以外，目前人类能建造的最快的飞船也只能达到光速的百分之零点五，这样就需17万年才能到那儿，飞船规模的生态系统连这十分之一的时间都维持不了。孩子们，只有像地球这样规模的生态系统、这样气势磅礴的生态循环，才能使生命万代不息! 人类在宇宙间离开了地球，就像婴儿在沙漠里离开了母亲!"

"可……老师，我们来不及了，地球来不及了——它还来不及加速到足够快，航行到足够远，太阳就爆炸了!"

"时间是够的，要相信联合政府! 这我说了很多遍。如果你们还不相信，我们就退一万步说: 人类将自豪地去死，因为我们尽了最大的努力!"

人类的逃亡分为五步: 第一步，用地球发动机使地球停止自转，使发动机喷口对准地球运行的反方向;第二步，全功率开动地球发动机，使地球加速到逃逸速度，飞出太阳系；第三步，在外太空继续加速，飞向比邻星；第四步，在中途使地球重新自转，掉转发动机方向，开始减速；第五步，地球泊入比邻星轨道，成为这颗恒星的行星。人们把这五步分别称为刹车时代、逃逸时代、流浪时代Ⅰ（加速）、流浪时代Ⅱ（减速）、新太阳时代。

整个移民过程将延续2500年时间，一百代人。

我们的船继续航行，到了地球黑夜的部分。在这里，阳光和地球发动机的光柱都照不到，在大西洋清凉的海风中，我们这些孩子第一次看到了星空。天啊，那是怎样的景象啊，美得让我们心醉。小星老师一手搂着我们，一手指着星空。看，孩子们，那就是半人马座，那就是比邻星，那就是我们的新家！说完她哭了起来，我们也都跟着哭了，周围的水手和船长，这些铁打的汉子也流下了眼泪。所有的人都用泪眼望着老师指的方向，星空在泪水中扭曲抖动，唯有那颗星星是不动的。它是黑夜大海狂浪中远方陆地的灯塔，是冰雪荒原中快要冻死的孤独旅人前方隐现的火光，是我们心中的太阳，是人类在未来一百代的苦海中唯一的希望和支撑……

在回家的航程中，我们看到了起航的第一个信号：夜空中出现了一颗巨大的彗星，那是月球。人类带不走月球，就在月球上也安装了行星发动机，把它推离地球轨道，以免在地球加速时相撞。月球上行星发动机产生的巨大彗尾使大海笼罩在一片蓝光之中，群星看不见了。月球移动产生的引力潮汐使大海巨浪滔天，我们改乘飞机向南半球的家飞去。

起航的日子终于到了！

我们一下飞机，就被地球发动机的光柱照得睁不开眼，这些光柱比以前亮了几倍，而且所有光柱都由倾斜变成笔直。地球发动机开到了最大功率，加速产生的百米巨浪轰鸣着扑向每个大陆，灼热的飓风夹着滚烫的水沫，在林立的顶天立地的等离子光柱间疯狂呼啸，拔起了陆地上所有的大树……这时从宇宙空间看，我们的星球也成了一颗巨大的彗星，蓝色的彗尾刺破了黑暗的太空。

地球上路了，人类上路了。

就在起航时，爷爷去世了，他身上的烫伤已经感染。弥留之际，他反复念叨着一句话："啊，地球，我的流浪地球啊……"

逃逸时代

学校要搬入地下城了，我们是第一批入城的居民。校车钻进了一个高大的隧洞，隧洞呈不大的坡度向地下延伸。走了有半个钟头，我们被告知已入城了，可车窗外哪有城市的样子？只看到不断掠过的错综复杂的支洞和洞壁上无数的密封门，在高高洞顶的一排泛光灯下，一切都呈单调的金属蓝色。想到后半生的大部分时光都要在这个世界中度过，我们不禁黯然神伤。

"原始人就住洞里，我们又住洞里了。"灵儿低声说，这话还是让小星老师听见了。

"没有办法的，孩子们，地面的环境很快就要变得很可怕很可怕。那时，冷的时候，吐一口唾沫，还没掉到地上呢，就冻成小冰块儿了；热的时候，再吐一口唾沫，还没掉到地上，就变成蒸汽了！"

"冷我知道，因为地球离太阳越来越远了。可为什么还会热呢？"同车的一个低年级的小娃娃问。

"笨，没学过变轨加速吗？"我没好气地说。

"没有。"

灵儿耐心地解释起来，好像是为了缓解刚才的悲伤："是这样，跟你想的不同，地球发动机没那么大劲儿，它只能给地球很小的加速度，不能把地球一下子推出绕日轨道。在地球离开太阳前，还要绕着它转15个圈儿呢！在这期间，地球会慢慢加速。现在，地球绕太阳转着一个挺圆的圈儿，可它的速度越快呢，这圈儿就越扁，越快越扁，越快越扁……所以后来，地球有时会离太阳很远很远，当然冷了……"

"可……还是不对！地球到最远的地方是很冷，可在扁圈的另一头儿，它离太阳——嗯，我想想，按轨道动力学，它离太阳还是现在这么近啊，怎么会更热呢？"

真是个小天才，记忆遗传技术使这样的小娃娃具备了成人的智力水平，这是人类的幸运，否则，像地球发动机这样连神都不敢想的奇迹，是不会在四个世纪内变成现实的。

我说："还有地球发动机呢，小傻瓜。现在，一万多台那样的大喷灯全功率开动，地球就成了火箭喷口的护圈了……你们安静点吧，我心里烦！"

我们就这样开始了地下的生活，像这样在地下500米处人口超过百万的城市遍布各个大陆。在这样的地下城中，我读完小学并升入中学。学校教育都集中在理工科，艺术和哲学之类的教育被压缩到最少——人类没有这份闲心了。这是人类最忙的时代，每个人都有做不完的工作。历史课还是有的，只是课本中前太阳时代的人类历史在我们听来就像伊甸园中的神话一样。

父亲是空军的一名近地轨道宇航员，在家的时间很少。记得在变轨加速的第五年，在地球处于远日点时，我们全家到海边去过一次。运行到远日点顶端那一天，是一个如同新年或圣诞节一样的节日，因为这时地球距太阳最远，人们都有一种虚幻的安全感。像以前到地面上去一样，我们必须穿上带有核电池的全密封加热服。外面，地球发动机林立的刺目光柱是主要能看见的东西，地面世界的其他部分都淹没于光柱的强光中，看不出变化。我们乘飞行汽车飞了很长时间，到了光柱照不到的地方，到了能看见太阳的海边。这时的太阳只有棒球大小，一动不动地悬在天边，它的光芒只在自己的周围映出了一圈晨曦似的亮影。天空呈暗暗的深蓝色，星星仍清晰可见。举目望去，哪有海啊，眼前是一片白茫茫的冰原。在这封冻的大海上，有大群狂欢的人。焰火在暗蓝色的空中绽放，冰冻海面上的人们以一种反常的情绪狂欢着，到处都是喝醉了在冰上打滚儿的人，更多的人在声嘶力竭地唱着不同的歌，都想用自己的声音压住别人。

"每个人都在不顾一切地过自己想过的生活，这也没有什么不好。"爸爸突然想起了一件事，"呵，忘了告诉你们，我爱上了黎星，我要离开你们和她在一起。"

"她是谁？"妈妈平静地问。

"我的小学老师。"我替爸爸回答。我升入中学已两年，不知道爸爸和小星老师是怎么认识的，也许是在两年前那个毕业仪式上？

"那你去吧。"妈妈说。

"过一阵子我肯定会厌倦，那时我就回来，你看呢？"

"你要愿意当然行。"妈妈的声音像冰冻的海面一样平，但很快激动起来，"啊，这一颗真漂亮，里面一定有全息散射体！"她指着刚在空中绽放的一朵焰火，真诚地赞美着。

在这个时代，人们看四个世纪以前的电影和小说时都莫名其妙。他们不明白，前太阳时代的人怎么会在不关生死的事情上倾注那么多的感情。当看到男女主人公为爱情而痛苦或哭泣时，他们的惊奇是难以言表的。在这个时代，死亡的威胁和逃生的欲望压倒了一切。除了当前太阳的状态和地球的位置，没有什么能真正引起他们的注意并打动他们了。这种注意力高度集中的关注，渐渐从本质上改变了人类的心理状态和精神生活。对于爱情这类东西，他们只是用余光瞥一下而已，就像赌徒在盯着轮盘的间隙抓住几秒钟喝口水一样。

过了两个月，爸爸真从小星老师那儿回来了，妈妈没有高兴，也没有不高兴。

爸爸对我说："黎星对你印象很好，她说你是一个有创造力的学生。"

妈妈一脸茫然："她是谁？"

"小星老师嘛，我的小学老师，爸爸这两个月就是同她在一起的！"

"哦，想起来了！"妈妈摇头笑了，"我还不到四十，记忆力就成了这个样子。"她抬头看看天花板上的全息星空，又看看四壁的全息森林，"你回来挺好，把这些图像换换吧，我和孩子都看腻了，但我们都不会调整这玩意儿。"

地球再次向太阳跌去的时候，我们全家已经把爸爸和小星老师的事忘了。

有一天，新闻报道海冰在融化，于是我们全家又到海边去。地球正在通过火星轨道，按照这时太阳的光照量，地球的气温应该仍然是很低的，但由于地球发动机的影响，地面的气温正适宜。能不穿加热服或冷却服去地面，那感觉真令人愉快。地球发动机所在的半球天空还是老样子，但到达另一个半球时，真正感到了太阳的临近：天空是明朗的纯蓝色，太阳在空中已同起航前一样明亮了。可我们从空中看到海冰并没融化，还是一片白色的冰原。当我们失望地走出飞行汽车时，听到惊天动地的隆隆声，那声音仿佛来自这颗星球的最深处，真像地球要爆炸一样。

"这是大海的声音！"爸爸说，"因为气温骤升，厚厚的冰层受热不均匀，这很像陆地上的地震。"

突然，一声雷霆般尖厉的巨响插进这低沉的隆隆声中，我们后面看海的人群欢呼起来。我看到海面上裂开一道长缝，其开裂速度之快如同广阔的冰原上突然出现的一道黑色闪电。接着在不断的巨响中，这样的裂缝一条接一条地在海冰上出现，海水从所有的裂缝中涌出，在冰原上形成一条条迅速扩散的急流……

回家的路上，我们看到荒芜已久的大地上，野草在大片大片地钻出地面，各种花朵竞相怒放，嫩叶给枯死的森林披上绿装……所有的生命都在抓紧时间焕发活力。

随着地球和太阳的距离越来越近，人们的心也一天天揪紧了。到地面上来欣赏春色的人越来越少，大部分人都深深地躲进了地下城中。他们这不是为了躲避即将到来的酷热、暴雨和飓风，而是躲避那对越来越近的太阳的恐惧。有一天，在我睡下后，听到妈妈低声对爸爸说："可能真的来不及了。"

爸爸说："前四个近日点时也有这种谣言。"

"可这次是真的，我是从钱德勒博士夫人口中听说的，她丈夫是航行委员会的那个天文学家，你们都知道他的。他亲口告诉她，已观测到氦的聚集在加速。"

"你听着，亲爱的，我们必须抱有希望，这并不是因为希望真的存在，而是因为我们要做高贵的人。在前太阳时代，做一个高贵的人必须拥有金钱、权力或才能，而在今天，你只需要拥有希望。希望是这个时代的黄金和宝石，不管活多长，我们都要拥有它！明天把这话告诉孩子。"

和所有的人一样，我也随着近日点的到来而心神不定。有一天放学后，我不知不觉走到了城市中心广场，在广场中央有喷泉的圆形水池边呆立着，时而低头看着蓝莹莹的池水，时而抬头望着广场圆形穹顶上梦幻般的光波纹，那是池水反射上去的。这时我看到了灵儿，她拿着一个小瓶子和一根小管儿，在吹肥皂泡。每吹出一串，她都呆呆地盯着空中飘浮的泡泡，看着它们一个个消失，然后再吹出一串……

"都这么大了还干这个，好玩吗？"我走过去问她。

灵儿见了我喜出望外："我俩去旅行吧！"

"旅行？去哪儿？"

"当然是地面啦！"她挥手在空中划了一下，用手腕上的计算机甩出一幅全息景象，显示出一片落日下的海滩。微风吹拂着棕榈树，白浪拍打着金黄的沙滩，一对对情侣在铺满碎金的海面前相依相偎。"这是梦娜和大刚发回来的，他俩现在还满世界转呢，他们说外面现在还不太热，外面可好呢，我们去吧！"

"他们因为旷课刚被学校开除了。"

"哼，你根本不是怕这个，你是怕太阳！"

"你不怕吗？别忘了你因为怕太阳还看过精神病医生呢。"

16

"可我现在不一样了，我受到了启示！你看，"灵儿用小管儿吹出了一串肥皂泡，"盯着它看！"她用手指着一个肥皂泡说。

我盯着那个泡泡，看到它表面上光和色的狂澜，那狂澜以人的感觉无法把握的复杂和精细在涌动，好像那个泡泡知道自己生命短暂，所以要疯狂地把浩如烟海的记忆中的无数梦幻和传奇向世界演绎。很快，光和色的狂澜在一次无声的爆炸中消失了。我看到了一小片似有似无的水汽，这水汽也只存在了半秒钟，然后什么都没有了，好像什么都没有存在过。

"看到了吗？地球就是宇宙中的一个小水泡，啪一下，什么都没了，有什么好怕的呢？"

"不是这样的，据计算，在氦闪发生时，地球被完全蒸发掉至少需要 100 个小时。"

"这就是最可怕之处了！"灵儿大叫起来，"我们在这地下 500 米，就像馅饼里的肉馅一样，先给慢慢烤熟了，再蒸发掉！"

一阵冷战传遍我的全身。

"但在地面就不一样了，那里的一切瞬间被蒸发，地面上的人就像那泡泡一样，啪一下……所以，氦闪时还是在地面上为好。"

不知为什么，我没同她去，她就同阿东去了，我以后再也没见到他们。

氦闪并没有发生，地球高速掠过了近日点，第六次向远日点升去，人们绷紧的神经松弛下来。由于地球自转已停止，在绕日轨道的这一侧，亚洲大陆上的地球发动机面朝地球的运行方向，所以在通过近日点前都停了下来，只是偶尔做一些调整姿态的运行，我们这儿处于宁静而漫长的黑夜之中。美洲大陆上的发动机则全功率运行，那里成了火箭喷口的护圈。由于太阳这时正悬挂在西半球，那儿的高温更是可怕，草木生烟。

地球的变轨加速就这样年复一年地进行着。每当地球向远日点升去时，人们的心也随着地球与太阳距离的日益拉长而放松；而当它在新的一年向太阳跌去时，人们的心就一天天紧缩起来。每次到达近日点，社会上就谣言四起，说太阳氦闪就要在这时发生。直到地球再次升向远日点，人们的恐惧才随着天空中渐渐变小的太阳平息下来，但下一次恐惧又在酝酿……人类的精神像在荡着一个宇宙秋千，更恰当地说，在经历着一场宇宙俄罗斯轮盘赌——升上远日点和跌向太阳的过程是在转动弹仓，掠过近日点时则是扣动扳机！每扣一次时的神经比上一次更紧张。我就是在这种交替的恐惧中度过了自己的少年时代。其实仔细想想，即使在远日点，地球也未脱离太阳氦闪的威力圈，如果那时太阳氦闪爆发，地球不是被气化而是被慢慢液化，那种结果还真不如在近日点。

在逃逸时代，大灾难接踵而至。

由于地球发动机产生的加速度及运行轨道的改变，地核中铁镍核心的平衡被扰动，其影响穿过古腾堡不连续面，波及地幔。各个大陆地热逸出，火山爆发，这对于人类的地下城市是致命的威胁。从第六次变轨周期后，在各大陆的地下城中，岩浆渗入灾难频繁发生。

那天警报响起来的时候，我正走在放学回家的路上，听到市政厅的广播："F112市全体市民注意，城市北部屏障已被地应力破坏，岩浆渗入！岩浆渗入！现在岩浆流已到达第四街区！公路出口被封死，全体市民到中心广场集合，通过升降梯向地面撤离。注意，撤离时按《危急法》第五条行事。强调一遍，撤离时按《危急法》第五条行事！"

我环视了一下四周迷宫般的通道，地下城现在看上去并没有什么异常。但我知道现在的危险：只有两条通向外部的地下公路，其中一条去年因加固屏障的需要已被堵死，如果剩下的这条也堵死了，就只有通过经竖井直通地面的升降梯逃命了。升降梯的载运量很小，要把这座城市的 36 万人运出去需要很长时间，但也没有必要去争夺生存的机会，联合政府的《危急法》把一切都安排好了。

古代曾有过一个伦理学问题：当洪水到来时，如果一次只能救走一个人，是去救父亲呢，还是去救儿子？在这个时代的人看来，这个问题很不可理解。

当我到达中心广场时，看到人们已按年龄排起了长队。最靠近电梯口的是由机器人保育员抱着的婴儿，然后是幼儿园的孩子，再往后是小学生……我排在队伍靠前的部分。爸爸现在在近地轨道值班，城里只有我和妈妈。我现在看不到妈妈，就顺着长长的队伍跑，没跑多远就被士兵拦住了。我知道她在最后一段，因为这座城市是学校集中地，家庭很少，她已经算年纪大的那批人了。

长队以让人心里着火的慢速度向前移动。三个小时后，轮到我跨进升降梯时，心里一点都不轻松，因为这时在妈妈和生存之间，还隔着两万多名大学生呢！而我已闻到了浓烈的硫黄味……

我到地面两个半小时后，岩浆就在 500 米深的地下吞没了整座城市。我心如刀绞地想象着妈妈最后的时刻：她同没能撤出的 1.8 万人一起，看着岩浆涌进市中心广场。那时已经停电，整个地下城只有岩浆那可怖的暗红色光芒。广场那高大的白色穹顶在高温中渐渐变黑，所有的遇难者可能还没接触到岩浆，就被这上千度的高温夺去了生命。

但生活还在继续。在这残酷可怕的现实中，爱情仍不时闪现出迷人的火花。为了缓解人们的紧张情绪，在第十二次到达远日点时，联合政府居然恢复了中断达两个世纪的奥运会。我作为一名机动雪橇拉力赛选手参加了奥运会，驾驶机动雪橇，从上海出发，沿冰面横穿封冻的太平洋，再横穿美洲大陆，到达终点纽约。

发令枪响过之后，上百只雪橇在冰冻的海洋上以每小时200公里左右的速度出发了。开始还有几只雪橇相伴，但两天后，它们或前或后，都消失在地平线之外。这时，背后地球发动机的光芒已经看不到了，我正处于地球最黑暗的部分。在我眼中，世界就是由广阔的星空和向四面无限延伸的冰原组成的，这冰原似乎一直延伸到宇宙的尽头，或者它本身就是宇宙的尽头。而在无限的星空和无限的冰原组成的宇宙中，只有我一个人！雪崩般的孤独感压倒了我，我想哭。我拼命地赶路，名次已无关紧要，只是为了在这可怕的孤独感杀死我之前尽早地摆脱它，而那想象中的彼岸似乎根本就不存在。

就在这时，我看到天边出现了一个人影。近了些后，我发现那是一个姑娘，正站在她的雪橇旁，长发在冰原上的寒风中飘动。你知道这时遇见一个姑娘意味着什么——我们的后半生由此决定了。她是日本人，叫山彬加代子。女子组比我们先出发12个小时，她的雪橇卡在冰缝中，把一根滑竿卡断了。我一边帮她修雪橇，一边把自己刚才的感觉告诉她。

"您说得太对了，我也是那样的感觉！是的，好像整个宇宙中就只有你一个人！知道吗？我看到您从远方出现时，就像看到太阳升起一样呢！"

"那你为什么不叫救援飞机？"

"这是一场体现人类精神的比赛。要知道，流浪地球在宇宙中是叫不到救援的！"她挥动着小拳头，以日本人特有的执着说。

"不过现在总得叫了，我们都没有备用滑竿，你的雪橇修不好了。"

"那我坐您的雪橇一起走好吗？如果您不在意名次的话。"

我当然不在意，于是，我和加代子一起在冰冻的太平洋上走完了剩下的漫长路程。经过夏威夷后，我们看到了天边的曙光。在被那个小小的太阳照亮的无际冰原上，我们向联合政府的民政部发去了结婚申请。

当我们到达纽约时，这个项目的裁判们早等得不耐烦，收摊走了。但有一个民政局的官员在等我们，他向我们致以新婚的祝贺，然后开始履行职责：他挥手在空中画出一个全息图像，上面整齐地排列着几万个圆点，代表这几天全世界有几万对男女向联合政府申请结婚。由于环境的严酷，法律规定每三对新婚配偶中只有一对有生育权，抽签决定。加代子对着半空中那几万个点犹豫了半天，点了中间的一个。当那个点变为绿色时，她高兴得跳了起来。但我的心中却不知是什么滋味。我的孩子出生在这个苦难的时代，是幸运还是不幸呢？那个官员倒是兴高采烈，他说每当一对儿"点绿"的时候，他都十分高兴。他拿出了一瓶伏特加，我们三个轮着一人一口地喝，为人类的延续干杯。我们身后，遥远的太阳用它微弱的光芒给自由女神像镀上了一层金辉。对面，是已无人居住的曼哈顿的摩天大楼群，微弱的阳光把它们的影子长长地投在纽约港寂静的冰面上。醉意朦胧的我，眼泪涌了出来。

地球，我的流浪地球啊！

分手前，官员递给我们一串钥匙，醉醺醺地说："这是你们在亚洲分到的房子，回家吧。哦，家多好啊！"

"有什么好的？"我漠然地说，"亚洲的地下城充满危险，这你们在西半球当然体会不到。"

"我们马上也有你们体会不到的危险了，地球又要穿过小行星带，这次是西半球对着运行方向。"

"上几个变轨周期也经过小行星带，不是没什么大事吗？"

"那只是擦着小行星带的边缘走，太空舰队当然能应付，他们可以用激光和核弹把地球航线上的那些小石块都清除掉。但这次……你们没看新闻？这次地球要从小行星带正中穿过去！舰队要对付的是那些大石块，唉……"

在回亚洲的飞机上，加代子问我："那些石块很大吗？"

我父亲现在就在太空舰队干那种工作，所以尽管政府为了避免惊慌照例封锁消息，我还是知道一些情况。我告诉加代子，那些石块大得像一座大山，5000万吨级的热核炸弹只能在上面打出一个小坑。"他们就要使用人类手中威力最大的武器了！"我神秘地告诉加代子。

"你是说反物质炸弹？"

"还能是什么？"

"太空舰队的巡航距离是多远？"

"现在他们力量有限，我爸说只有150万公里左右。"

"啊，那我们能看到了！"

"最好别看。"

加代子还是看了，而且是没戴护目镜看的。反物质炸弹的第一次闪光是在我们起飞不久后从太空传来的，那时加代子正在欣赏飞机舷窗外空中的星星，这使她的双眼失明了一个多小时，以后的一个多月眼睛都红肿流泪。那真是让人心惊肉跳的时刻，反物质炮弹不断地击中小行星，强光在漆黑的太空中此起彼伏地闪现，仿佛宇宙中有一群巨人围着地球用闪光灯疯狂拍照似的。

半小时后，我们看到了火流星，它们拖着长长的火尾划破长空，给人一种恐怖的美感。火流星越来越多，在空中划过的距离越来越长。突然，机身在一声巨响中震颤了一下，紧接着又是连续的巨响和震颤。加代子惊叫着扑到我怀中，她显然以为飞机被流星击中了，这时舱里响起了机长的声音。

"请各位乘客不要惊慌，这是流星冲破音障产生的超音速爆音。请大家戴上耳机，否则您的听力会受到永久性损害。由于飞行安全已无法保证，我们将在夏威夷紧急降落。"

这时我盯住了一颗火流星，那个火球比别的大出许多，我不相信它能在大气中烧完。果然，那火球疾驰过大半个天空，越来越小，但还是坠入了冰海。我从万米高空看到，海面被击中的位置出现了一个小白点，那白点立刻扩散成一个白色的圆圈，圆圈迅速在海面扩大。

"那是浪吗？"加代子颤着声儿问我。

"是浪，上百米的浪。不过海封冻了，冰面会很快使它衰减的。"我自我安慰地说，不再看下面。

我们很快在檀香山降落，由当地政府安排去地下城。我们的汽车沿着海岸走，天空中布满了火流星，那些红发恶魔好像是从太空中的某一个点同时迸发出来的。一颗流星在距海岸不远处击中了海面，没有看到水柱，但水蒸气形成的白色蘑菇云高高地升起。涌浪从冰层下传到岸边，厚厚的冰层轰隆隆地破碎了，冰面显出了浪的形状，好像有一群柔软的巨兽在冰下排着队游过。

"这颗流星有多大？"我问那位来接应我们的官员。

"不超过5公斤，不会比你的脑袋大吧。不过刚接到通知，在北方800公里外的海面上，刚落下一颗20吨左右的。"

这时他手腕上的通信机响了，他看了一眼后对司机说："来不及到204号门了，就近找个入口吧！"

汽车拐了个弯，在一个地下城入口前停了下来。我们下车后，看到入口处有几个士兵，他们都一动不动地盯着远方，眼里充满了恐惧。我们顺着他们的目光看去，在天海连线处，我们看到一道黑色的屏障，乍一看好像是天边低低的云层，但那"云层"的高度太整齐了，像一堵横在天边的长墙，再仔细看，墙头还镶着一线白边。

"那是什么呀？"加代子怯生生地问一个军官，得到的回答让我们毛发直竖。

"浪。"

地下城高大的铁门隆隆地关上。约莫过了十分钟，我们听到从地面传来低沉的声音，咕噜噜的，像一个巨人在地面打滚。我们面面相觑，大家都知道，百米高的巨浪正在滚过夏威夷，也将滚过各个大陆。但另一种震动更吓人，仿佛有一只巨拳从太空中不断地击打地球。在地下，这震动并不大，只能隐约感到，但每一次震动都直达我们灵魂深处。这是流星在不断地击中地面。

我们的星球所遭到的残酷轰炸断断续续持续了一个星期。

当我们走出地下城时，加代子惊叫："天啊，天怎么是这样的！"

天空是灰色的，这是因为高层大气弥漫着小行星撞击陆地时产生的灰尘，星星和太阳都消失在这无际的灰色中，仿佛整个宇宙在下着一场大雾。地面上，滔天巨浪留下的海水还没来得及退去就封冻了，城市幸存的高楼形单影只地立在冰面上，挂着长长的冰凌柱。冰面上落了一层撞击尘，于是这个世界只剩下一种颜色——灰色。

　　我和加代子继续回亚洲的旅行。在飞机越过早已无意义的国际日期变更线时，我们见到了人类所见过的最黑的黑夜。飞机仿佛潜行在墨汁的海洋中。我们看着机舱外那没有一丝光线的世界，心情也黯淡到了极点。

　　"什么时候到头呢？"加代子喃喃地说。我不知道她指的是这段旅程，还是这充满苦难和灾难的生活，我现在觉得两者都没有尽头。是啊，即使地球航出了氦闪的威力圈，我们得以逃生，又怎么样呢？我们只是那漫长阶梯的最下一级，当我们的一百代子孙爬上阶梯的顶端，见到新生活的光明时，我们的骨头都变成灰了。我不敢想象未来的苦难和艰辛，更不敢想象要带着爱人和孩子走过这条看不到头的泥泞路。我累了，实在走不动了……就在我被悲伤和绝望窒息的时候，机舱里响起了一声女人的惊叫："啊！不！不能，亲爱的！"

　　我循声看去，见那个女人正从旁边的一个男人手中夺下一把手枪，他刚才显然想把枪口凑到自己的太阳穴上。这人很瘦弱，目光呆滞地看着前方无限远处。女人把头埋在他膝上，嘤嘤地哭了起来。

　　"安静。"男人冷冷地说。

　　哭声消失了，只有飞机发动机的嗡嗡声在轻响，像不变的哀乐。在我的感觉中，飞机已粘在这巨大的黑暗中，一动不动；而整个宇宙，除了黑暗和飞机，什么都没有了。加代子紧紧钻在我怀里，浑身冰凉。

突然，机舱前部一阵骚动，有人在兴奋地低语。我向窗外看去，发现飞机前方出现了一片朦胧的光亮，那光亮是蓝色的，没有形状，十分均匀地出现在前方弥漫着撞击尘埃的夜空中。

那是地球发动机的光芒。

西半球的地球发动机已被陨石击毁了三分之一，但损失比起航前预测的要少。东半球的地球发动机由于背向撞击面，完好无损。从功率上来说，它们是能使地球完成逃逸航行的。

在我眼中，前方朦胧的蓝光，如同从深海漫长上浮后看到的海面的亮光。我的呼吸又顺畅起来。

我又听到那个女人的声音："亲爱的，痛苦呀恐惧呀这些东西，也只有在活着时才能感觉到。死了，死了什么也没有了，那边只有黑暗，还是活着好。你说呢？"

那瘦弱的男人没有回答，他盯着前方的蓝光，眼泪流了下来。我知道他能活下去了。只要那代表希望的蓝光还亮着，我们就都能活下去，我又想起了父亲关于希望的那些话。

下了飞机，我和加代子没有去我们在地下城中的新家，而是到设在地面的太空舰队基地去找父亲。但在基地，我只见到了追授给他的一枚冰冷的勋章。这勋章是一名空军少将给我的，他告诉我，在清除地球航线上的小行星的行动中，一块被反物质炸弹炸出的小行星碎片击中了父亲的单座微型飞船。

"当时那个石块和飞船的相对速度有每秒100公里，撞击使飞船座舱瞬间气化了，他没有一点痛苦，我向您保证，没有一点痛苦。"将军说。

当地球又向太阳跌回去的时候，我和加代子又到地面上来看春天，但没有看到。世界仍是一片灰色。阴暗的天空下，大地上分布着由残留海水形成的一个个冰冻湖泊，见不到一点绿色。大气中的撞击尘埃挡住了阳光，使气温难以回升。甚至到了近日点，海洋和大地也没有解冻，太阳只是一片朦胧的光晕，仿佛是撞击尘埃后面的幽灵。

三年以后，空中的撞击尘埃才有所消散，人类终于最后一次通过近日点，向远日点升去。在这个近日点，东半球的人有幸目睹了地球历史上最快的一次日出和日落。太阳从海平面上一跃而起，迅速划过长空，大地上万物的影子快速地变换着角度，仿佛是无数根钟表的秒针。这也是地球上最短的一个白天，只有不到一个小时。当太阳没入地平线，黑暗再度降临大地时，我感到一阵伤感。这转瞬即逝的一天，仿佛是对地球在太阳系45亿年进化史的一个短暂总结。直到宇宙末日，地球也不会再回来了。

"天黑了。"加代子忧伤地说。

"最长的一夜。"我说。东半球的这一夜将延续2500年，一百代人后，半人马座的曙光才能再次照亮这片大陆。西半球也将面临最长的白天，但比这里的黑夜要短得多。在那里，太阳将很快升到天顶，然后一直静止在那个位置上，渐渐变小。在半个世纪内，它就会融入星群难以分辨了。

按照预定的航线，地球升向与木星的会合点。航行委员会的计划是：地球第十五圈的公转轨道是如此之扁，以至于它的远日点会到达木星轨道，地球将与木星在几乎相撞的距离上擦身而过。在木星巨大引力的拉动下，地球将最终达到逃逸速度。

离开近日点后两个月，就能用肉眼看到木星了。它开始只是一个模糊的光点，但很快显出圆盘的形状。又过了一个月，木星在地球上空已有满月大小，呈暗红色，能隐约看到上面的条纹。这时，15年来一直垂直的地球发动机光柱中有一些开始摆动，地球在做会合前最后的姿态调整。木星渐渐沉到了地平线下。以后的三个多月，木星一直处在地球的另一面，我们看不到它，但知道两颗行星正在交会之中。

有一天我们突然被告知东半球也能看到木星了，于是人们纷纷从地下城中来到地面。我走出城市的密封门来到地面，发现开了15年的地球发动机已经全部关闭了。我再次看到了星空，这表明同木星最后的交会正在进行。人们都在紧张地盯着西方的地平线。地平线上出现了一片暗红色的光，那光区渐渐扩大，伸延到整个地平线的宽度。我现在发现，那暗红色的区域上方同漆黑的星空有一道整齐的边界，那边界呈弧形，从地平线的一端跨到了另一端，在缓缓升起，巨弧下的天空都变成了暗红色，仿佛一块同星空一样大小的暗红色幕布逐渐把地球同整个宇宙隔开。当我回过神来时，不由倒吸一口冷气，那暗红色的幕布就是木星！我早就知道木星的体积是地球的1300倍，现在才真正感觉到它的巨大。这宇宙巨怪在整个地平线上升起时引发的恐惧和压抑是难以用语言描述的。一名记者后来写道："不知是我身处噩梦中，还是这整个宇宙都是造物主巨大而变态的头脑中的噩梦！"木星恐怖地上升着，渐渐占据了半个天空。这时，我们可以清楚地看到它云层中的风暴，那风暴把云层搅动成让人迷茫的混乱线条。我知道，那厚厚的云层下是沸腾的液氢和液氦的大洋。著名的大红斑出现了，这个在木星表面维持了几十万年的大旋涡大得可以吞下整整三个地球。这时木星已占满了整个天空，地球仿佛是浮在木星沸腾的暗红色云海上的一只气球！而木星的大红斑就处在天空正中，如一只红色的巨眼盯着我们的世界，大地笼罩在它那阴森的红光中……谁都无法相信小小的地球能逃出这巨大怪物的引力场。从地面上看，地球甚至连成为木星的卫星都不可能。我们似乎就要掉进那无边云海覆盖着的地狱中去了！但领航工程师的计算是精确的。暗红色的迷乱的天空继续缓缓移动，不知过了多长时间，西方的天边露出了黑色的一角，那黑色迅速扩大，其中有星星在闪烁——地球正在冲出木星的引力魔掌。这时警报尖叫起来，木星产生的引力潮汐正在向内陆推进。后来得知，百多米高的巨浪再次横扫了整个大陆。在跑进地下城的密封门时，我最后看了一眼仍占据半个天空的木星，发现木星的云海中有一道明显的划痕。后来知道，那是地球引力作用在木星表面留下的痕迹——我们的星球也在木星表面拉起了如山的液氢和液氦的巨浪。这时，木星巨大的引力正在把地球加速甩向外太空。

离开木星时，地球已达到了逃逸速度，它不再需要返回潜藏着死亡的太阳系，而是向广漠的外太空飞去。漫长的流浪时代开始了。

就在木星暗红色的阴影下，我的儿子在地层深处出生了。

叛乱

离开木星后，亚洲大陆上一万多台地球发动机再次全功率开动。这一次，它们要不停地运行500年，不停地加速地球。这500年中，发动机将把亚洲大陆上一半的山脉当作燃料消耗掉。

从四个多世纪的死亡恐惧中解脱出来，人们长出了一口气。但预料中的狂欢并没有出现，接下来发生的事情出乎所有人的想象。

在地下城的庆祝集会后，我一个人穿上密封服来到地面。童年

29

时熟悉的群山已被超级挖掘机夷为平地，大地上只有裸露的岩石和坚硬的冻土，冻土上到处是白色的斑块，那是大海潮留下的盐渍。面前那座爷爷和爸爸度过了一生的曾有千万人口的大城市现在已是一片废墟，钢筋外露的高楼残骸在地球发动机光柱的蓝光中拖着长长的影子，好像是史前巨兽的化石……一次次的洪水和小行星的撞击已摧毁了地面上的一切，各大陆上的城市和植被都荡然无存，地球表面已变成火星一样的荒漠。

这一段时间，加代子心神不定。她常常扔下孩子不管，一个人开着飞行汽车出去旅行，回来后，只是说她去了西半球。最后，她拉我一起去了。

我们的飞行汽车以四倍音速飞行了两个小时，终于能够看到太阳了。它刚刚升出太平洋，看上去只有棒球大小，给冰封的洋面投下一片微弱的、冷冷的光芒。加代子把飞行汽车悬停在5000米的空中，然后从后面拿出了一个长长的东西。去掉封套后，我看到那是一架天文望远镜，业余爱好者用的那种。加代子打开车窗，把望远镜对准太阳，让我看。

从有色镜片中，我看到了放大几百倍的太阳，我甚至清楚地看到太阳表面缓缓移动的明暗斑点，还有日球边缘隐隐约约的日珥。

加代子把望远镜同车内的计算机连起来，记录下一幅太阳影像。然后，她又调出了另一幅太阳图像，说："这是四个世纪前的太阳图像。"接着，计算机对两幅图像进行比较。

"看到了吗？"加代子指着屏幕说，"它们的光度、像素排列、像素概率、层次统计等参数都完全一样！"

我摇摇头说："这能说明什么？一架玩具望远镜，一个低级图像处理程序，加上你这个无知的外行……别自寻烦恼了，别信那些谣言！"

"你是个白痴。"她说着，收回望远镜，把飞行汽车向回开去。这时，在我们的上方和下方，我又远远地看到了几辆飞行汽车，同我们刚才一样悬在空中，从每辆车的车窗中都伸出一架望远镜对着太阳。

以后的几个月中，一个可怕的说法像野火一样在全世界蔓延。越来越多的人自发地用更大型、更精密的仪器观测太阳。后来，一个民间组织向太阳发射了一组探测器，它们在三个月后穿过太阳。探测器发回的数据最后证实了那个传言。

同四个世纪前相比，太阳没有任何变化。

现在，各大陆的地下城已成了一座座骚动的火山，随时可能喷发。一天，按照联合政府的法令，我和加代子把儿子送进了养育中心。回家的路上，我俩都感到维系我们关系的唯一纽带已不复存在了。走到市中心广场，我们看到有人在演讲，另一些人在演讲者周围向市民分发武器。

"公民们！地球被出卖了！人类被出卖了！文明被出卖了！我们都是一个超级骗局的牺牲品！这个骗局之巨大之可怕，上帝都会为之休克！太阳还是原来的太阳，它不会爆发，过去现在将来都不会，它是永恒的象征！爆发的是联合政府中那些人阴险的野心！他们编造了这一切，只是为了建立他们的独裁帝国！他们毁了地球！他们毁了人类文明！公民们，有良知的公民们！拿起武器，拯救我们的星球！拯救人类文明！我们要推翻联合政府，控制地球发动机，把我们的星球从这寒冷的外太空开回原来的轨道！开回到我们的太阳的温暖怀抱！"

加代子默默地走上前去，从分发武器的人手中接过一支冲锋枪，加入拿到武器的市民的队列中。她没有回头，同那支庞大的队列一起消失在地下城的迷雾里。我呆呆地站在那儿，手在衣袋中紧紧攥着父亲用生命和忠诚换来的那枚勋章，它的边角把我的手扎出了血……

　　三天后，叛乱在各个大陆同时爆发了。

　　叛军所到之处，人民群起响应。到现在，很少有人不怀疑自己受骗了。但我加入了联合政府的军队，这并非出于对政府的信任，而是因为我三代前辈都有过军旅生涯，他们在我心中种下了忠诚的种子，不论在什么情况下，背叛联合政府对我来说都是一件不可想象的事。

　　美洲、非洲、大洋洲和南极洲相继沦陷，联合政府收缩防线，死守地球发动机所在的东亚和中亚。叛军很快包围了这里。他们对政府军占有压倒性优势，之所以在相当长一段时间里没有取得进展，完全是由于地球发动机。叛军不想毁掉地球发动机，所以在这一广阔的战区没有使用重武器，联合政府得以苟延残喘。双方这样相持了三个月后，联合政府的12个集团军相继倒戈，中亚和东亚防线全线崩溃。两个月后，大势已去的联合政府连同不到十万军队在靠近海岸的地球发动机控制中心陷入重围。

　　我就是这残存军队中的一名少校。控制中心有一座中等城市大小，它的中心是地球驾驶室。我拖着一条被激光束烧焦的手臂，躺在控制中心的伤兵收容站里。就是在这儿，我得知加代子已在澳洲战役中阵亡。我和收容站里所有的人一样，整天喝得烂醉，对外面的战事全然不知，也不感兴趣。不知过了多久，我听到有人在高声说话。

　　"知道你们为什么这样吗？你们在自责。在这场战争中，你们站到了反人类的一边，我也一样。"

我转头一看，发现讲话的人肩上有一颗将星，他接着说："没关系，我们还有最后的机会拯救自己的灵魂。地球驾驶室距我们这儿只有三个街区，我们去占领它，把它交给外面理智的人类！我们为联合政府已尽到了责任，现在该为人类尽责任了！"

我用那只没受伤的手抽出手枪，随着这群突然狂热起来的受伤和没受伤的人，沿着钢铁通道，向地球驾驶室冲去。出乎意料，一路上我们几乎没遇到抵抗，倒是有越来越多的人从错综复杂的钢铁通道的各个分支中加入我们。最后，我们来到了一扇巨大的门前，那钢铁大门高得望不到顶，它轰隆隆地打开了，我们冲进了地球驾驶室。

尽管以前无数次在电视中看到过，所有的人还是被驾驶室的宏伟震惊了。很难判断这里的实际大小，因为驾驶室淹没在一幅巨型太阳系全息图中。整幅图实际就是一个向所有方向无限伸延的黑色空间，我们一进来，就悬浮在这空间之中。由于尽量反映真实的比例，太阳和其他行星都很小很小，小得像远方的萤火虫，但能分辨出来。以那遥远的代表太阳的光点为中心，一条醒目的红色螺旋线扩展开来，像广阔的黑色洋面上迅速扩散的红色波纹。这是地球的航线。在螺旋线最外层的一点上，航线变成明亮的绿色，那是地球还没有完成的路程。那条绿线从我们的头顶掠过，顺着看去，我们看到了灿烂的星海。绿线消失在星海的深处，我们看不到它的尽头。在这广漠的黑色空间中，还飘浮着许多闪亮的灰尘，其中几颗尘粒飘近，我发现那是一块块虚拟屏幕，上面翻滚着复杂的数字和曲线。

我看到了全人类瞩目的地球驾驶台，它好像是飘浮在黑色空间中的一颗银白色的小行星。看到它，我更难以想象这里的巨大——驾驶台本身就是一个广场，现在上面密密麻麻地站着 5000 多人，包括联合政府的主要成员、负责实施地球航行计划的星际移民委员会的大部分成员，以及那些最后忠于政府的人。这时，我听到最高执政官的声音在整个黑色空间响了起来：

"我们本来可以战斗到底的，但这可能导致地球发动机失控，这种情况一旦发生，过量聚变的物质将烧穿地球，或蒸发全部海洋，所以我们决定投降。我们理解所有的人，因为在还要延续一百代人的艰难奋斗中，永远保持理智确实是一个奢求。但也请所有的人记住我们。站在这里的这 5000 多人里，有联合政府的最高执政官，也有普通的列兵，是我们把信念坚持到了最后。我们都知道自己看不到真理被证实的那一天，但如果人类得以延续万代，以后所有的人都将在我们的墓前洒下眼泪。这颗叫地球的行星，就是我们永恒的纪念碑！"

控制中心巨大的密封门隆隆开启，5000 多名最后的地球派成员一群群走了出来，在叛军的押送下向海岸走去。一路上两边挤满了人，所有人都冲他们吐唾沫，用冰块和石块砸他们。他们中有人密封服的面罩被砸裂了，外面零下 100 多摄氏度的严寒使那些人的脸麻木了，但他们仍努力地走下去。我看到一个小女孩，举起一大块冰用尽全身力气狠命地向一个老者砸去，她那双眼睛透过面罩射出疯狂的怒火。

当我听到这 5000 人全部被判处死刑时，觉得太宽容了。难道让他们仅仅一死吗？这一死就能偿清他们的罪恶吗？能偿清他们用一个离奇变态的想象和骗局毁掉地球、毁掉人类文明的罪恶吗？他们应该死一万次！这时，我想起了那些作出太阳爆发预测的天体物理学家、那些设计和建造地球发动机的工程师，他们在一个世纪前就已作古，我现在真想把他们从坟墓中挖出来，让他们也死一万次。

真感谢死刑的执行者，他们为这些罪犯找了一种"最佳"的死法：他们收走了被判死刑的每个人密封服上加热用的核能电池，然后把他们丢在大海的冰面上，让零下百摄氏度的严寒慢慢夺去他们的生命。

这些人类文明史上最险恶、最可耻的罪犯在冰海上站了黑压压的一片，岸上有十几万人在看着他们，十几万副牙齿咬得咔咔响，十几万双眼睛喷出和那个小女孩一样的怒火。

这时，所有的地球发动机都已关闭，壮丽的群星出现在冰原之上。

我能想象出严寒像无数把尖刀刺进他们的身体，他们的血液在凝固，生命从他们的体内一点点流走。这想象中的感觉变成一种快感，传遍我的全身。看到那些人在严寒的折磨中慢慢死去，岸上的人快活起来，他们一起唱起了《我的太阳》。我唱着，眼睛看着星空的一个方向。在那个方向上，有一颗刚刚显出圆盘形状的星星发出黄色的光芒，那就是太阳。

啊，我的太阳，生命之母，万物之父，我的大神，我的上帝！还有什么比您更稳定，还有什么比您更永恒？我们这些渺小的、连灰尘都不如的碳基细菌，拥挤在围着您转的一粒小石头上，竟敢预言您的末日，我们怎么能蠢到这个程度！

一个小时过去了，海面上那些反人类的罪犯虽然还全都站着，但已没有一个活人，他们的血液已被冻结了。

我的眼睛突然什么都看不见了。几秒钟后，视力渐渐恢复，冰原、海岸和岸上的人群又在眼前慢慢显影，最后完全清晰了，而且比刚才更清晰，因为这个世界现在笼罩在一片强烈的白光中，刚才我眼睛的失明正是由于这突然出现的强光的刺激。但星空没有重现，所有的星光都被这强光所淹没，仿佛整个宇宙都被强光融化了。这强光从太空中的一点迸发出来，那一点现在成了宇宙中心，那一点就在我刚才盯着的方向。

太阳氦闪爆发了。

《我的太阳》的合唱戛然而止，岸上的十几万人呆住了，似乎同海面上那些人一样，冻成了一片僵硬的岩石。

太阳最后一次把光和热洒向地球。地面上冰结的二氧化碳干冰首先溶化，腾起了一阵白色的蒸汽；然后海冰表面也开始溶化，受热不均的大海冰层发出惊天动地的巨响；渐渐地，照在地面上的光柔和起来，天空露出了微微的蓝色；后来，强烈的太阳风产生的极光在空中出现，苍穹中飘动着巨大的彩色光幕……

在这突然出现的灿烂阳光下，海面上最后的地球派们仍稳稳地站着，仿佛5000多尊雕像。

太阳氦闪爆发只持续了很短的时间，两个小时后，强光开始急剧减弱，很快熄灭了。在太阳的位置上，出现了一颗暗红色球体，它的体积慢慢膨胀，最后达到了从原来地球轨道上看到的太阳大小。这意味着它的实际体积已大到越出火星轨道，而水星、金星和火星这三颗地球的伙伴行星，已在上亿度的辐射中化为一缕轻烟。但那个红球已不是太阳，它不再发出光和热，看去如同贴在太空中的一张冰冷的红纸，它那暗红色的光芒似乎是周围星光的散射。这就是小质量恒星演化的归宿——红巨星。

五十亿年的壮丽生涯已成为飘逝的梦幻。太阳死了。

幸运的是，还有人活着。

流浪时代

当我回忆这一切时，半个世纪已过去了。20年前，地球航出了冥王星轨道，航出了太阳系，在寒冷广漠的外太空继续着孤独的航程。

最近一次去地面是十几年前的事了，那是儿子和儿媳陪我去的。儿媳是一个金发碧眼的姑娘，就要做母亲了。

到地面后，我首先注意到，虽然所有地球发动机仍在全功率运行，巨大的光柱却看不到了，这是因为地球大气已消失，等离子体的光芒没有散射的缘故。我看到地面上布满了奇怪的黄绿相间的半透明晶体块，这是固体氧氮，是已冻结的空气。有趣的是，空气并没有均匀地冻结在地球表面，而是形成了小山丘似的不规则的隆起。在原来平滑的大海冰原上，这些半透明的小山形成了奇特的景观。银河纹丝不动地横过天穹，也像被冻结了，但星光很亮，看久了还刺眼呢。

地球发动机将不间断地开动500年，到时地球将加速至光速的千分之五，然后地球将以这个速度滑行1300年，走完三分之二的航程，然后掉转发动机的方向，开始长达500年的减速。地球将在航行2400年后到达比邻星，再用100年时间泊入这颗恒星的轨道，成为它的一颗行星。

我知道已被忘却

流浪的航程太长太长

但那一时刻要叫我一声啊

当东方再次出现霞光

我知道已被忘却

起航的时代太远太远

但那一时刻要叫我一声啊

当人类又看到了蓝天

我知道已被忘却

太阳系的往事太久太久

但那一时刻要叫我一声啊

当鲜花重新挂上枝头

……

　　每当听到这首歌，一股暖流就涌进我这年迈僵硬的身躯，我干涸的老眼又湿润了。我好像看到半人马座三颗金色的太阳在地平线上依次升起，万物沐浴在温暖的光芒中。固态的空气融化了，天变蓝了。2000多年前的种子从解冻的土层中复苏，大地绿了。我看到我的第一百代孙子孙女们在绿色的草原上欢笑，草原上有清澈的小溪，溪中有银色的小鱼……我看到了加代子，她从绿色的大地上向我跑来，年轻美丽，像个天使……

　　啊，地球，我的流浪地球……

人和吞食者——当地球被吞噬

1. 波江座晶体

即使距离很近，上校也不可能看到那块透明晶体。它飘浮在漆黑的太空中，如同一块沉在深潭中的玻璃。上校凭借着晶体扭曲的星光确定其位置，但很快在一片星星稀疏的背景上丢失了它。突然，远方的太阳变形扭曲了，那永恒的光芒也变得闪烁不定。他吃了一惊，但以"冷静的东方人"著称的他并没有像飘浮在旁边的十几名同事那样惊叫。他很快明白，那块晶体就在他们和太阳之间，距他们十几米，距太阳一亿公里。以后的三个多世纪里，这诡异的景象时常出现在他的脑海中，他真怀疑这是不是后来人类命运的一个先兆。

作为联合国地球防护部队在太空中的最高指挥官，他率领的这支小小的太空军队装备着人类有史以来当量最大的热核武器，敌人却是太空中没有生命的大石块。在预警系统发现有威胁地球安全的陨石和小行星时，他的部队负责使其改变轨道或摧毁它们。这支部队在太空中巡逻了20多年，从来没有一次使用这些核弹的机会。那些足够大的太空石块似乎都躲着地球走，故意不给他们创造辉煌的机会。但现在，晶体在两个天文单位外被探测到，它精确地沿着一条绝非自然形成的轨道飞向地球。

上校和同事们谨慎地向晶体靠近，他们太空服上推进器的尾迹像条条蛛丝把晶体缠在正中。就在上校与它的距离缩小至不到十米时，晶体的内部突然出现了迷雾般的白光，使它那规则的长梭状轮廓清晰地显示出来。它大约有三米长，再近一些，还可以看到其内部像是推进系统的错综复杂的透明管道。当上校把戴着太空手套的右手伸向晶体表面，以进行人类与外星文明的首次接触时，晶体再次变得透明，内部浮现出一幅色彩亮丽的影像。那是一个卡通小女孩，眼睛像台球那么大，长发直到脚跟，同漂亮的长裙一起像在水中那样缓缓漂动着。

"警报！呀！警报！吞食者来了！"她惊慌失措地大叫着，大眼睛盯着上校，一只细而柔软的手臂指向与太阳相反的方向，像在指一条追着她的大狼狗。

"那你是从哪里来的呢？"上校问。

"波江座 ε 星——你们好像是这么叫的。按你们的时间，我已经飞行了六万年……吞食者来了！吞食者来了！"

"你有生命吗？"

"当然没有，我只是一封信……吞食者来了！吞食者来了！"

"你怎么会讲英语？"

"路上学的……吞食者来了！吞食者来了！"

"那你这个样子是……"

"路上看到的……吞食者来了！吞食者来了！呀，你们真不怕吞食者吗?"

"吞食者是什么?"

"样子像个大轮胎,呵,这是按你们的比喻。"

"你对我们世界的东西真熟悉。"

"路上熟悉的……吞食者来了!"

波江女孩喊叫着,闪到晶体的一端。在她空出的空间里出现了那个"轮胎"的图像,它确实像轮胎,表面发着磷光。

"它有多大?"另一名军官问。

"总直径为五万公里,'轮胎'宽为一万公里,内圆直径为三万公里。"

"……你说的'公里'是我们的长度单位吗?"

"当然是!它大着呢,可以把一颗行星套进去,就像你们的轮胎套一个足球一样。套住那颗行星后,它就掠夺行星的资源,把它吸干榨尽后吐出去,就像你们吃水果吐核儿一样……"

"我们还是不明白吞食者到底是什么。"

"一艘世代飞船,我们不知道它从哪里来,要到哪里去。事实上,驾驶吞食者的那些大蜥蜴肯定也不知道。这个世界已在银河系中飘行了几千万年,它的拥有者一定早已忘记了它的本源和目的。但可以肯定,它被创造出来时远没有那么大。它是靠吃行星长大的,我们的行星就被它吃了!"

这时,晶体中显示的吞食者在变大,渐渐占满了整个画面,显然正在向摄像者的世界缓缓降下来。现在,在这个世界居民的眼中,大地仿佛处于一口宇宙巨井的井底,太空就是一圈缓缓转动的井壁,可以看清井壁表面的复杂结构。这让上校想到了在显微镜下看到的微处理器的电路，后来他发现那是连绵不断的城市。再向上，井壁的顶端是一圈蓝色光焰，在天空中形成一个围绕着群星的巨大火圈。波江女孩告诉他们，那是吞食者尾部的环形推进发动机。在晶体的一端，女孩手舞足蹈，她那飘飘的长发也像许多只挥动的手臂，极力表达着她的惊恐。

"这就是波江座 ε 星的第三颗行星被吞食时的情形。这时你要是身在我们的世界，第一个感觉是身体在变轻，这是由于吞食者巨大质量产生的引力抵消行星引力所致。这引力的扰动产生了毁灭性的灾难：海洋先是涌向行星朝向吞食者的那一极；当行星被套入'轮胎'后，海洋又涌向赤道，产生的巨浪能够吞没云层；接着，引力异常将大陆像薄纸一样撕成碎片，火山在海底和陆地密密麻麻地出现……当'轮胎'套到行星的赤道时，吞食者便停止推进。以后，其相对于恒星的轨道运动始终与行星保持同步，一直把这颗行星含在口里。

"这时，对行星的掠夺开始了。无数条上万公里长的缆索从井壁伸到行星表面，使行星如同一只被蛛网粘住的虫子。巨大的运载舱频繁地往来于行星表面与井壁之间，运走行星上的海水和空气，更有无数大机器深深地钻进行星的地层，狂采吞食者需要的矿藏……由于吞食者的引力与行星引力相互抵消，行星与'轮胎'之间的一圈空间是低重力区，这使行星向吞食者的资源运输变得很容易，大掠夺因此有很高的效率。

"按地球时间，吞食者对被吞入的每颗行星大约要'咀嚼'一个世纪左右。在这段时间里，行星上包括空气在内的资源被掠夺一空。同时，由于'轮胎'长时间的引力作用，行星渐渐被拉得扁平，最后变成……还用你们的比喻吧：铁饼状。当吞食者最后移走，'吐出'

这颗已被榨干的行星时，行星的形状会恢复成球形，这又引发了最后一场全球范围的地质灾难。这时，行星的表面呈现出其几十亿年前刚刚形成时的熔岩状态，它早已是一个没有任何生命的地狱了。"

"吞食者距太阳系还有多远？"上校问。

"它紧跟在我后面。按你们的时间，再有一个世纪就到了。警报！吞食者来了！吞食者来了！"

2. 使者大牙

正当人们为波江晶体带来的信息是否可信而争论不休时，吞食者的一艘先遣小型飞船进入了太阳系，最后到达地球。

首先与之接触的，仍是上校率领的太空巡逻队，但这次接触的感觉与上次与波江晶体的接触完全不同。如果说玲珑剔透的波江晶体代表了一种纤细精致的技术文明，那么吞食者飞船则相反，它的外形极其粗陋笨重，如同被遗弃在旷野中一个世纪的大锅炉，令人想起凡尔纳描述的粗放的大机器时代。吞食帝国的使者也同样粗陋笨重，他那蜥蜴状的粗壮身躯披着大块的石板般的鳞甲，直立起来有近十米高。他自我介绍的名字发音为"达雅"，但按他的外形特点和后来的行为方式，人们管他叫"大牙"。

当大牙的小型飞船在联合国大厦前着陆时，发动机把地面撞出一个大坑，飞溅的石块把大厦打得千疮百孔。由于外星使者太高大，无法进入会议大厅，各国首脑就在大厦前的广场上与他见面，他们中的几个人用手帕捂着刚才被玻璃和碎石划破的头。大牙每走一步，地面都颤抖一下。他说话时的声音像十台老式火车头同时鸣笛，让人头皮发炸。挂在他胸前的一个外形粗笨的翻译器把他的话译成英语（也是路上学的），那是一个粗犷的男声，音量虽比大牙低了许多，但仍然让听者心惊肉跳。

"呵呵，白嫩的小虫虫，有趣的小虫虫。"大牙乐呵呵地说。人们捂住耳朵，等他轰鸣着说完，然后稍微放开耳朵，听翻译器里的声音，"我们有一个世纪的时间相处，相信我们会互相喜欢对方的。"

"尊敬的使者，您知道，我们现在最关心的，是您那伟大的母舰到太阳系的目的。"联合国秘书长仰望着大牙说。尽管他在大喊，但声音听起来仍像蚊子叫。

大牙做了一个类似于人类立正的姿势，地面为之一颤，"伟大的吞食帝国将吃掉地球，以便继续它壮丽的航程，这是不可改变的！"

"那么人类的命运呢？"

"这正是我今天要决定的事。"

元首们纷纷交换目光，秘书长点点头，"这确实需要我们进行充分的交流。"

大牙摇摇头，"这是一件十分简单的事情，我只需要品尝一下——"说着，他伸出强壮的大爪，从人群中抓起一个欧洲国家的首脑，从三四米远处优雅地扔进嘴里，细细地嚼了起来。不知是出于尊严还是过度恐惧，那个牺牲品一直没有叫出声，只听到他的骨骼在大牙嘴里碎裂时清脆的咔嚓声。半分钟后，大牙噗的一声吐出那人的衣服和鞋子。衣服虽然浸透了血，但几乎完好无损。这时，不止一个旁观者联想到了人类嗑瓜子的情形。

整个地球一时间陷入一片死寂，这寂静似乎无限期地持续着，直到被一个人类的声音打破——

"您怎么拿起来就吃啊？"站在人群后面的上校问。

大牙向他走去，人群散开一条道。这个庞然大物咚咚地走到上校面前，用一双篮球大小的黑眼睛盯着他，"不行吗？"

"您怎么这么肯定他能吃呢？一个相距如此遥远的世界上的生物能被食用，从生物化学上讲几乎是不可能的。"

大牙点点头，大嘴一咧，做出类似于笑的表情，"我一开始就注意到你了。你一直冷眼看着我，若有所思。你在想什么？"

上校也笑笑："您呼吸我们的空气，通过声波说话，有两只眼睛一个鼻子一张嘴，还有四条对称的肢体……"

"这不可理解吗？"大牙把巨头凑近上校，喷出一股让人作呕的血腥气。

"是的，因为太好理解所以不可理解。我们不应该这么相似。"

"我也有不理解之处，那就是你的冷静。你是军人？"

"我是一名保卫地球的战士。"

"哼，不过是推开一些小石头而已，那能让你成为真正的战士？"

"我准备接受更大的考验。"上校庄严地昂起头。

"有趣的小虫虫。"大牙笑着点点头，直起身来，"我们还是回到正题吧：人类的命运。你们的味道不错，有一种滑爽的清淡，很像我在波江座行星上吃过的一种蓝色浆果。所以祝贺你们，你们的种族将延续下去——你们将作为一种小家禽在吞食帝国被饲养，到60岁左右上市。"

"您不觉得那时我们的肉太老了吗？"上校冷笑着说。

大牙大笑起来，声音如火山爆发："哈哈哈哈，吞食人喜欢有嚼头儿的小吃。"

3. 蚂蚁

联合国又同大牙进行了几次接触，虽然再没有人被吃掉，但关于人类命运的谈判结果都一样。

人们把下一次会面精心安排在非洲的一处考古挖掘现场。

大牙的飞行器准时在距挖掘现场几十米处降落，同每次一样，他的降落就像是一场大爆炸，震耳欲聋，飞沙走石。据波江女孩介绍，大牙的飞行器是由一台小型核聚变发动机驱动的。对于有关吞食者的信息，她一解释，人类科学家就立刻明白了。但波江人的技术却令地球人很迷惑，比如那块晶体，着陆后便在空气中融化，最后与星际航行有关的推进部分全融化掉了，只剩下薄薄的一片，在空气中轻盈地飘行。

大牙来到挖掘现场时，有两个联合国工作人员抬着一本一米见方的大画册递给他。画册是按他的个头儿精心制作的，有上百页精美的彩图，内容是人类文明的各个方面，很像一本儿童启蒙教材。在挖掘现场的大坑旁，一名考古学家绘声绘色地讲述着地球文明的辉煌历程。他竭力想让外星人明白这颗蓝色行星上有太多值得珍惜的东西，说到动情处，考古学家声泪俱下，好不凄惨。最后，他指着挖掘现场的大坑说："尊敬的使者，您看，这是我们刚刚发现的一处城市遗址，是迄今为止发现的最早的人类城市，距今已有近五万年。你们真的忍心毁灭一个历经五万年岁月、一点一滴发展到今天的灿烂文明？"

大牙在这个过程中一直翻看着画册，好像觉得那是一件很好玩的东西。考古学家的最后一句话让他抬起头来看了看大坑，"呵，考古虫虫，我对这个坑和坑里的旧城市不感兴趣，倒是很想看看从坑里挖出的土。"他指了指大坑旁边一个几米高的土堆。

听完翻译器中的话，考古学家很迷惑，"土？那堆土里什么也没有啊。"

"那是你的看法。"大牙说着走到土堆旁，蹲下高大的身躯，伸出两只大爪在土里挖起来。人们围成一圈看着，惊叹他那看似粗笨的大爪的灵活。他拨动着松土，不时拾起什么极小的东西放到画册上。就这样专心致志地干了十多分钟后，他捧着画册直起身来，走到人们面前，让大家看画册上的东西。

上百只蚂蚁，有的活着，有的已经死了，蜷成一团，仔细辨认才能看出是什么。

"我想讲一个故事，"大牙说，"关于一个王国的故事。这个王国的前身是一个更大的帝国，帝国国民的先祖可以追溯到地球白垩纪末期。在恐龙高耸入云的骨架下，先祖建起帝国宏伟的城市……但那段历史太久远了，帝国最后一世女王能记起的，就是冬天的降临。在那漫长的冬天里，大地被冰川覆盖，失去已延续了上千万年的生机，生活变得万分艰难。

"从最后一次冬眠醒来后，女王只唤醒了帝国不到百分之一的成员，其他的都已在寒冷中长眠，有的已变成透明的空壳。女王摸摸城市的墙壁，冷得像冰块，硬得像金属。她知道这是冻土——在这严寒时代中，它夏天都不化。女王决定离开这片先祖留下的疆域，去找一块不冻的土地建立新的王国。

"于是，女王率领所有的幸存者来到地面，在高大的冰川间开始艰难的跋涉。大部分成员在漫漫的路途中死于严寒，但女王与不多的幸存者终于找到了一块不冻土，那是一块被溢出的地热温暖的土地。

女王当然不明白，为什么在这严寒世界中有这么一小片潮湿柔软的土地。但她对能到达这里并不感到意外：一个延续了 6000 万年的种族是不会灭绝的！

"面对冰川纵横的大地和昏暗的太阳，女王宣布要在这里建立一个新的伟大的王国，它将延续万代！她站在一座高大的白色山峰下，把这个新王国命名为'白山王国'。那座白色山峰是一头猛犸象的头骨。这是第四纪冰川末期的一个正午，这时的人类虫虫还是零星地龟缩在岩洞中发抖的愚钝动物。九万年之后，你们文明的第一点烛光才在另一个大陆的美索不达米亚平原上出现。

"以附近冰冻的猛犸象遗体为生，白山王国度过了一万年的艰难岁月。之后，地球冰期结束，大地回春，各大陆又重新披上了生命的绿色。在这新一轮的生命大爆炸中，白山王国很快达到了鼎盛，拥有数不清的成员和广大的疆域。在其后的几万年中，王国经历了数不清的朝代，创造了数不清的史诗。"

大牙指指眼前的大坑，"这就是那个王国最后的位置。在考古虫虫专心挖掘下面那已死去五万年的城市时，并没有想到在它上面的土层中还有一个活着的城市。它的规模绝不比纽约小，后者只是一个二维的平面城市，而它是一座宏大的立体城市，有很多层。每一层密布着迷宫般的街道，有宽阔的广场和宏伟的宫殿。整座城市的供排水系统和消防系统的设计也比纽约高明得多。城市中有着复杂的社会结构、严格的行业分工，整个社会以一种机器般的精密和协调高效地运转着，不存在吸毒和犯罪问题，也没有沉沦和迷茫。但王国的国民并非没有感情，当有成员死亡时，他们表现出长时间的悲伤。他们甚至还有墓地，位于城市附近的地面上，掩埋深度为三厘米。

最值得说明的是：在城市的底层有一个庞大的图书馆，收藏着数量巨大的卵形小容器——那是一本本书——每个容器中都装有成分极其复杂的化学味剂，用其复杂的成分记录着信息。这里有对白山王国漫长历史的史诗般的记载：你能看到在一次森林大火中，王国的所有成员抱成无数个团，顺一条溪流漂下，逃出火海的壮举；还能看到王国与白蚁帝国长达百年的战争史；还有王国的远征队第一次看到大海的记载……

"但所有这一切都在三个小时之内被毁灭。当时，在惊天动地的轰鸣声中，挖掘机那遮盖了整片天空的钢铁巨掌凌空劈下，把包含着城市的土壤一把把抓起。城市和其中的一切在巨掌中被碾得粉碎，包括城市最下层的孩子和将成为孩子的几万只雪白的卵。"听罢，地球世界再一次陷入死寂之中，这次的寂静比大牙吃人的那一次延续得更长。面对外星使者，人类第一次无话可说。

大牙最后说："我们以后有很长的时间相处，有很多的事要谈，但不要再从道德角度谈了。在宇宙中，那东西没意义。"

4. 加速度

大牙走后，考古现场的人们仍沉浸在迷茫和绝望之中。又是上校首先打破寂静，对周围的各国政要说："我知道自己是个小人物，只是因为两次首先接触外星文明而有幸亲临这样的场合。我只想说两句话：一、大牙是对的；二、人类的唯一出路是战斗。"

"战斗？唉，上校，战斗……"秘书长苦笑着摇头。

"对，战斗！战斗！战斗！"波江女孩大喊。此时，她所在的晶体片正飘飞在人们头上几米高处。阳光下的晶体中，那长发女孩在兴奋地手舞足蹈。

有人说："你们波江人也战斗了，结果怎么样？人类得为自己种族的生存着想，我们并没有义务满足你那变态的复仇欲望。"

"不，先生，"上校对所有人说，"波江人是在对敌人完全陌生的情况下进行自卫战争的，加上他们本来就是一个历史上完全没有战争的社会，所以失败是不奇怪的。但在这场长达一个世纪的惨烈战争中，他们对吞食者有了细致深刻的了解。现在，他们掌握的大量资料通过这艘飞船送到了我们手中，这就是我们的优势。

"冷静地初步研究这些资料，我们发现吞食者并没有最初想象的那么可怕。首先，除了不可思议的庞大形体外，吞食者并没有太多超出人类知识范畴的东西。就生命形式而言，吞食人——据说在'轮胎'上居住着上百亿个——与地球人一样是碳基生物，且其生命在分子层次的构造上与我们十分相似。人类与敌人拥有相同的生物学基础，我们有可能真正深刻地理解它们的各个方面，这比我们面对一群由力场和中子星物质构成的入侵者要幸运多了。

"更让我们宽慰的是，吞食者并没有太多的'超技术'。吞食人的技术比人类要先进许多，但这主要表现在技术的规模上，而不是理论基础上。吞食者的推进系统的能量来源主要是核聚变，它所掠夺的行星水资源除了用于吞食人的生活外，主要是被作为聚变燃料。吞食者上发动机的推进方式也是基于动量守恒的反冲方式，并没有时空跃迁之类玄妙的玩意儿……这些信息可能使科学家深感失落，因为吞食者上的文明毕竟延续了几千万年，它的技术层次也代表了科学发展的极限。但与此同时，我们也因此知道，敌人不是不可战胜的神。"

秘书长说："仅凭这些，就能使人类树立起必胜的信心吗？"

"当然还有许多具体的信息，使我们能够制定出一个成功率较高的战略，比如……"

"加速度！加速度！"波江女孩在人们头顶大叫。

上校对周围迷惑的人们解释说："从波江人送来的资料看，吞食者航行的加速度有一个极限。在长达两个世纪的观察中，他们从未发现它突破过这个极限。为证实这一点，我们根据波江座飞船送来的其他资料，如吞食者的结构和构成它的材料的强度等，建立了一个数学模型，模型的演算证实了波江人对吞食者加速度极限的观察。这个极限是由它的结构强度所决定的，一旦超出，这个庞然大物就会被撕裂。"

"那又怎么样？"一位大国元首问道。

"我们应该冷静下来，用自己的脑子好好想想。"上校微笑着说。

5. 月球避难所

人类与外星使者的谈判终于有了一点点进展，大牙对人类关于月球避难所的要求做出了让步。

"人是恋家的动物。"在一次谈判中，秘书长眼泪汪汪地说。

"吞食人也是，虽然我们没有家。"大牙同情地点点头。

"那么，能否让我们留下一些人，等伟大的吞食帝国吃完再吐出地球后，待它的地质结构稳定下来，再回来重建我们的文明？"

大牙摇摇头："吞食帝国吃东西是吃得很干净的，那时的地球将比现在的火星还荒凉，凭你们虫虫的技术能力，不可能重建文明。"

"总得试试吧，这样我们的灵魂才会安宁。特别是在吞食帝国上被饲养的那些小家禽，如果他们记得在遥远的太阳系还有一个家，会多长些肉的，虽然这个家不一定真的存在。”

大牙点点头：“可是当地球被吞下时，这些人去哪儿呢？除了地球，我们还要吃掉金星，木星和海王星太大了，我们吃不下，但要吃它们的卫星，吞食帝国需要上面的碳氢化合物和水；连贫瘠的火星和水星我们也想嚼一嚼，我们想要上面的二氧化碳和金属。这些星球的表面将是一片火海。”

“我们可以去月球避难。据我们所知，吞食帝国在吃地球之前要把月球推开。”

大牙又点点头：“是的，由吞食帝国和地球组成的联合星体引力很大，有可能使月球坠落在大环表面，这种撞击足以毁灭帝国。”

“那就对了，让我们的一些人住到月球去吧，这对你们也没有太大损失。”

“你们打算留多少人？”

“从维持一个文明的最低限度着想，十万吧。”

“可以，但你们得干活儿。”

“干活儿？什么活儿？”

“把月球从地球轨道推开，这对我们来说也是一件很麻烦的事。”

“可是……”秘书长绝望地抓着头发，“您这等于拒绝了人类这点儿小小的可怜要求，您知道我们没有这种技术力量的！”

“呵，虫虫，那我不管。再说，不是还有一个世纪吗？”

6. 播种核弹

在泛着白光的月球平原上，一群穿着太空服的人站在一个高高的钻塔旁边。吞食帝国高大的使者站在更远一些的地方，仿佛是另一个钻塔。他们注视着一个钢铁圆柱体从钻塔顶端缓缓落下，沉入钻塔下的深井中。吊索飞快地向井中放下去，38万公里外的整个地球世界都在注视着这一幕。当放置物到达井底的信号传来时，包括大牙在内的所有观察者都鼓起掌来，庆祝这一历史性时刻的到来。

推进月球的最后一颗核弹已经就位，这时，距波江晶体和吞食帝国使者到达地球已有一个世纪。

这是令人绝望的一个世纪，人类在进行着痛苦的奋斗。

上半个世纪，全世界竭尽全力建造月球推进发动机，但这种超级机器始终没能建成。那几台实验用的样机只是给月球表面增加了几座废铁高山，还有几个在试运行时被核聚变的高温熔化成一片钢水的湖泊。人类曾向吞食帝国使者请求技术支援，因为推进月球需要的发动机还不及吞食者上那无数超级发动机的十分之一大。但大牙不答应，还讥讽道："别以为知道了核聚变就能造出行星发动机，造出爆竹离造出火箭还差得远呢。其实你们完全没有必要费这么大劲儿。在银河系，一个文明成为另一个更强大文明的家禽是很正常的。你们会发现被饲养是一种多么美妙的生活，衣食无忧，快乐终生，有些文明还求之不得呢。你们感到不舒服，完全是陈腐的人类中心论在作怪。"

于是，人类把希望寄托在波江晶体上，但这希望同样落空。波江文明是沿着一条与地球和吞食者完全不同的技术路线发展的，他们的所有技术力量都来自于本星的生物，比如这块晶体，就是波江行星海洋中的一种浮游生物的共生体。对他们世界中生命的这些奇特能力，波江人只是组合和利用，并不知其深层的秘密，而一旦离开本星的生物，波江人的技术就寸步难行了。

浪费了宝贵的 50 多年后，绝望的人类突然想出了一个极其疯狂的月球推进方案。这个方案首先由上校提出，当时他是月球推进计划的主要领导人之一，军衔已升为元帅。这个方案尽管疯狂，技术上的要求却并不高，人类已有的技术完全可以胜任，以至于人们惊奇为什么没有早点儿想到它。

新的推进方案很简单，就是在月球的一面大量埋设核弹。这些核弹的埋设深度一般为 3000 米左右，其埋设的密度以不被周围核弹的爆炸所摧毁为标准。这样，将在月球的推进面埋设 500 万枚核弹。与这些热核炸弹的当量相比，人类在冷战时期所制造的威力最大的核弹只能算常规武器。因此，当这些埋在月球地下的超级核弹爆炸时，与以前的地下核试验中被窒息在深洞中的核爆炸完全不同，会将上面的地层完全掀起炸飞。在月球的低重力下，被炸飞的地层岩石会达到逃逸速度，脱离月球，冲进太空，进而对月球本身产生巨大的推进力。如果每一时刻都有一定数量的核弹爆炸，这种脉冲式的推进力就会变得连续不断，等于给月球装上了强劲的发动机。而使不同位置的核弹爆炸，就可以操纵月球的飞行方向。方案还计划在月面下埋设两层核弹，另一层在第一层之下，约 6000 米深度。当上层核弹耗尽、月球推进面被剥去 3000 米厚的一层时，第二层能接着被不断引爆，使"发动机"的运行时间延长一倍。

当晶体中的波江女孩听到这个方案时，认为人类真的疯了："现在我知道，如果你们有吞食者那样的技术力量，会比他们还野蛮！"

但这个方案使大牙赞叹不已："呵呵，虫虫们竟能有这样美妙的想法，我喜欢，喜欢它的粗野，粗野是最美的！"

"荒唐！粗野怎么会美？"波江女孩反驳说。

"粗野当然美，宇宙就是最粗野的！漆黑寒冷的深渊中燃烧着狂躁的恒星，不粗野吗？宇宙是雄性的，明白吗？像你们那种女人气的文明，那种弱不禁风的精致和纤细，只是宇宙小角落中一种微不足道的病态而已。"大牙说。

100年过去了，大牙仍然生机勃勃，晶体中的波江女孩仍然鲜艳动人，但元帅感到了岁月的力量。135岁，他已是老年人了。

这时，吞食者已越过冥王星轨道，从由波江座 ε 星开始的六万年漫长航行中苏醒了。太空中那个巨大的"轮胎"变得灯火辉煌，庞大的社会运转起来，准备好了对太阳系的掠夺。

吞食者掠过外行星，向地球扑来。

7. 人类的第一次和最后一次星战

月球脱离地球的加速开始了。

推进面的核弹开始爆炸时，月球正处于地球白昼的一面。每次爆炸的闪光，都会让月球在蓝天上短暂地映现一下，天空中仿佛出现了一只不断眨巴的银色眼睛。入夜后，月球一侧的闪光传过近40万公里仍能在地面上映出人影。月球的后面还能看到一条淡淡的银色尾迹，它是由从月面炸入太空的岩石构成的。从安装在推进面的摄像机中可以看到，月面被核爆掀起的地层碎块如滔天洪水般涌向太空，向前很快变细，在远方成为一条极细的蛛丝，弯向地球的另一面，描绘出月球加速的轨道。

但人们的注意力都集中在天空中出现的那个恐怖的大环上：吞食者此时已驶近地球，它的引力产生的巨大潮汐已摧毁了所有的沿海城市。吞食者尾部的发动机闪着一圈蓝色的光芒，它正在进行最后的轨道调整，以使其绕太阳运行的轨道与地球保持同步，同时使自己与地球的自转轴线重合在同一直线上。然后它将缓缓向地球移动，将其套入大环中。月球的加速持续了两个月，这期间，在它的推进面，平均两三秒钟就爆炸一枚核弹，到目前为止，已引爆了250多万枚。加速后的月球环绕地球的轨道形状已变得很扁，当月球运行到这椭圆轨道的顶端时，应元帅的邀请，大牙同他一起来到了月球面向前进方向的一面。他们站在环形山环绕的平原上，感受着从月球另一面传来的震动，仿佛这颗地球卫星的中心有一颗强劲的心脏。在漆黑的太空背景下，吞食者的巨环光彩夺目，占据了半个天空。

"太棒了，元帅虫虫，真的太棒了！"大牙对元帅由衷地赞叹着，"不过你们要抓紧，只剩下一圈的加速时间了，吞食帝国可没有等待别人的习惯。我还有个疑问：你们十年前就已建成的地下城还空着，那些移民什么时候来？你们的月地飞船能在一个月时间里从地球迁移十万人？"

"不会迁移任何人了，我们将是月球上最后的人类。"

听到这话，大牙吃惊地转过身去，看到了元帅所说的"我们"：那是地球太空部队的五千名将士，在环形山平原上站成严整的方阵。方阵前面，一名士兵展开一面蓝色的旗帜。

"看，这是我们行星的旗帜，地球对吞食帝国宣战了！"

大牙呆呆地站着，迷惑多于惊讶。紧接着，他四脚朝天摔倒了，这是由于月面突然增加的重力所致。大牙一动不动地趴在地上，他那庞大身体激起的月尘在周围缓缓降落，但很快又扬起来——这是从月球另一面传来的剧烈震波所致，平原因此蒙上了一层白色的尘被。

大牙知道，在月球的另一面，核弹的爆炸密度突然增加了几倍。从重力的激增，他推测出月球的加速度也增加了几倍。他打了个滚儿，从太空服胸前的口袋里掏出硕大的电脑，调出了月球目前的轨道。他看到，如果这剧增的加速度持续下去，轨道将不再闭合，月球将脱离地球引力冲向太空，一条闪着红光的虚线标示出预测的方向。

月球将径直撞向吞食者！

大牙缓缓地站了起来，任手中的电脑掉下去。他抬头看去，在突然增加的重力和波浪般的尘雾中，地球军团的方阵仍如磐石般稳立着。

"持续了一个世纪的阴谋。"大牙喃喃地说。

元帅点点头："你明白得太晚了。"

大牙长叹着说："我应该想到地球人与波江人是完全不同的两个物种。波江世界是一个以共生为进化基础的生态圈，没有自然选择和生存竞争，更不知战争为何物……我们却用这种习惯思维来套地球人。而你们，自从从树上下来后就厮杀不断，怎么可能轻易被征服呢？我……不可饶恕的失职啊！"

元帅说："波江人为我们提供了大量的重要信息，其中关于吞食者的加速度极限值就是人类这个作战方案的基础：如果引爆月球上的转向核弹，月球的轨道机动加速度将是吞食者速度极限值的三倍。这就是说，它比吞食者灵活三倍，你们不可能躲开这次撞击的。"

大牙说："其实我们也不是完全没有戒备。当地球开始大量生产核弹时，我们时刻监视着这些核弹的去向，确保它们被放置在月球地层中，可没有想到……"

元帅在面罩后面微微一笑："我们不会傻到用核弹直接攻击吞食

者，地球人那些简陋的导弹在半途中就会被身经百战的吞食帝国全部拦截，但你们无法拦截巨大的月球。也许凭借吞食者的力量，最终能击碎它或使其转向，但现在距离已经很近，来不及了。"

"狡诈的虫虫，阴险的虫虫，恶毒的虫虫……吞食帝国是心肠实在的文明，把什么都说在明处，可是最终被狡诈阴险的地球虫虫骗了。"大牙咬牙切齿地说，狂怒中想用大爪子抓元帅，但在士兵们指向他的冲锋枪面前停住了。他没有忘记自己也是血肉之躯，一梭子弹足以让他丧命。元帅对大牙说："我们要走了，劝你也离开月球吧，不然会死在吞食帝国的核弹之下。"

元帅说得很对，大牙和人类太空部队刚刚飞离月球，吞食者的截击导弹就击中了月面。这时月球的两面都闪烁着强光，朝向前进方向的一面也有大量的岩石被炸飞到太空中。与推进面不同的是，这些岩石是朝着各个方向漫无目标地飞散开。从地球上看去，撞向吞食者的月球如一个披散着怒发的斗士，任何力量都无法阻挡它！在能看到月球的大陆上，人山人海爆发出狂热的欢呼。

吞食人的拦截行动只持续了不长时间就停止了，因为他们发现这毫无意义。在月球走完短暂的距离之前，既不可能使它转向，更不可能击碎它。

月球上的推进核弹也停止了爆炸。速度已经足够，地球保卫者要留下足够的核弹进行最后的轨道机动。

一切都沉静下来。在冷寂的太空中，吞食者和地球的卫星静静地相向飘行着，它们之间的距离在急剧缩短。当两者的距离缩短至50万公里时，从地球统帅部所在的指挥舰上看去，月球已与"轮胎"重叠，像是轴承圈上的一粒钢珠。

直到这时，吞食者的航向也没有任何变化，这是容易理解的：过早的轨道机动会使月球也做出相应的反应，真正有意义的躲避动作要在月球最后撞击前进行。这就像两名用长矛决斗的中世纪骑士，他们骑马越过长长的距离逼近对方，但胜负是在接触前的一小段距离内决出的。

银河系的两大文明都屏住了呼吸，等待着那最后的时刻。

当距离缩短至 35 万公里时，双方的机动航行开始了。吞食者的发动机首先喷出了上万公里的蓝色烈焰，开始躲避；月球上的核弹则以空前的密度和频率疯狂地引爆，进行着相应的攻击方向修正，它那弯曲的尾迹清楚地描绘出航线的变化。吞食者喷出的上万公里长的蓝色光河的头部镶嵌着月球核弹银色的闪光，构成了太阳系有史以来最壮观的景象。

双方的机动航行进行了三个小时，它们的距离已缩短至五万公里，计算机显示的结果令指挥舰上的人们不敢相信自己的眼睛：吞食者的变轨加速度四倍于波江晶体提供的极限值！以前深信不疑的吞食者的加速度极限，一直是地球人取胜的基础，现在，月球上剩余的核弹已没有能力对攻击方向做出足够的调整。计算表明，即使尽全力变轨，半小时后，月球也将以 400 公里的距离与吞食者擦肩而过。

在一阵令人目眩的剧烈闪光后，月球耗尽了最后的核弹，几乎与此同时，吞食者的发动机也关闭了。在死一般的寂静中，惯性定律完成了这篇宏伟史诗的最后章节：月球紧擦着吞食者的边缘飞过，由于其速度很高，吞食者的引力没能将其捕获，但扭弯了它的飘行轨迹。月球掠过吞食者后，无声地向远离太阳的方向飞去。

指挥舰上，统帅部的人们在死一般的沉默中度过了几分钟。

"波江人骗了我们。"一位将军低声说。

"也许，那块晶体只是吞食帝国的一个圈套！"一位参谋喊道。

统帅部瞬间陷入一片混乱。每个人都声嘶力竭地叫喊着，以掩盖或发泄自己的绝望。几名文职人员或哭泣或抓着自己的头发，精神已到了崩溃的边缘。只有元帅仍静静地站在大显示屏前，他慢慢转过身来，用一句话稳住了局面："我请各位注意一个现象：吞食者的发动机为什么要关闭？"

这话引起了所有人的思考。是的，在月球上的核弹停止爆炸后，敌人的发动机没有理由关闭，因为他们不可能知道月球上是否还剩有核弹。同时，考虑到吞食者的引力有可能捕获月球，他们也应该继续进行躲避加速，拉开与月球攻击线的距离，而不能仅仅满足于这四百公里的微小间距。

"给我吞食者外表面的近距离图像。"元帅说。

大屏幕上出现了一幅全息画面，这是一个掠过吞食者的地球小型高速侦察器在距其表面 500 公里上空传回的。人们敬畏地看着吞食者灯光灿烂的大陆上线条粗放的钢铁山脉和峡谷缓缓移过。一条黑色的长缝引起了元帅的注意。在过去的一个世纪中，他已记熟了吞食者外表面的每一个细节，可以绝对肯定这条长缝以前是不存在的。很快其他人也注意到了。

"那是什么？一条……裂缝？"

"是的，裂缝，一条长达五千公里的裂缝。"元帅点点头，说，"波江人没有骗我们，晶体带来的资料是真实的，那个加速度极限确实存在。但当月球逼近时，绝望的吞食者不顾一切地用四倍于极限的加速度来躲避。这就是超限加速的后果：它被撕裂了。"

接下来，人们又发现了另外几条裂缝。

"看啊，那又是什么?!"又有人惊叫起来。这时，吞食者的自转正使它表面的另一部分进入人们的视野：金属大陆的边缘出现了一个刺目的光球，如同它那辽阔地平线上的日出一般。

"自转发动机!"一名军官说。

"是的，是吞食者赤道上很少启动的自转发动机，此时它正在以最大功率刹住自转!"

"元帅，这证实了您的看法!"

"尽快用各种观测手段取得详细资料，进行模拟!"元帅说。但在这之前，一切已在进行中了。

经一个世纪建立起来的精确描述吞食者物理结构的数学模型，在从前方取得必需的数据后高速运转，模拟结果很快出来了：需近40小时的时间，自转发动机才能把吞食者的自转速度减至毁灭值之下；而如果高于这个转速，离心力将使已被撕裂的吞食者在18个小时内完全解体。

人们欢呼起来。大屏幕上接着映出了吞食者解体时的全息模拟图像：解体的过程很慢，如同梦幻。在太空漆黑的背景上，这个巨大的世界如同一团浮在咖啡上的奶沫一样散开，边缘的碎块渐渐隐没于黑暗之中，仿佛被太空融化了，只有不时出现的爆炸闪光才使它们重新现形。

元帅并没有同人们一起观赏这令人心旷神怡的画面，他远离人群，站在另一块大屏幕前注视着现实中的吞食者，脸上没有一点儿胜利的喜悦。冷静下来的人们注意到了他，也纷纷站到这块屏幕下。他们发现，吞食者尾部的蓝色光环又出现了，它再次启动了推进发动机。在环体已经被严重损伤的情况下，这似乎是一个不可理解的错误，这时，任何微小的加速度都可能导致大环解体。而吞食者的运行方向更让人迷惑：它正在缓缓回到躲避月球攻击前所在的位置，谨慎地建立与地球同步的太阳轨道，并使自己和地球的自转轴重合在一条直线上。

"怎么，这时它还想吃地球？"有人吃惊地说，他的话引起了稀疏的笑声，但笑声戛然而止，人们看到了元帅的表情：他已不再看屏幕，而是双眼紧闭，苍白的脸上毫无表情。一个世纪以来，作为抗击吞食者的精神支柱之一，太空将士们已经熟悉了他的声音、容貌，但他们从来没有见到他像这样。人们冷静下来，再看屏幕，终于明白了一个严峻的现实：

吞食者还有一条活路。

吞食地球的航行开始了，已与地球同步自转同轴的吞食者向着这颗行星的南极移动。如果它慢了，会在自转的离心力下解体；如果太快，推进的加速度又可能使其提前解体。吞食者正走在一条生存的钢丝绳上，它必须绝对正确地把握住时间和速度的平衡。

在地球的南极被套入大环前的一段时间，太空中的人们看到，南极大陆的海岸线形状急剧变化。这个大陆像一块热煎锅上的牛油一样缩小着面积，地球的海水在吞食者引力的拉动下涌向南极，地球顶端那块雪白的大陆正在被滔天巨浪所吞没。

这时，吞食者大环上的裂缝越来越多，且都在延长扩宽。最初出现的那几条裂缝已不再是黑色的，里面透出了暗红色的火光，像几千公里长的地狱之门。有几条蛛丝般的白色细线从大环表面升起，接下来，这样的细线越来越多，出现在大环的每一部分，仿佛吞食者长出了稀疏的头发。这是从大环上发射的飞船的尾迹，吞食者开始从他们将要毁灭的世界逃命了。

但当地球被大环吞入一半时，情况发生了逆转：地球的引力像无数根无形的辐条拉住了正在解体的大环，吞食者表面不再有新的裂缝出现，已有的裂缝也停止了扩展。14小时过去后，地球被完全套入大环，它那引力的辐条变得更加强劲有力，吞食者表面的裂缝开始缩小，又过了5个小时，这些裂缝完全合拢了。

在指挥舰上，统帅部的大屏幕黑了，甚至连灯都灭了，只有太阳从舷窗中投进惨白的光芒。为了产生人工重力，飞船仍在缓缓自转，使得太阳从不同位置的舷窗中升升降降。光影流转，仿佛在追述着人类那已永远成为过去的日日夜夜。

"谢谢各位在过去一个世纪中尽职尽责的工作，谢谢。"元帅说，并向统帅部的全体人员敬礼。在将士们的注视下，他平静地整理了一下自己的军装，其他人也这样做了。

人类失败了，但地球保卫者们已经尽到了自己的责任。对于尽责的战士来说，这一时刻仍是辉煌的。他们接受了平静的良心授予自己的无形勋章，他们有权享受这光荣的一刻。

8. 尾声——归宿

"真的有水啊！"一名年轻上尉惊喜地叫出来。面前确实是一片广阔的水面，在昏黄的天空下泛着粼粼的波光。

元帅摘下太空服的手套，捧起一点儿水，推开面罩尝了尝，又赶紧将面罩合上，"嗯，还不是太咸。"看到上尉也想打开面罩，他制止说，"会得减压病的。大气成分倒没问题，硫黄之类的有毒成分已经很淡了，但气压太低，相当于战前的一万米高空。"

一名将军在脚下的沙子中挖着什么，"也许会有些草种子的。"他抬头对元帅笑笑说。

元帅摇摇头，说："这里战前是海底。"

"我们可以到离这里不远的十一号新陆去看看，那里说不定会有。"那名上尉说。

"有也早烤焦了。"有人叹息道。

大家举目四望。地平线处有连绵的山脉，它们是最近一次造山运动的产物。青色的山体由赤裸的岩石构成，从山顶流下的岩浆河发着暗红的光，使山脉像一个巨人淌血的躯体，但大地上的岩浆河已经消失了。

这是战后230年的地球。

战争结束后，统帅部幸存的100多人在指挥舰上进入冬眠期，等待地球被吞食者吐出后重返家园。指挥舰则成为一颗卫星，在一条宽大的轨道上围绕着由吞食者和地球组成的联合星体运行。在以后的时间里，吞食帝国并没有打扰他们。

战后第125年，指挥舰上的传感系统发现吞食者正在吐出地球，就唤醒了一部分冬眠者。当这些人醒来后，吞食者已飞离地球，向金星方向航行，而这时的地球已变成一颗人们完全陌生的行星，像一块刚从炉子里取出的火炭，海洋早已消失，蛛网般的岩浆河流覆盖着大地。他们只好继续冬眠，重新设定传感器，等待地球冷却。这一等又是一个世纪。

冬眠者们再次醒来时，发现地球已冷却成一颗荒凉的黄色行星，剧烈的地质运动平息下来，虽然生命早已消失，但有稀薄的大气，甚至还发现了残存的海洋，于是，他们就在一个大小如战前内陆湖泊的残海边着陆了。

一阵轰鸣声——就是在这稀薄的空气中也震耳欲聋——那艘熟悉的外形粗笨的吞食帝国飞船在人类飞船的不远处着陆。高大的舱门打开后，大牙拄着一根电线杆长度的拐杖颤颤地走下来。

"啊，您还活着！有500岁了吧？"元帅同他打招呼。

"我哪儿能活那么久啊。战后30年我也冬眠了，就是为了能再见你们一面。"

"吞食者现在在哪儿？"

大牙指向天空的一个方向："晚上才能看见，只是一颗暗淡的小星星。它已航出木星轨道。"

"它在离开太阳系吗？"

大牙点点头："我今天就要启程去追它了。"

"我们都老了。"

"老了……"大牙黯然地点点头，哆嗦着把拐杖换了手，"这个世界，现在……"他指指天空和大地。

"有少量的水和大气留了下来，这算是吞食帝国的仁慈吗？"

大牙摇摇头："与仁慈无关，这是你们的功绩。"

地球战士们不解地看着大牙。

"哦，在那场战争中，吞食帝国遭受了前所未有的创伤，死了上亿人，生态系统也被严重损坏。战后我们用了50个地球年的时间才初步修复撕裂的大环，这以后才有能力对地球进行咀嚼。但你知道，我们在太阳系的时间有限，如果不能及时离开，有一片星际尘埃会飘到我们前面的航线上，如果绕道，我们到达下一个行星系的时间就会晚1.7万年，那时我们要吞食的行星就会被衰老的恒星吞食掉，所以我们对太阳几颗行星的咀嚼就很匆忙，吃得不太干净。"

"这让我们倍感自豪。"元帅看看周围的人们说。

"你们当之无愧！那真是一场伟大的星际战争。在吞食帝国漫长的征战史中，你们是最出色的战士之一！直到现在，帝国的行吟诗人还在到处传唱地球战士史诗般的战绩。"

"我们更想让人类记住这场战争。对了，现在人类怎样了？"

"战后大约有20亿人类移居到吞食帝国，占人类总数的一半。"大牙说着，打开了手提电脑宽大的屏幕，上面出现了人类在吞食者上生活的画面：蓝天下，一片美丽的草原，一群快乐的人在歌唱跳舞，一时难以分辨这些人的性别，因为他们的皮肤都是那么细腻白嫩，都身着轻纱般的长服，头上装饰着美丽的花环。远处有一座漂亮的城堡，其形状显然来自地球童话，色彩之鲜艳如同用奶油和巧克力建造的。镜头拉近，元帅细看这些漂亮人儿的表情，确信他们真的是处于快乐之中。那是一种真正无忧无虑的快乐，如水晶般单纯，战前的人类只在童年能够短暂地享受。

"必须保证他们的绝对快乐，这是饲养中起码的技术要求，否则肉质得不到保证。地球人是高档食品，只有吞食帝国的上层社会才有钱享用，这种美味像我都是吃不起的。哦，元帅，我们找到了您的曾孙，录下了他对您说的话，想看吗？"

元帅吃惊地看了大牙一眼，点点头。屏幕上出现了一个皮肤细嫩的漂亮男孩。从面容上看，他可能只有十岁，但身材却有成年人那么高。他一双女人般的小手拿着一个花环，显然是刚刚从舞会上被叫过来。他眨着一双水灵灵的大眼睛说："听说曾祖父您还活着？我只求您一件事，千万不要来见我啊！我会恶心死的！想到战前人类的生活，我们都会恶心死的，那是狼的生活，蟑螂的生活！您和您的那些地球战士还想维持那种生活，差一点儿真的阻止人类进入这个美丽的天堂！变态！您知道您让我多么羞耻、多么恶心吗？呸！不要来找我！呸！快死吧，你！"说完，他又蹦跳着加入到草原上的舞会中去了。

大牙首先打破了尴尬的沉默："他将活过六十岁，能活多久就活多久，不会被宰杀。"

"如果是因为我的缘故，十分感谢。"元帅凄凉地笑了一下。

"不是。在得知自己的身世后，他很沮丧，也充满了对您的仇恨，这类情绪会使他的肉质不合格。"

大牙感慨地看着面前这最后一批真正的人类。他们身上的太空服已破旧不堪，脸上都刻着岁月的沧桑，在昏黄的阳光里，如同地球大地上一群锈迹斑斑的铁像。

大牙合上电脑，充满歉意地说："本来不想让大家看这些的，但你们都是真正的战士，能够勇敢地面对现实，要承认……"他犹豫了一下，才说，"人类文明完了。"

"是你们毁灭了地球文明，"元帅凝视着远方，"你们犯下了滔天罪行！"

"我们终于又开始谈道德了。"大牙咧嘴一笑。

"在入侵我们的家园并极其野蛮地吞食一切后，我不认为你们还有这个资格。"元帅冷冷地说。其他人不再关注他们的谈话，吞食者文明冷酷残暴的程度已超出人类的理解力，他们现在真的没有兴趣再同其进行道德方面的交流了。

"不，我们有资格，我现在还真想同人类谈谈道德……'您怎么拿起来就吃啊！'"

大牙最后这句话让所有人浑身一震。这话不是从翻译器中传出的，而是大牙亲口说的，虽然嗓门很大，但他对三个世纪前元帅的声调模仿得惟妙惟肖。

大牙通过翻译器接着说："元帅，您在三百年前的那次感觉是对的。星际间的不同文明，其相似要比差异更令人震惊，我们确实不应该这么像。"

人们把目光聚焦在大牙身上。他们都预感到，一个惊天的大秘密将被揭开。

大牙动动拐杖，使自己站直，看着远方说："朋友们，我们都是太阳的孩子，地球是我们共同的家园，但我们比你们更有权利拥有她！因为在你们之前的 1.4 亿年，我们的先祖就在这颗美丽的行星上生活，并创造了灿烂的文明。"

地球战士们呆呆地看着大牙，身边的残海跳跃着昏黄的阳光，远方的新山脉流淌着血红的岩浆。越过 6000 万年的沧桑时光，曾经覆盖地球的两大物种在这劫后的母星上凄凉地相会了。

"恐——龙——"有人低声惊叫。

大牙点点头："恐龙文明崛起于一亿地球年前，就是你们地质纪年的中生代白垩纪中期，在白垩纪晚期达到鼎盛。我们是体形巨大的物种，对生态的消耗量极大。随着恐龙数量的急剧增加，地球生态圈已难以维持恐龙社会的生存，接着恐龙又吃光了刚刚拥有初级生态的火星。地球上恐龙文明的历史长达 2000 万年，但恐龙社会真正的急剧膨胀也就是几千年的事，其在生态上造成的影响从地质纪年的长度看，很像一场突然爆发的大灾难，这就是你们所猜测的白垩纪灾难。

"终于有那么一天，所有的恐龙都登上了十艘巨大的世代飞船，航向茫茫星海。这十艘飞船最后合为一体，每到达一颗有行星的恒星就扩建一次，经过 6000 万年，就成为现在的吞食帝国。"

"为什么要吃掉自己的家园呢？恐龙没有一点儿怀旧感吗？"有人问。

大牙陷入了回忆："说来话长。星际空间确实茫茫无际，但与你们的想象不同，真正适合我们高等碳基生物生存的空间并不多。从我们所在的位置向银河系的中心方向，走不出 2000 光年，就会遇到大片的星际尘埃，在其中既无法航行，也无法生存；再向前，则会遇到强辐射和大群游荡的黑洞……如果向相反的方向走呢，我们已在旋臂的末端，不远处就是无边无际的荒凉虚空。在适合生存的这片空间中，消耗量巨大的吞食帝国已吃光了所有的行星。现在，我们的唯一活路是航行到银河系的另一旋臂去，我们也不知道那里有什么，但在这片空间待下去肯定是死路一条。这次航行要持续 1500 万年，途中一片荒凉，我们必须在起程前贮备好所有的消耗品。这时的吞食帝国就像干涸的小水洼中的一条鱼，它必须在水洼完全干掉之前猛跳一下，虽然多半是落到旱地上，在烈日下死去，但也有可能落到相邻的另一个水洼中活下去……至于怀旧感，在经历了几千万年的太空跋涉和数不清的星际战争后，恐龙种族早已是铁石心肠了。为了前面千万年的航程，吞食帝国要尽可能多吃一些东西……文明是什么？文明就是吞食，不停地吃啊吃，不停地扩张和膨胀，其他的一切都是次要的。"

元帅深思着说："难道生存竞争是宇宙间生命和文明进化的唯一法则？难道不能建立起一个自给自足的、内省的、多种生命共生的文明吗？像波江文明那样？"

大牙长出一口气："我不是哲学家，回答不了这个问题。也许答案是肯定的，关键是谁先走出第一步呢？自己的生存是以征服和消灭别人为基础的，这是这个宇宙中生命和文明生存的铁的法则，谁要首先不遵从它而自省起来，就必死无疑。"

大牙转身走上飞船，再出来时，手中端着一个扁平的方盒子。那个盒子长宽有三四米，起码要四个人才能抬起来。大牙把盒子平放到地上，掀起顶盖。人们看到盒子里装满了土，土上长着一片青草。在这已无生命的世界中，这绿色令所有人心动。

"这是一块战前地球的土地，战后我使这块土地上的所有植物和昆虫都进入冬眠，现在过了两个多世纪，又使它们同我一起苏醒。我本想把这块土地带走做个纪念，唉，现在想想还是算了吧，还是把它放回它该在的地方吧。我们从母星拿走的够多了。"

看着这一小片生机盎然的地球土地，人们的眼睛湿润了，他们现在知道，恐龙并非铁石心肠。在那比钢铁和岩石更冰冷坚硬的鳞甲后面，也有一颗渴望回家的心。

大牙一挥爪子，似乎想把自己从某种情绪中解脱出来，"好了，朋友们，我们一起走吧，到吞食帝国去。"看到人们的表情，他举起一只爪子，"你们到那里当然不是作为家禽被饲养。你们是伟大的战士，都将成为帝国的普通公民，你们还会得到一份工作：建立一座人类文明博物馆。"

地球战士们把目光集中在元帅身上。他想了想，缓缓地点了点头。

地球战士们一个接一个地上了大牙的飞船。那为恐龙准备的梯子他们必须一节一节引体向上爬上去。元帅是最后一个上飞船的人，他双手抓住飞船舷梯最下面一节踏板的边缘，在把自己的身体拉离地面的时候，他最后看了一眼脚下地球的土地，然后就停在那里看着地面，很长时间一动不动，他看到了——蚂蚁。

这蚂蚁是从盒子中的土里爬出来的。元帅放开抓着踏板的双手，蹲下身，让它爬到自己手上。他举起那只手，细细地看着它，它那黑宝石般的小身躯在阳光下闪闪发亮。元帅走到盒子旁，把这只蚂蚁放回那片小小的草丛中。这时，他又在草丛间的土面上发现了其他几只蚂蚁。

他站起身来，对刚来到身边的大牙说："我们走后，这些草和蚂蚁就是地球上仅有的生命了。"

大牙默默无语。

元帅说："地球上的文明生物有越来越小的趋势——恐龙，人，然后可能是蚂蚁。"他又蹲下来，深情地看着那些在草丛间穿行的小生命，"该轮到它们了。"

这时，地球战士们又纷纷从飞船上下来，返回到那块有生命的地球土地前，围成一圈，深情地看着它。

大牙摇摇头，说："草能活下去，这海边也许会下雨的。但蚂蚁不行。"

"因为空气稀薄吗？看样子它们好像没受影响。"

"不，空气没问题。与人不同，在这样的空气中它们能存活。关键是没有食物。"

"不能吃青草吗?"

"那就谁也活不下去了:在稀薄的空气中,青草长得很慢;蚂蚁会吃光青草,然后饿死——这倒很像吞食文明可能的最后结局。"

"您能从飞船上给它们留下些吃的吗?"

大牙又摇头:"我的飞船上除了生命冬眠系统和饮用水外,什么都没有。我们在追上帝国前需要冬眠。你们的飞船上还有食物吗?"

元帅也摇了摇头:"只剩几支维持生命的注射营养液,没用的。"

大牙指指飞船:"我们还是抓紧时间吧。帝国的加速很快,晚了我们会追不上它的。"

沉默。

"元帅,我们留下来。"一名年轻中尉说。

元帅坚定地点点头。

"留下来?干什么?"大牙挨个儿看着他们,惊讶地问,"你们飞船上的冬眠装置已接近报废,又没有食品,留下来等死吗?"

"留下来走出第一步。"元帅平静地说。

"什么?"

"您刚才提过的新文明的第一步。"

"你们……要做蚂蚁的食物?"

地球战士们点点头。大牙无言地注视了他们很长时间,然后转身,拄着拐杖慢慢走向飞船。

"再见,朋友!"元帅在大牙身后高声说。

老恐龙长长地叹息了一声:"在我和我的子孙前面,是无尽的暗夜,不休的征战。茫茫宇宙,哪里是家呀!"人们看到他的脚下湿了一片，不知道是不是一滴眼泪。

恐龙的飞船在轰鸣中起飞，很快消失在西方的天空。在那个方向，太阳正在落下。

最后的地球战士们围着那块有生命的土地默默地坐了一会儿，然后，从元帅开始，大家纷纷掀起面罩，在沙地上躺了下来。

时间流逝，太阳落下，晚霞使劫后的大地映在一片美丽的红光中。然后，有稀疏的星星在天空中出现。元帅发现，一直昏黄的天空这时居然现出了一抹深蓝。在稀薄的空气夺去他的知觉前，他欣慰地感到太阳穴上有轻微的骚动——蚂蚁正在爬上他的额头。这感觉让他回到了遥远的童年，在海边两棵棕榈树间拴着的小吊床上，他仰望着灿烂的星海，妈妈的手抚过他的额头……

夜晚降临了，残海平静如镜，毫不走样地映着横跨夜空的银河。这是这颗行星有史以来最宁静的夜晚。

在这宁静中，地球重生了。

地火——时间能够改变一切

　　父亲的生命已走到了尽头，他用尽力气呼吸，比他在井下扛起200多斤的铁支架时用的力气大得多。他脸色惨白，双目突出，嘴唇因窒息而呈深紫色，仿佛一条无形的绞索正在脖子上慢慢绞紧，他那辛劳一生的所有淳朴的希望和梦想都已消失，现在他生命的全部渴望就是多吸进一点点空气。但父亲的肺，就像所有患三期矽肺病的矿工的肺一样，成了一块由网状纤维连在一起的黑块，再也无法把吸进的氧气输送到血液中。组成那个黑块的煤粉是父亲在25年中从井下一点点吸入的，是他一生采出的煤中极小极小的一部分。

　　刘欣跪在病床边，父亲气管发出的尖啸一下下割着他的心。突然，他感觉到这尖啸中有些杂音，他意识到这是父亲在说话。

　　"什么，爸爸？你说什么呀，爸爸？"

　　父亲突出的双眼死死盯着儿子，那垂死呼吸中的杂音更急促地重复着……

　　刘欣又声嘶力竭地追问。

　　杂音没有了，呼吸也变弱了，最后成了一下一下轻轻的抽搐，然后一切都停止了，可父亲那双已无生命的眼睛仍焦急地看着儿子，仿佛迫切想知道他是否听懂了自己最后的话。

刘欣进入了恍惚状态——他不知道妈妈是怎样晕倒在病床前，也不知道护士是怎样从父亲鼻孔中取走输氧管，他只听到那段杂音在脑海中回响，每个音节都刻在他的记忆中，像刻在唱片上一样清晰。

后来的几个月，他一直都处在这种恍惚状态中。那杂音日日夜夜在脑海中折磨着他，最后他觉得自己也要窒息了，不让他呼吸的就是那段杂音，他要想活下去，就必须弄明白它的含义！直到有一天，久病的妈妈对他说，他已长大了，该撑起这个家了，别去念高中了，去矿上接爸爸的班吧。他恍惚着拿起父亲的饭盒，走出家门，在 1978 年冬天的寒风中向矿上走去，向父亲的二号井走去。他看到了黑黑的井口，好像一只眼睛注视着他，而通向深处的一串防爆灯就是那只眼睛的瞳仁——那是父亲的眼睛。那杂音急促地在他脑海中响起，最后变成一声惊雷，他猛然听懂了父亲最后的话：

"不要下井……"

25 年后

刘欣觉得自己的奔驰车在这里很不协调，很扎眼。现在矿上建了些高楼，路边的饭店和商店也多了起来，但一切都笼罩在一种灰色的氛围之中。

车到了矿务局，刘欣看到局办公楼前的广场上黑压压坐了一大片人。刘欣穿过坐着的人群向办公楼走去。在这些身着工作服和便宜背心的人当中，西装革履的他再次感到了自己同周围的不协调。人们无言地看着他走过，目光像钢针一样穿透了他身上 2000 美元一套的名牌西装，令他浑身发麻。

在局办公楼前的大台阶上，他遇到了李民生，他的中学同学，现在是地质处的主任工程师。这人还是20年前那副瘦猴样，脸上又多了一副憔悴的倦容。他抱着一卷图纸，这对他似乎已是很沉重的负担。

"矿上有半年发不出工资了，工人们在等候。"寒暄后，李民生指着办公楼前的人群说，同时上下打量着他，那目光像在看一个异类。

"有了大秦铁路，前两年国家又实行限产，还是没好转？"

"有过一段好转，后来又不行了。这行业就这么个样子，我看谁也没办法。"李民生长叹了一口气，转身欲走，好像刘欣身上有什么东西使他想快些离开，但刘欣拉住了他。

"帮我一个忙。"

李民生苦笑着说："十多年前在市一中，你连饭都吃不饱，还不肯要我们偷偷放在你书包里的饭票，现在你更是最不需要谁帮忙了。"

"不，我需要。能不能找到地下一小块煤层，很小的一块，贮量不要超过三万吨，关键是这块煤层要尽量孤立，同其他煤层间的联系越少越好。"

"这个……应该行吧。"

"我需要这煤层和周围详细的地质资料，越详细越好。"

"这个也行。"

"那我们晚上细谈。"刘欣说。李民生转身又要走，刘欣再次拉住了他，"你不想知道我打算干什么？"

"我现在只对自己的生存感兴趣，同他们一样。"他朝人群偏了一下头，转身走了。

沿着被岁月磨蚀的楼梯拾级而上，刘欣看到楼内的高墙上沉积的煤粉像一幅幅巨型的描绘云雾和山脉的水墨画。那幅《毛主席去安源》的巨幅油画还挂在那里，画很干净，没沾染煤粉，但画框和画面都显示出了岁月的沧桑。画中人那深邃沉静的目光在 20 多年后又一次落到刘欣的身上，他终于有了回家的感觉。

　　来到二楼，局长办公室还在 25 年前那个地方。那两扇大门后来包了皮革，现在皮革也破了。推门进去，刘欣看到局长正伏在办公桌上专心致志看一张很大的图纸，半白的头对着门口。走近了看，那是一张某个矿的掘进进尺图。

　　"你是部里那个项目的负责人吧？"局长问。他只是抬了一下头，然后又低下头去看图纸。

　　"是的，这是个很长远的项目。"

　　"呵，我们尽力配合吧，但眼前的情况你也看到了。"局长抬起头来，把手伸向他。刘欣和他握手时，看到了他脸上和李民生一样的憔悴倦容，同时感觉到他有两根手指变形了——那是早年一次井下工伤造成的。

　　"你去找负责科研的张副局长，去找赵总工程师也行，我没空，真对不起了，等你们有一定结果后我们再谈。"局长说完，又把注意力集中到图纸上去了。

　　"您认识我父亲，您曾是他队里的技术员。"刘欣说出了他父亲的名字。

　　局长点点头："好工人，好队长。"

　　"您对现在煤炭工业的形势怎么看？"刘欣突然问，他觉得只有尖锐地切入正题才能引起这人的注意。

"什么怎么看?"局长头也没抬地问。

"煤炭工业是典型的传统工业、落后工业和夕阳工业。它劳动密集,工人的工作条件恶劣,产出率低。产品运输要占用巨量运力……煤炭工业曾是英国工业的一个重要组成部分,但英国在十年前就关闭了所有的煤矿!"

"我们关不了。"局长说,仍未抬头。

"是的,但我们要改变!彻底改变煤炭工业的生产方式!否则,我们永远无法走出现在这种困境。"刘欣快步走到窗前,指着窗外的人群,"煤矿工人,千千万万的煤矿工人,他们的命运难以有根本的改变!我这次来……"

"你下过井吗?"局长打断了他。

"没有。"一阵沉默后,刘欣又说,"父亲死前不让我下。"

"你做到了。"局长说。他伏在图纸上。刘欣看不到他的表情和目光,刚才那种针刺的感觉又回到了他身上。他觉得很热,这个季节,他的西装和领带只适合有空调的房间。这里没有空调。

"您听我说,我有一个目标,一个梦。这梦在我父亲死的时候就有了。为了我的这个梦、这个目标,我上了大学,又出国读了博士……我要彻底改变煤炭工业的生产方式,改变煤矿工人的命运。"

"简单些,我没空。"局长把手向后指了一下。刘欣不知他指的是不是窗外的人群。

"只要一小会儿,我尽量简单些说。煤炭工业的传统生产方式是:在极差的工作环境中,用密集的劳动、很低的效率,把煤从地下挖出来,然后占用大量铁路、公路和船舶的运力,把煤运输到使用地点,然后再把煤送到煤气发生器中,产生煤气,或送入发电厂,经磨煤机研碎后送进锅炉燃烧……"

"简单些，直截了当些。"

"我的想法是：把煤矿变成一个巨大的煤气发生器，使煤层中的煤在地下就变为可燃气体，然后用开采石油或天然气的方式地面钻井开采，并通过专用管道把这些气体输送到使用点。用煤量最大的火力发电厂的锅炉也可以燃烧煤气。这样，矿井将消失，煤炭工业将变成一个同现在完全两样的崭新的现代化工业！"

"你觉得自己的想法很新鲜？"

刘欣不觉得自己的想法新鲜，同时他也知道，这位局长——矿业学院 60 年代的高才生，现今国内最权威的采煤专家之一——也不会觉得新鲜。局长当然知道，煤的地下气化在几十年前就是世界性的研究课题，这几十年中，数不清的研究所和跨国公司开发出了数不清的煤气化催化剂，但至今煤的地下气化仍是一个梦，一个人类做了近一个世纪的梦。原因很简单，那些催化剂的价格远高于它们产生的煤气。

"您听着，我不用催化剂也可以做到煤的地下气化！"

"怎么个做法呢？"局长终于推开了眼前的图纸，似乎很专心地听刘欣说下去。这给了他很大的鼓舞。

"把地下的煤点着！"

一阵长时间的沉默。局长直直地看着刘欣，同时点上一支烟，热情地示意他说下去。但刘欣的兴奋劲儿一下降了下来，他已经看出局长热情的实质。在日日夜夜艰苦而枯燥的工作中，他终于找到了一个短暂的放松消遣的机会——一个可笑的傻瓜来免费表演了。刘欣只好硬着头皮说下去：

"开采是通过在地面向煤层钻孔实现的,用现有的油田钻机就可实现,其作用如下:一,向煤层中布放大量的传感器;二,点燃地下煤层;三,向煤层中注水或水蒸气;四,向煤层中导入助燃空气;五,导出气化煤。

"地下煤层被点燃并同水蒸气接触后,将发生以下反应:碳同水生成一氧化碳和氢气,碳同水生成二氧化碳和氢气;然后,碳同二氧化碳生成一氧化碳,一氧化碳同水又生成二氧化碳和氢气。最后的结果将产生一种类似于水煤气的可燃气体,其中的可燃成分是百分之五十的氢气和百分之三十的一氧化碳,这就是我们可以得到的气化煤。

"传感器将煤层中各点的燃烧情况和一氧化碳等可燃气体的产生情况通过次声波信号传回地面,这些信号汇总到计算机中,生成一个煤层燃烧场的模型。根据这个模型,我们就可从地面通过钻孔控制燃烧场的范围,并控制其燃烧的程度。具体的方法是通过钻孔注水抑制燃烧,或注入高压空气或水蒸气加剧燃烧。这一切都是计算机根据燃烧场模型的变化自动进行的,可以使整个燃烧场处于最佳的水煤混合不完全燃烧状态,保持最高的产气量。您最关心的当然是燃烧范围的控制,针对这个问题,我们可以在燃烧蔓延的方向上打一排钻孔,注入高压水,形成地下水墙阻断燃烧;在火势较猛的地方,还可采用大坝施工中的水泥高压灌浆帷幕来阻断燃烧……你在听我说吗?"

窗外传来一阵喧哗,吸引了局长的注意力。刘欣知道,他的话在局长脑海中产生的画面肯定和自己想象中的不一样。局长当然清楚点燃地下煤层意味着什么。现在,地球上各大洲都有很多燃烧着的煤矿,中国就有几座。去年,刘欣在新疆第一次见到了地火。在那里,极目望去，大地和丘陵寸草不生，空气中涌动着充满硫黄味的热浪，使周围的一切都在晃动，仿佛整个世界都被放在烤架上。入夜，刘欣看到一道道幽幽的红光，它们是从地上无数裂缝中透出的。刘欣走近一条裂缝，探身向里看去，立刻倒吸了一口冷气。这儿像是地狱的入口。红光从深处透上来，热力逼人。再抬头看看夜幕下这透出道道红光的大地，刘欣一时觉得地球像一块被薄薄地层包裹着的火炭！陪刘欣去的是一个叫阿古力的强壮维吾尔族汉子，他是中国唯一一支专业煤层灭火队的队长。刘欣那次去的目的，就是要把他招聘到自己的实验室中。

"离开这里我还有些舍不得，"阿古力用生硬的汉话说，"我是看着地火长大的，它在我眼中成了世界必不可少的一部分，像太阳星星一样。"

"你是说，从你出生时这火就烧着？"

"不，刘博士，这火从清朝时就烧着！"

刘欣一下呆立住了，在黑夜中的滚滚热浪面前，打着寒战。

阿古力接着说："与其说我答应去帮你，还不如说是去阻止你。听我的话，刘博士，这不是闹着玩儿的，你在干魔鬼的勾当呢！"

……

这时，窗外的声音更大了，局长站起身向外走去，同时对刘欣说："年轻人，我真希望部里用投在这个项目上的那6000万干些别的。你已看到，需要干的事儿太多了，回见。"

刘欣跟在局长身后来到办公楼外面，看到等候的人更多了。一位领导正对群众喊话，刘欣没有听清那人在说什么，他的注意力被人群一角的情景吸引了，那里有一大片轮椅。这个年代，你不会在别的地方见到这么多的轮椅集中在一块儿，轮椅还在源源不断地出现，每只轮椅上都坐着一位因工伤截肢的矿工……

刘欣感到透不过气来，他扯下领带，低着头急步穿过人群，钻进自己的汽车。他漫无目的地开车乱转，脑子一片空白。不知转了多长时间，他刹住车，发现自己来到一座小山顶上。他小时候常到这里来，从这儿可以俯瞰整个矿区。他呆呆地站在那儿，不知过了多长时间。

"都看到些什么？"一个声音响起。刘欣回头一看，李民生不知什么时候站在他身后。

"那是我们的学校。"刘欣向远方指了一下。那是一所很大的、中学和小学在一起的矿山学校，校园内的大操场格外醒目。在那儿，他们埋葬了自己的童年和少年。

"你自以为记得过去的每一件事。"李民生在旁边的一块石头上坐下来，有气无力地说。

"我记得。"

刘欣猛地转身盯着他童年的朋友："你怎么变成这个样子？我不认识你了！"

李民生猛地站起身，也盯着刘欣，同时用一只手指着山下黑灰色的世界："那矿山怎么变成这个样子？你还认识它吗？"他又颓然坐下，"那个时代，我们的父辈是多么骄傲的一群，伟大的煤矿工人是多么骄傲的一群！就说我父亲吧，他是八级工，一个月能挣120元！那个时代的120元啊！"

刘欣沉默了一会儿，想转移话题："家里人都好吗？你爱人，她叫……什么珊来着？"

李民生又苦笑了一下："现在连我都几乎忘记她叫什么了。去年，她对我说她去出差，扔下我和女儿，不见了踪影。两个多月后，她来了一封信，信是从加拿大寄来的，她说再也不愿和一个煤黑子一起葬送人生了。"

　　"有没有搞错，你是高级工程师啊！"

　　"都一样。"李民生对着下面的矿山画了一大圈，"在她们眼里，我们都是煤黑子。呵，还记得我们是怎样立志当工程师的吗？"

　　"那年创高产，我们去给父亲送饭，那是我们第一次下井。在那黑乎乎的地方，我问父亲和叔叔们，你们怎么知道煤层在哪儿？怎么知道巷道向哪个方向挖？特别是，你们在深深的地下从两个方向挖洞，怎么能准准地碰到一块儿？"

　　"你父亲说，孩子，谁都不知道，只有工程师知道。我们上井后，他指着几个把安全帽拿在手中围着图纸看的人说，看，他们就是工程师。当时在我们眼中，那些人就是不一样。至少，他们脖子上的毛巾白了许多……"

　　"现在我们实现了儿时的愿望，当然说不上什么辉煌，总得尽责任做些什么，要不岂不是背叛了自己？"

　　"闭嘴吧！"李民生愤怒地站了起来，"我一直在尽责任，一直在做着什么。倒是你，成天就生活在梦中！你真的认为你能让煤矿工人从矿井深处走出来？能让这矿山变成气田？就算你的那套理论和实验都成功了，又能怎么样？你计算过那玩意儿的成本吗？还有，你用什么来铺设几万公里的输气管道？要知道，我们现在连煤的铁路运费都付不起了！"

　　"为什么不从长远看？几年，几十年以后……"

"见鬼吧！我们现在连几天以后都没着落呢！我说过，你是靠做梦过日子的，从小就是！当然，在北京六铺炕那幢安静的旧大楼（国家煤炭设计院所在地）中，你这梦可以随便做。我不行，我生活在现实中！"李民生揶揄了一通，转身要走时才想起来意，"哦，我来是告诉你，局长已安排我们处配合你们的实验。工作是工作，我会尽力的。三天后我给你实验煤层的位置和详细资料。"说完，他头也不回地走了。

刘欣呆呆地看着这埋葬了他童年和少年时代的矿山。他看到了高大的井架，顶端巨大的卷扬轮正转动着，把看不见的大罐笼送入深深的井下；他看到了一排排轨道电车从他父亲工作过的矿井出入；他看到了选煤楼下，一列火车正从一长排数不清的煤斗下缓缓开出；他看到了电影院和球场，在那里他度过了最美好的童年时光；他看到了高大的矿工澡堂——只有在煤矿才有这样大的澡堂。在那宽大澡池被煤粉染黑的水中，他居然学会了游泳！是的，在这远离大海和大河的地方，他是在那儿学会游泳的！他的目光移向远方，看到了高大的矸石山。那是上百年来从煤中捡出的黑石堆成的山，看上去比周围的山都高大。矸石中的硫黄因雨水而发热，正冒出一阵阵青烟……这里的一切都被岁月罩上一层黑灰色，这也是刘欣童年的颜色，生命的颜色。他闭上双眼，听着矿山发出的声音。时光在这里仿佛停止了流逝。

啊，父辈们的矿山，我的矿山……

这是离矿山不远的一个山谷，白天可以看到矿山的烟雾和蒸汽从山后升起，夜里可以看到矿山灿烂的灯火在天空中映出的光晕，矿山的汽笛声也清晰可闻。现在，刘欣、李民生和阿古力站在山谷的中央，看到这里很荒凉，远处山脚下有一个牧人赶着一群瘦山羊慢慢走过。这个山谷下面，就是刘欣要做地下气化煤开采实验的那片孤立的小煤层。这是李民生和地质处的工程师们花了一个月的时间，从地质处资料室那堆积如山的地质资料中找到的。

"这里离主采区较远，所以地质资料不太详细。"李民生说。

"我看过你们的资料。从现有资料看，实验煤层距大煤层至少有200米，还是可以的。我们要开始干了！"刘欣兴奋地说。

"你不是搞煤矿地质专业的，对这方面的实际情况了解不多，我劝你还是慎重一些，再考虑考虑吧！"

"现在实验根本不能开始！"阿古力说，"我也看过资料，太粗疏了！勘探钻孔间距太大，还都是60年代初搞的，应该重新进行勘探，必须确切证明这片煤层是孤立的，实验才能开始。我和李工搞了一个勘探方案。"

"按这个方案完成勘探需要多长时间？还要追加多少投资？"

李民生说："按地质处现有的力量，时间至少一个月。投资没细算过，估计……怎么也得200万左右吧。"

"我们既没时间也没钱干这事儿。"

"那就向部里请示！"阿古力说。

"部里？部里早就有一帮人想砍掉这个项目了！上面急于看到结果，我再回去要求延长时间和追加预算，岂不是自投罗网！直觉告诉我不会有太大问题的，就算我们冒个小险吧。"

"直觉？冒险？把这两个东西用到这件事上？刘博士，你知道这是在什么上面动火吗？这还是小险？"

"我已经决定了！"刘欣猛地把手一劈，独自向前走去。

"李工，你怎么不制止这个疯子？我们可是达成过一致看法的！"阿古力对李民生质问道。

"我只做自己该做的。"李民生冷冷地说。

山谷里有 300 多人在工作，他们中除了物理学家、化学家、地质学家和采矿工程师外，还有一些意想不到的其他专业人员：有阿古力率领的一支十多人的煤层灭火队，来自仁丘油田的两个完整的石油钻井班，几名负责建立地下防火帷幕的水工建筑工程师和工人。这个工地上，除了几台高大的钻机和成堆的钻杆外，还可以看到搅拌机和小山一样高的袋装水泥。高压泥浆泵轰鸣着将水泥浆注入地层中，还有成排的高压水泵和空气泵，以及蛛丝般错综复杂的各色管道……

工程已进行了两个月，他们在地下建立了一道总长 2000 多米的灌浆帷幕，把这片小煤层围了起来。这本是一项水电工程中的技术，用于大坝基础的防渗。刘欣想用它建立地下防火墙——高压注入的水泥浆在地层中凝固，形成一道地火难以穿透的严密屏障。在防火帷幕包围的区域中，钻机打出了近百个深孔，每个都直达煤层。每个孔口都连接着一根管道，这根管道又分成三根支管，连接到不同的高压泵上，可分别向煤层中注入水、水蒸气和压缩空气。

最后的一项工作是放"地老鼠"，这是人们对燃烧场传感器的俗称。这种由刘欣设计的神奇玩意儿并不像老鼠，倒很像一颗小炮弹。它有 20 厘米长，头部有钻头，尾部有驱动轮。被放进钻孔后，"地老鼠"能凭借钻头和驱动轮在地层中移动上百米，自动抵达指定位置；它能在高温高压下工作，在煤层被点燃后，它用可穿透地层的次声波把所在位置的各种参数传给主控计算机。现在，他们已在这片煤层中放入了上千个"地老鼠"，其中有一半放置在防火帷幕之外，以监测可能透过帷幕的地火。

在一顶宽大的帐篷中，刘欣站在一块投影屏幕前，屏幕上显示出防火帷幕圈，计算机根据收到的信号用闪烁光点标出所有"地老鼠"的位置。它们密集分布着，整个屏幕看上去就像一幅天文星图。

一切都已就绪，两根粗大的点火电极被从帷幕圈中央的一个钻孔放下去，电极的电线直接通到刘欣所在的大帐篷中，接到一个有红色大按钮的开关上。这时所有的工作人员都各就各位，兴奋地等待着。

"你最好再考虑一下，刘博士。你干的事太可怕了。你不知道地火的厉害！"阿古力再次对刘欣说。

"好了，阿古力。你从到我这儿来的第一天，就到处散布恐慌情绪，还告我的状，一直告到煤炭部，但公平地说，你在这个工程中是做了很大贡献的，没有你这一年的工作，我不敢贸然实验。"

"刘博士，别把地下的魔鬼放出来！"

"你觉得我们现在还能放弃？"刘欣笑着摇摇头，然后转向站在旁边的李民生。

李民生说："根据你的吩咐，我们第六遍检查了所有的地质资料，没有问题。昨天晚上我们还在敏感位置又加了一道帷幕。"他指了指屏幕上帷幕圈外的几个小线段。

刘欣走到点火电极的开关前，把手指放到红色按钮上时，他停了一下，闭起了双眼，像在祈祷。他嘴动了动，只有离他最近的李民生听清了他说的两个字：

"爸爸……"

红色按钮按下了，没有任何声音和闪光，山谷还是原来的山谷，但在地下深处，在上万伏的电压下，点火电极在煤层中迸发出雪亮的高温电弧。投影屏幕上，放置点火电极的位置出现了一个小红点，红点很快扩大，像滴在宣纸上的一滴红墨水。刘欣动了一下鼠标，屏幕上换了一幅画面，显示出计算机根据"地老鼠"发回的信息生成的燃烧场模型，那是一个洋葱状的不断扩大的球体，洋葱的每一层代表一个等温层。高压空气泵在轰鸣，助燃空气从多个钻孔汹涌地注入煤层，燃烧场像一个被吹起的气球一样扩大着……一个小时后，控制计算机启动了高压水泵，屏幕上燃烧场的形状变得扭曲复杂起来，但体积并没有缩小。

　　刘欣走出了帐篷，外面太阳已落山，各种机器的轰鸣在黑下来的山谷中回荡。300多人都聚集在外面，围着一个直立的喷口，那喷口有油桶一般粗。人们为刘欣让开一条路，他走上了喷口下的小平台。平台上已有两个工人，其中一个看到刘欣到来，便开始旋动喷口的开关轮；另一个用打火机点燃了一束火把，递给刘欣。随着开关轮的旋动，喷口中响起一阵气流的嘶鸣，音量骤增，就像一个喉咙嘶哑的巨人在山谷中怒吼。在四周，300张紧张期待的脸在火把的光亮中时隐时现。刘欣又闭上双眼，再次默念了那两个字：

　　"爸爸……"

　　然后他将火把伸向喷口，点燃了人类第一口燃烧气化煤井。

　　轰的一声，一根巨大的火柱腾空而起，猛蹿至十几米高。那火柱紧接喷口的底部呈透明的纯蓝色，向上很快变成刺眼的黄色，再向上渐渐变红。它在半空中发出低沉强劲的啸声，离得最远的人都能感觉到它澎湃的热力，周围的群山被它的光芒照得通亮，远远望去，宛如黄土高原上空一盏灿烂的天灯!

人群中走出一个头发花白的人——是局长。他握住刘欣的手说:"接受我这个思想僵化的落伍者的祝贺吧,你搞成了!不过,我还是希望尽快把它灭掉。"

"您到现在还不相信我?它不能灭掉,我要让它一直燃着,让全国和全世界都看看!"

"全国和全世界已经看到了。"局长指了指身后蜂拥而上的电视台记者,"但你要知道,实验煤层和周围大煤层的最近距离不到 200 米。"

"可在这些危险的位置,我们连打了三道防火帷幕,还有好几台高速钻机随时待命,绝对没有问题!"

"我不知道有无问题,只是很担心。这是部里的工程,我无权干涉。但任何一项新技术,不管看上去多成功,都有潜在的危险。在这几十年中,各种危险我见过不少,可能是我思想僵化的原因吧,我真的很担心……不过,"局长再次把手伸给了刘欣,"我还是谢谢你,你让我看到了煤炭工业的希望。"他又凝视了火柱一会儿,"你父亲会很高兴的。"

以后的两天又点燃了两个喷口,火柱达到了三根。这时,实验煤层的产气量按标准供气压力计算,已达 50 万立方米每小时,相当于上百台大型煤气发生炉。

对地下煤层燃烧场的调节全部由计算机完成,燃烧场的面积严格控制在帷幕圈总面积的三分之二以内,且界限稳定。应矿方的要求,刘欣多次做了燃烧场控制实验。他在计算机上用鼠标画一个圈,限定燃烧范围,然后按住鼠标把这个圈缩小。随着外面高压泵的轰鸣,一个小时内,实际燃烧场的面积退到缩小的圈内。同时,在距离大煤层较近的危险地带，又增加了两道长 200 多米的防火帷幕。

刘欣没有太多的事可做，大量时间都花在接受记者采访和对外联络上。国内外的许多大公司闻风而来，其中包括像杜邦和埃克森这样的巨头。

第三天，一个煤层灭火队员找到刘欣，说他们队长要累垮了。这两天，阿古力带领灭火队发疯似的一遍遍地搞地下灭火演习，还自作主张，租用国家遥感中心的一颗卫星监视这一地区的地表温度。他已连续三夜没睡觉，晚上在帷幕圈外面远远近近地转，一转就是一夜。

刘欣找到阿古力，看到这个强壮的汉子消瘦了许多，双眼红红的。"我睡不着，"阿古力说，"一合眼就做噩梦，看到大地上到处喷着这样的火柱子，像一个火的森林……"

刘欣说："租用遥感卫星是一笔很大的开销，虽然我觉得没必要，但既然已做了，我尊重你的决定。阿古力，我以后还是很需要你的。虽然我觉得你的煤层灭火队不会有太多的事可做，但再安全的地方也是需要消防队的。你太累了，先回北京去休息几天吧。"

"我现在离开？你疯了！"

"你在地火上面长大，对它形成了一种根深蒂固的恐惧感。现在，我们虽然还控制不了像新疆煤矿地火那么大的燃烧场，但我们很快就能做到！我打算在新疆建第一个商业化运营的气化煤田，到时候，那里的地火为我们所用，你家乡的土地将布满美丽的葡萄园。"

"刘博士，我很敬重你，这也是我跟你干的原因，但你总是高估自己。在地火面前，你还只是个孩子呢！"阿古力苦笑道，摇着头走了。

灾难是在第五天降临的。当时天刚亮，刘欣被推醒了，看到面前站着阿古力，他气喘吁吁，双眼发直，像得了热病，裤腿都被露水打湿了。他把一张激光打印机打出的照片举到刘欣面前，举得那么近，都快挡住刘欣的双眼了。那是一幅卫星发回的红外线彩色温度遥感照片，像一幅色彩斑斓的抽象画。刘欣看不懂，迷惑地望着他。"走！"阿古力大吼一声，拉着刘欣的手冲出帐篷。刘欣跟着他向山谷北面的一座山上攀去，一路上，刘欣越来越迷惑。首先，这是最安全的一个方向，在这个方向上，实验煤层距大煤层有上千米远；其次，阿古力现在领他走得也太远了，他们已接近山顶，帷幕圈远远落在下面，在这儿能出什么事呢？到达山顶后，刘欣喘息着正要质问，却见阿古力把手指向山另一边更远的地方。刘欣放心地笑了，笑阿古力神经过敏。但顺着阿古力手指的方向看了好一会儿后，他终于发现远处山坡低处的草地有些异样：那里出现了一个圆，圆内的绿色比周围略深一些，不仔细看根本无法察觉。刘欣的心猛然缩紧，他和阿古力向山下跑去，向草地上那个暗绿色的圆跑去。

跑到那里后，刘欣跪在草地上仔细察看圆内的草，并把它们同圆外的相比较，发现这些草已蔫软，倒伏在地，像被热水泼过一样。刘欣把手按到草地上，明显地感觉到了来自地下的热力。在圆的中心，一缕蒸汽在刚刚出现的阳光中缓缓升起……

经过一个上午的紧急钻探，又施放了上千个"地老鼠"，刘欣终于确定了一个噩梦般的事实：大煤层着火了。燃烧的范围一时还无法摸清，因为"地老鼠"在地下的行进速度只有每小时十几米。但大煤层比实验煤层深得多，它的燃烧热量透到了地表，说明已燃烧了相当长的时间，火场已很大了。

事情有些奇怪，在燃烧的大煤层和实验煤层之间的 1000 米土壤和岩石带完好无损，地火是在这上千米隔离带的两边烧起来的，以至于有人提出大煤层的火同实验煤层没有什么关系。但这只是自我安慰，连提出这个看法的人自己也不太相信。随着勘探的深入，事情终于在深夜搞清楚了。

从实验煤层中伸出了八条狭窄的煤带，这些煤带最窄处只有半米，很难察觉。其中五条煤带被防火帷幕截断，而有三条煤带向下延伸，刚好爬过了帷幕的底部。这三条"煤蛇"中的两条中断了，但有一条一直通向千米外的大煤层。这些煤带实际是被煤填充的地层裂缝，裂缝都与地表相通，为燃烧提供了良好的供氧。于是，那条煤带成了连接实验煤层和大煤层的一根导火索。

这三条煤带都没有在李民生提供的地质资料上标明。事实上，这种狭长的煤带是极其罕见的，大自然开了一个残酷的玩笑。

"我没有办法，孩子得了尿毒症，要不停地做透析，这个项目的酬金对我太重要了！所以我没尽全力阻止你……"李民生脸色苍白，回避着刘欣的目光。

现在，他们和阿古力站在隔开两片地火的山峰上。又是一个早晨，矿山和山峰之间的草地已全部变成了深绿色，而昨天他们看到的那个圆形区域现在已成了焦黄色！蒸汽在山下弥漫，矿山已看不清楚了。

阿古力对刘欣说："我在新疆的煤矿灭火队和大批设备已乘专机到达太原，很快就会到这里。全国其他地区的力量也在向这儿集中。从现在的情况看，火势很凶，蔓延飞快！"

刘欣默默地看着阿古力，好大一会儿才低声问："还有救吧？"

阿古力轻轻地摇摇头。

"你就告诉我，还有多大的希望。如果封堵供氧通道，或注水灭火……"

阿古力又摇摇头，"我有生以来一直在灭火，可地火还是烧毁了我的家乡。我说过，在地火面前，你只是个孩子。你不知道地火是什么。在那深深的地下，它比毒蛇更光滑，比幽灵更莫测。它想去哪儿，凡人是拦不住的。这里的地下有巨量的优质无烟煤，是魔鬼渴望了上亿年的东西。现在你把魔鬼放出来了，它将拥有无穷的能量和力量。这里的地火将比新疆的大百倍！"

刘欣抓住维吾尔族汉子的双肩绝望地摇晃着，"告诉我还有多大希望！求求你说真话！"

"百分之零。"阿古力轻轻地说，"刘博士，你此生很难赎清自己的罪了。"

在局大楼里召开了紧急会议，莅会的除了矿务局主要领导和五个矿的矿长外，还有包括市长在内的市政府的一群忧心忡忡的官员。会上首先成立了应急指挥中心，中心总指挥由局长担任，刘欣和李民生都是领导小组的成员。

"我和李工将尽自己最大努力做好工作，但还是请大家明白，我们现在都是罪犯。"刘欣说。李民生在一边低头坐着，一言不发。

"现在还不是讨论责任的时候。只干，别多想。"局长看着刘欣说，"知道最后这五个字是谁说的吗？你父亲。那时我是他队里的技术员，有一次为了达到当班的产量指标，我不顾他的警告，擅自扩大了采掘范围，结果造成工作面大量进水，队里二十几个工友被水困在巷道的一角。当时大家的头灯都灭了，也不敢用打火机，一怕瓦斯，二怕消耗氧气，因为水已把那里全封死了。黑得伸手不见五指，这时你父亲告诉我，他记得上面是另一条巷道，顶板好像不太厚。然后我就听到他用镐挖顶板，我们几个也都摸到镐跟着他在黑暗中挖了起来。氧气越来越少，我们开始感到胸闷头晕。还有那黑暗，那是地面上的人见不到的绝对的黑暗，只有镐头撞击顶板的火星在闪烁。当时对我来说，活着真是一种折磨。是你父亲支撑着我，他在黑暗中反复对我说那五个字：只干，别多想。不知挖了多长时间，当我就要在窒息中昏迷时，顶板挖塌了一个洞，上面巷道防爆灯的光亮透射进来……后来你父亲告诉我，他也不知道顶板有多厚，但那时人只能是'只干，别多想'。这么多年，这五个字在我脑子中越刻越深，现在我替你父亲把它传给你了。"

会上，从全国各地紧急赶到的专家们很快制订了灭火方案。可供选择的手段不多，只有三个：一，隔绝地下火场的氧气；二，用灌浆帷幕切断火路；三，向地下火场大量注水灭火。这三个措施同时进行，但第一个方法早就证明难以奏效，因为通向地下的供氧通道极难定位，就是找到了，也很难堵死；第二个方法只对浅煤层火场有效，且速度太慢，赶不上地下火势的迅速蔓延；最有希望的只剩第三个灭火方法。

消息仍然被封锁，灭火工作在悄悄进行。从仁丘油田紧急调来的大功率钻机在人们好奇的目光中穿过煤城的公路，军队开进了矿山，天空出现了盘旋的直升机……一种不安的情绪笼罩着矿山，各种传言开始像野火一样蔓延。

大型钻机在地下火场的火头上一字排开，钻孔完成后，上百台高压水泵开始向冒出青烟和热浪的井孔中注水。注水量是巨大的，以至于矿山和城市生活区全部断水，社会的不安和骚动进一步加剧。但注水的结果令人鼓舞。在指挥中心的大屏幕上，红色火场的前锋面出现了一个个以钻孔为中心的暗色圆圈，标志着注水在急剧降低火场温度。如果这一排圆圈连接起来，就有希望截断火势的蔓延。

　　但这使人稍稍安慰的局势并没有持续多长时间。在高大的钻塔旁边，来自油田的钻井队长找到了刘欣。

　　"刘博士，有三分之二的井位不能再钻了！"他在钻机和高压泵的轰鸣声中大喊。

　　"你开什么玩笑？！我们现在必须在火场上大量增加注水孔！"

　　"不行！那些井位的井压都在急剧增大，再钻下去要井喷的！"

　　"你胡说！这儿不是油田，地下没有高压油气层，怎么会井喷？！"

　　"你懂什么！我要停钻撤人了！"

　　刘欣愤怒地抓住队长满是油污的衣领，"不行！我命令你钻下去！不会有井喷的！听到了吗？不会！"

　　话音未落，钻塔方向就传来了一声巨响，两人转头望去，只见沉重的钻孔封瓦裂成两半飞了出来，一股黄黑色的浊流嘶鸣着从井口喷涌而出，浊流中，折断的钻杆七零八落地飞出。在人们的惊叫声中，那股浊流的色调渐渐变浅，这是由于其中泥沙含量减少的缘故。接着，它变成了雪白色。人们明白了，这是注入地下的水被地火加热后变成的高压蒸汽！刘欣看到了司钻的尸体被挂在钻塔高高的顶端，在白色的蒸汽冲击下疯狂地摇晃，时隐时现。而钻台上的另外三个工人已不见踪影！

更恐怖的一幕出现了，那条白色巨龙的头部脱离了地面，渐渐升起，最后升到了钻塔以上，仿佛横空出世的白发魔鬼，而这魔鬼同地面的井口之间，除了破损的井架之外竟空无一物！只能听到那可怕的啸声，以至于几个年轻工人以为井喷停了，犹豫着向钻台迈步，但刘欣死死抓住了他们中的两个，高喊："不要命了！过热蒸汽！"

在场的工程师们很快明白了眼前这奇景的含义，但让其他人理解并不容易。同人们的常识相反，水蒸气是看不到的，人们看到的白色只是水蒸气在空气中冷凝后结成的微小水珠。而水在高温高压下会形成可怕的过热蒸汽，其温度高达四五百摄氏度！它不会很快冷凝，所以现在只能在钻塔上方看到它显形。这样的蒸汽平常只在火力发电厂的高压汽轮机中存在，而它一旦从高压输气管中喷出（这样的事故不止一次发生），就可以在短时间内穿透一堵砖墙！人们惊恐地看到，刚才潮湿的井架在无形的过热蒸汽中很快被烤干了，几根悬在空中的粗橡胶管像蜡做的一样被熔化！这魔鬼蒸汽冲击着井架，发出让人头皮发麻的巨响……

地下注水已不可能了。即使可能，注入地下火场中的水的助燃作用已大于灭火作用。

应急指挥中心的全体成员来到距地火前端最近的三矿四号井井口前。

"火场已逼近这个矿的采掘区。"阿古力说，"如果火头到达采掘区，矿井巷道将成为地火强有力的供氧通道，那时地火火势将猛增许多倍……情况就是这样。"他打住了话头，不安地望着局长和三矿矿长。他知道采煤人最忌讳的是什么。

"现在井下情况怎么样？"局长不动声色地问。

96

"八个井的采煤和掘进工作都在正常进行，这主要是为了安定着想。"矿长回答。

"全部停产，井下人员立即撤出。然后，"局长停了下来，沉默了两三秒钟，"封井。"局长终于说出了那两个最让采煤人心碎的字。

"不！不行！"李民生失声叫道，然后才发现自己还没想好理由，"封井……封井……社会马上就会乱起来，还有……"

"好了。"局长轻轻挥了一下手，他的目光说出了一切：我知道你的感觉，我也一样，大家都一样。

李民生抱头蹲在地上，双肩颤抖，却哭不出声来。矿山的领导者和工程师们面对井口默默地站着，宽阔的井口像一只巨大的眼睛看着他们，就像20多年前看着童年的刘欣一样。

他们在为这座百年老矿致哀。

不知过了多长时间，局总工程师低声打破沉默："井下的设备，看看能弄出多少就弄出多少。"

"那么，"矿长说，"组织爆破队吧。"

局长点点头，"时间很紧，你们先干，我同时向部里请示。"

局党委书记说："不能用工兵吗？用矿工组成的爆破队……怕要出问题。"

"考虑过，"矿长说，"但现在到达的工兵只有一个排，即使爆破一个井，人力也远远不够。再说他们也不熟悉井下爆破作业。"

……

距火场最近的四号井最先停产。井下矿工一批批乘电轨车上到井口，发现上百人的爆破队正围在一堆钻杆旁边等待着什么。他们上前去打听，但爆破队的矿工们也不知道自己要干什么，只是接到命令带着钻孔设备集合。突然，人们的注意力都被吸引到一个方向，一个车队正在朝井口开来。第一辆卡车上坐满了持枪的武警，跳下车来为后面的卡车围出了一块停车场。后面有 11 辆卡车，它们停下后，篷布很快被掀开，露出了下面整齐码放的黄色木箱。矿工们惊呆了，他们知道那是什么。

整整十卡车，是每箱 24 公斤装的硝酸铵二号矿井炸药，总重约有 50 吨。最后一辆较小的卡车上有几捆用于绑药条的竹条。还有一大堆黑色塑料袋，矿工们知道那里面装的是电雷管。

刘欣和李民生刚从一辆车的驾驶室里跳下来，就看到刚任命的爆破队队长，一个长着络腮胡的壮汉，手里拿着一卷图纸迎面走来。

"李工，这是让我们干什么?"队长问，同时展开图纸。

李民生指点着图纸，手微微发抖："三条爆破带，每条长 35 米，具体位置在下面那张图上。爆孔分 150 毫米和 75 毫米两种，装药量分别是每米 28 公斤和每米 14 公斤，爆孔密度……"

"我问你要我们干什么? !"

在队长那喷火双眼的逼视下，李民生无声地低下头。

"弟兄们，他们要炸毁大巷啦!"队长转身冲人群高喊。矿工一阵骚动，接着如一堵墙一样围逼上来。武警士兵组成半圆形阻止人群靠近卡车，但在那势不可当的黑色人海的挤压下，警戒线弯曲变形，很快就要被冲破了。这一切都是在阴沉的气氛中发生的，只听到脚步的摩擦声和拉枪栓的声响。在最后关头，人群停止了涌动，矿工们看到局长和矿长出现在一辆卡车的踏板上。

"我 15 岁就在这口井干了，你们要毁了它? !"一个老矿工高喊，脸上刀刻般的皱纹在厚厚的煤灰下仍很清晰。

"炸了井，往后的日子怎么过？"

"为了什么炸井？"

"现在矿上的日子已经很难了，你们还折腾什么？"

……

人群炸开了，愤怒的声浪一阵高过一阵。在那落满煤灰的黑脸的海洋中，白色的牙齿十分醒目。局长冷静地等待着，人群在愤怒的声浪中又骚动起来，在即将再次失控时，他才开始说话：

"大家往那儿看。"他向井口旁边的一座小山丘指去。他的声音不大，但却使愤怒的声浪立刻平息下来，所有的人都朝他指的方向看去。

那座小山丘顶上立着一根黑色的煤柱子，有两米多高，粗细不均。一圈落满煤尘的石栏杆围着那根煤柱。

"大家都管那东西叫老炭柱，但你们知道吗？它立起来的时候并不是一根柱子，而是一块四四方方的大煤块。那是 100 多年前，清朝的张之洞总督在开矿典礼上立起的。它是被这百多年的风雨蚀成一根柱子了。这百多年，我们这个矿山经历了多少大灾大难，谁还记得清呢？这时间不短啊同志们，四五辈人啊！这么长时间，我们总该记下些什么，总该学会些什么。如果实在什么也记不下，什么也学不会，总该记下和学会一样东西，那就是——"局长对着黑色的人海挥起双手，"天，塌不下来！"

空气凝固了，似乎连呼吸都已停滞。

"中国的产业工人，中国的无产阶级，没有比我们历史更长的了，没有比我们经历的风雨和灾难更多的了。煤矿工人的天塌了吗？没有！我们这么多人现在能站在这儿看那老炭柱，就是证明，我们的天塌不了！过去塌不了，将来也塌不了！

"说到难，有什么稀罕啊同志们，我们煤矿工人什么时候容易过？从老祖宗辈算起，我们什么时候有过容易日子啊！你们再扳着指头算算，中国的，世界的，工业有多少种，工人有多少种，哪种比我们更难？没有，真的没有。难有什么稀罕？不难才怪，因为我们不但要顶起天，还要撑起地啊！怕难，我们早断子绝孙了！

"但社会和科学都在发展，很多有才能的人在为我们想办法，这办法现在想出来了，我们有希望完全改变自己的生活，我们要走出黑暗的矿井，在太阳底下，在蓝天底下采煤了！煤矿工人，将成为最让人羡慕的工作！这希望刚刚出现，不信，就去看看南山沟那几根冲天的大火柱！但正是这次努力，引发了灾难，关于这个，我们会跟大家详细交代。现在大家只需明白，这可能是煤矿工人的最后一难了，是为我们美好明天付出的代价，就让我们抱成一团度过这一难吧。我还是那句话，多少辈人都过来了，天塌不下来！"

人群默默地散去后，刘欣对局长说："现在，我算真正认识了你和我父亲，我可以死而无憾了。"

"只干，别多想。"局长拍拍刘欣的肩膀，又在那里攥了一下。

四号井主巷道爆破工程开始一天后，刘欣和李民生并肩走在主巷道里，脚步发出空洞的回响。他们正走过第一爆破带，昏暗的顶灯下，可以看到高高的巷道顶上密布爆孔，引爆电线如彩色瀑布一样泻下来，在地上叠成一堆。

李民生说："以前我总觉得自己讨厌矿井，恨它吞掉了自己的青春。但现在才知道，我已同它融为一体了。恨也罢，爱也罢，它就是我的青春了。"

"我们不要太折磨自己。"刘欣说,"我们毕竟干成了一些事,不算烈士,就算阵亡吧。"

他们沉默下来,同时意识到,他们谈到了死。

这时,阿古力从后面气喘吁吁地跑过来:"李工,你看!"他指着巷道顶说。他指的是几根粗大的帆布管子,那是井下通风管,现在它们瘪下来了。

"天啊,什么时候停的通风?"李民生大惊失色。

"两个小时了。"

李民生用对讲机很快叫来了通风科科长和两名通风工程师。

"没法恢复通风了,李工,下面的通风设备——鼓风机、马达、防爆开关,甚至部分管路——都拆了呀!"通风科长说。

"你他妈的混蛋!谁让你们拆的,你他妈找死啊!"李民生一反常态,破口大骂起来。

"李工,这是怎么讲话嘛!谁让拆?封井前尽可能多地转移井下设备可是局里的意思,停产安排会你我都是参加了的!我们的人没日没夜干了两天,拆上来的设备有上百万元,就落你这一顿臭骂?再说井都封了,还通什么鸟风!"

李民生长叹一口气。直到现在,事情的真相还没有公布,所以才出现了这样的问题。

"这有什么?"通风科的人走后,刘欣问,"通风不该停吗?这样不是还可以减少向地下的氧气流量?"

"刘博士,你真是个理论的巨人、行动的矮子。一接触到实际,你就什么都不懂了。真像李工说的,你只会做梦!"阿古力说。自煤层失火以来，他对刘欣一直没有客气过。

李民生解释："这里的煤层是瓦斯高发区，通风一停，瓦斯在井下很快聚集，地火到达时可能引起大爆炸，其威力有可能把封住的井口炸开，至少有可能炸出新的供氧通道。不行，必须再增加一条爆破带！"

"可李工，上面第二条爆破带才只干到一半，第三条还没开工，地火距离南面的采区已很近了，把原计划的三条做完都怕来不及啊！"

"我……"刘欣小心地说，"我有个想法不知行不行。"

"哈，用你们的话怎么说，这可是破天荒了！"阿古力冷笑着说，"刘博士还有拿不准的事儿？刘博士还有需要问别人才能决定的事儿？"

"我是说，现在最深处的这一条爆破带已做好，能不能先引爆这一条？这样一旦井下发生爆炸，至少还有一道屏障。"

"要行早这么做了。"李民生说，"爆破规模很大，引爆后，巷道里的有毒气体和粉尘会长时间散不开，让后面的施工无法进行。"

地火的蔓延速度比预想的快，施工领导小组决定只打两条爆破带就引爆，尽快从井下撤出施工人员。天快黑时，大家正在离井口不远的生产楼中，围着图纸研究如何利用一条支巷最短距离引出起爆线，李民生突然说："听！"

一声低沉的响声隐隐约约从地下传来，像大地在打嗝。几秒钟后又一声。

"是瓦斯爆炸，地火已到采区了！"阿古力紧张地说。

"不是说还有一段距离吗？"

没人回答，刘欣的"地老鼠"探测器已用完，现有落后的探测手段很难准确把握地火的位置和推进速度。

"快撤人!"

李民生拿起对讲机,但任凭他如何大喊,都没有任何回答。

"我上井前见张队长干活时怕碰坏对讲机,把它和导线放一块儿了,下面几十台钻机同时钻,声音很大!"一个爆破队的矿工说。

李民生跳起来冲出生产楼,安全帽也没戴,就叫了一辆电轨车,以最快速度向井下开去。电轨车在井口消失前的一瞬,追出来的刘欣看到李民生向他招手,还在向他笑——李民生已经很长时间没笑过了。

地下又传来几声闷响,然后平静下来。

"刚才的一阵爆炸,能不能把井下的瓦斯消耗掉?"刘欣问身边的一名工程师,对方惊奇地看了他一眼。

"消耗?笑话,它只会把煤层中更多的瓦斯释放出来!"

果然,一声冲天巨响,仿佛是地球在脚下爆炸了,井口立刻淹没于一片红色火焰之中。气浪把刘欣高高抛起,世界在他眼中疯狂旋转,同他一起飞落的是纷乱的石块和枕木。刘欣还看到了电轨车的一节车厢从井口的火焰中飞出来,像一粒被吐出的果核。

刘欣重重地摔到地上,碎石在他身边纷纷掉下,每一块碎石上似乎都有血……刘欣又听到几声沉闷的巨响,那是井下炸药被引爆的声音。失去知觉前,他看到井口的火焰消失了,代之以滚滚的浓烟……

一年以后

刘欣仿佛行走在地狱中。整个天空都是黑色的烟云,太阳是一只勉强能看见的暗红色圆盘。由于尘粒摩擦产生的静电，烟云中不时出现幽幽的闪电。每当此时，地火之上的矿山就在青光中凸显出来，那图景一次次烙印在他的脑海中。烟尘是从矿山的一个个井口冒出的，每个井口都吐出一根烟柱，烟柱的底部映着地火狰狞的暗红光芒，向上渐渐变成黑色，如天地间一条条扭动的怪蛇。

公路是滚烫的，沥青路面熔化了，每走一步几乎都要扯下刘欣的鞋底。路上挤满了逃难的人流和车辆，闷热的空气中充满了硫黄味，还不时有雪花状的灰末从空中落下。每个人都戴着呼吸面罩，身上落满了白灰。道路拥挤不堪，全副武装的士兵在维持秩序，一架直升机穿行在烟云中，用高音喇叭劝告人们不要惊慌……疏散移民在冬天就开始了，本计划在一年时间内完成，但现在地火势头突然变猛，只得紧急加快进程。一切都乱了，法院对刘欣的庭审一再推迟，以至于今天早上他所在的候审间都没人看管了，于是他迷迷糊糊地走了出来。

公路以外的地面干燥开裂，裂纹又被厚厚的灰尘填满，脚踏上去扬起团团尘雾。一个小池塘，冒出滚滚蒸汽，黑色的水面上浮满了鱼和青蛙的尸体。现在是盛夏，可见不到一点绿色。地面上的草全部枯黄了，埋在灰尘中。树也都是死的，有些还冒出青烟，已变成木炭的枝丫像怪手一样伸向昏暗的天空。所有的建筑都已人去楼空，有些从窗子中冒出浓烟。刘欣看到了老鼠，它们被地火的热力从穴中赶出，数量惊人，大群大群地拥过路面……刘欣向矿山深处走去，地火的热力愈发强劲，从他的脚踝沿身体升腾上来。空气更加闷热污浊，即使戴上面罩也难以呼吸。地火的热量在地面上并不均匀，刘欣本能地避开灼热的地面，但能走的路越来越少了。地火热力突出的区域，建筑燃起了大火，火海中不时响起建筑物倒塌的巨响……刘欣已来到井区，走过一口竖井，那竖井已变成了地火的烟道，高大的井架被烧得通红，热流冲击井架，发出让人头皮发麻的尖啸，滚滚热浪逼得他不得不远远绕行。选煤楼被浓烟吞没了，后面的煤山已燃烧多日，成了一块发出红光和火苗的巨大火炭……

　　这里已看不到一个人。刘欣的脚烫起了泡，身上的汗几乎流干。他呼吸艰难，几乎濒临休克，但他的意识是清醒的。他用生命最后的能量向最后的目标走去。那个井口喷出的地火的红色光芒召唤着他。他到了。他笑了。

　　刘欣转身朝井口对面的生产楼走去。还好，虽然从顶层的窗口中冒出浓烟，但楼还没有着火。他走进开着的楼门，拐入一间宽大的班前更衣室。地火的红光透过窗户，染红了房间里的一切，包括那一排衣箱。刘欣沿着这排衣箱走去，仔细辨认上面的号码，他很快找到了要找的那个。这衣箱让他想起了儿时的一件事，那时父亲刚调到采煤队当队长。这是最野的一个队，出名地难带。那些野小子根本没把父亲放在眼里。本来嘛，看他在班前会上那可怜样儿，怯生生地要求把一个掉下的衣箱门钉上去，当然没人理他。小伙子们只顾在边上甩扑克骂脏话，父亲只好说，那你们给我找几颗钉子我自己钉吧。有人扔给他几颗钉子。父亲说再找把锤吧，这次真没人理他了。但接着，小伙子们突然鸦雀无声，他们目瞪口呆地看着父亲用大拇指把那些钉子一颗颗摁进木头中去！事情有了改变，小伙子们很快站成一排，敬畏地听着父亲的班前讲话……现在，这箱子没锁。刘欣拉开后发现，里面的衣物居然还在！他又笑了，心里想象着20多年来用过父亲衣箱的那些矿工的模样。他把里面的衣服取出来，首先穿上厚厚的工作裤，再穿上同样厚的工作衣。这套衣服上粘满了厚厚的油泥，发出一股浓烈的、刘欣并不熟悉的汗味和油味。这味道使他真正镇静下来，进入一种类似幸福的状态中。接着他穿上胶靴，拿起安全帽，把放在衣箱最里面的矿灯拿出来，用袖子擦掉灯上的灰，把它卡到帽檐上。他又去找电池，没有找到，另开一个衣箱后找到了。他把那块笨重的矿灯电池用皮带系到腰间，突然想到电池还没充电，毕竟矿上完全停产一年了。但他记得灯房的位置，就在更衣室对面，他小时候不止一次在那儿看到灯房的女工们把冒着黄烟的硫酸喷到电池上充电。但现在不行了，灯房笼罩在硫酸的黄烟之中。他庄重地戴上有矿灯的安全帽，走到一面布满灰尘的镜子面前。在那红光闪动的镜子中，他看到了父亲。

"爸爸，我替您下井了。"刘欣笑着说，转身走出楼，向喷着地火的井口大步走去。

后来有一名直升机驾驶员回忆说，他当时低空飞过二号井，在那一带做最后的巡视，好像看到井口有一个人。那人在井内地火的红光中只是一个黑色的剪影，像是在向井下走去，但一转眼，那井口又只有火光，别的什么都看不见了。

120 年后

（一个初中生的日记）

过去的人真笨，过去的人真难。

知道我这印象是怎么来的吗？今天我参观了煤炭博物馆，给我印象最深的是：

居然有固体的煤炭！

我们首先穿一身奇怪的衣服，那衣服有一顶头盔，头盔上有一盏灯，灯通过导线同挂在我们腰间的一个很重的长方形物体连着。我原以为那是一台电脑（也太大了些），谁想到那竟是这盏灯的电池！这么大的电池，能驱动一辆高速赛车的，却只用来点亮这盏小小的灯。我们还穿上了高高的雨靴。老师告诉我们，这是早期矿工的井下服装。有人问井下是什么意思，老师说你们很快就会知道的。

我们上了一列运行在小铁轨上的车，有点像早期的火车，但小得多，上方有一根电线为车供电。车开动起来，很快钻进一个黑黑的洞。里面真黑，只有上方不时掠过一盏昏暗的小灯。我们头上的灯发出的光也很弱，只能看清周围人的脸。风很大，在我们耳边呼啸，我们好像在向一个深渊坠下去。艾娜尖叫起来。讨厌，她就会这样叫。

"同学们，我们下井了！"老师说。

不知过了多长时间，车停了，我们由较宽大的隧道进入了它的一个分支。这里又窄又小，要不是戴着头盔，我的脑袋早就碰起好几个包了。我们头灯的光圈来回晃着，但什么都看不清楚，艾娜和几个女孩子又叫着说害怕。

过了一会儿，我们眼前的空间开阔了一些，这里有许多根柱子支撑着顶部。在对面，我又看到许多光点，也是我们头盔上的这种灯发出的。走近一看，发现那里有许多人在工作，他们有的用一种钻杆很长的钻机在洞壁上打孔。那钻机不知是用什么驱动的，声音让人头皮发麻。有的人在用铁锹把看不清楚的黑色东西铲到轨道车上和传送带上，不时有一阵尘埃扬起，把他们隐没其中，头灯在尘埃中划出一道道光柱……

"同学们，我们现在所在的地方叫采煤工作面，你们看到的是早期矿工工作的景象。"

有几个矿工向我们这边走来，我知道他们都是全息图像，没有让路。几个矿工的身体穿过我，我把他们看得一清二楚，顿时惊呆了。

"老师，那时的中国煤矿全部雇用黑人吗？"

"为了回答这个问题，我们将真实地体验一下当时采煤工作的空气，注意，只是体验，所以请大家从右衣袋中拿出呼吸面罩戴上。"

我们戴好面罩后，又听到老师的声音："大家注意，这是真实的，不是全息影像。"

一片黑尘飘过来，我们的头灯也射出了道道光柱。我惊奇地看着光柱中密密的尘粒在纷飞闪亮。这时艾娜又惊叫起来，像合唱的领唱，好几个女孩子也跟着她大叫起来，再后来，竟有男孩的声音加入！我扭头想笑他们，但看到他们的脸时自己也叫出声来——所有人都成了黑人，只有呼吸面罩盖住的一小部分是白的。这时我又听到一声尖叫，立刻汗毛直立，这是老师在叫：

"天啊，斯亚！你没戴面罩！"

斯亚真没戴面罩，他同那些全息矿工一样，成了最地道的黑人。"您在历史课上反复强调，学这门课的关键在于对过去时代的感觉。我想真正感觉一下。"他说着，黑脸上白牙一闪一闪的。

警报声不知从什么地方响起。不到一分钟，一辆水滴状的微型悬浮车无声地停到我们中间，这种现代的东西出现在这里真是煞风景。从车上下来两个医护人员，现在真正的煤尘已被完全吸收，只剩下全息影像"煤尘"还飘浮在周围，所以医生在穿过"煤尘"时雪白的服装一尘不染。他们拉住斯亚往车里走。

"孩子，"一个医生盯着他说，"你的肺受到很严重的损伤，至少要住院一个星期，我们会通知你家长的。"

"等等！"斯亚叫道，手里抖动着那个精致的全隔绝内循环面罩，"一百多年前的矿工也戴这东西吗？"

"不要废话，快去医院！你这孩子也太不像话了！"老师气急败坏地说。

"我和先辈是同样的人，为什么……"

斯亚没说完就被硬塞进车里。"这是博物馆第一次出这样的事故，你要对此事负责！"一个医生上车前指着老师严肃地说。悬浮车同来时一样无声地开走了。

我们继续参观，沮丧的老师说："井下的每一项工作都充满危险，且需消耗巨大的体力。随便举个例子，这些铁支柱，在这个工作面的开采工作完成后，都要回收。这项工作叫'放顶'。"

我们看到一名矿工用铁锤击打支架中部的一个铁销，把支架折为两段取下，然后扛走了。我和一个男孩试着去搬躺在地上的一个支架，才知道它重得要命。"放顶是一项很危险的工作，因为在撤走支架的过程中，工作面顶板随时都会塌落……"

这时，我们头顶发出不祥的摩擦声。我抬起头来，在矿灯的光圈中，看到头顶刚拆走支架的那部分岩石正在张开一个口子。我还没来得及反应，它们就塌了下来。大块岩石的全息影像穿透我的身体落到地上，发出一声巨响，尘埃腾起遮住了一切。

"这个井下事故叫作'冒顶'。"老师的声音在旁边响起，"大家注意，伤人的岩石不只是来自上部……"

话音未落，我们旁边的一面岩壁竟垂直地向我们扑来，冲出相当的距离后才化为一堆岩石砸下来，好像有一个巨大的手掌从地层中把它推出来一样。岩石的全息影像把我们埋没了。一声巨响后，我们的头灯全灭了。在一片黑暗和女孩儿们的尖叫中，我又听到老师的声音。

"这个井下事故叫'瓦斯突出'。瓦斯是一种气体，它被封闭在岩层中，有巨大的气压。刚才我们看到的景象，就是工作面的岩壁抵挡不住这种压力，被它推出的情景。"

所有人的头灯又亮了，大家长出一口气。这时我听到了一个奇怪的声音，有时高亢，如万马奔腾；有时低沉，像巨人耳语。

"孩子们注意，洪水来了！"

正当我们迷惑之际，不远处的巷道口喷出了一股粗大汹涌的洪流，整个工作面很快被淹没在水中。我们看着浑浊的水升到膝盖上，然后又没过了腰部，水面反射着头灯的光芒，在顶部的岩石上映出一片模糊的亮纹。水面上漂浮着被煤粉染黑的枕木，还有矿工的安全帽和饭盒……当水到达我的下巴时，我本能地长吸一口气，然后就全部没在水中，只能看到自己头灯的光柱照出的一片混沌的昏黄，和下方不时升上的水泡。

"井下的洪水有多种来源，可能是地下水，也可能是矿井打通了地面的水源，无论是哪一种，它都比地面洪水对人生命的威胁大。"老师的声音在水下响着。

水的全息影像瞬间消失了，周围的一切又恢复了原样。这时我看到了一个奇怪的东西，像一个肚子鼓鼓的大铁蛤蟆，很大很重，我指给老师看。

"那是防爆开关，因为井下的瓦斯是可燃气体，使用防爆开关可避免一般开关产生的电火花。这关系到我们就要看到的可怕的井下危险……"

又一声巨响。但同前两次不一样，这次似乎是从我们体内发出的，冲破我们的耳膜来到外面。来自四方的强大冲击压缩着我的每一个细胞。在一股灼人的热浪中，我们被淹没于一片红色的光晕里。这光晕是周围的空气发出的，充满了井下的每一寸空间。不多时，红光迅速消失，一切都陷入无边的黑暗中……

"很少有人真正看到瓦斯爆炸，因为在井下遇到它的人很难生还。"老师的声音像幽灵般在黑暗中回荡。

"过去的人来这样可怕的地方，到底为了什么？"艾娜问。

"为了它。"老师举起一块黑石头。在我们头灯的光柱中，它的无数小平面闪闪发光。就这样，我第一次看到了固体的煤炭。

"孩子们，我们刚才看到的是20世纪中叶的煤矿。后来，出现了一些新的机械和技术，比如液压支架和切割煤层的大型机器等，这些设备在那个世纪的后20年进入矿井，使井下的工作条件有了一些改善，但煤矿仍是一个工作环境恶劣且充满危险的地方，直到……"

以后的事情就索然无味了。老师给我们讲气化煤的历史，说这项技术是在80年前全面投入应用的。那时，世界石油即将告罄，各大国为争夺仅有的油田陈兵中东，世界大战一触即发，是气化煤技术拯救了世界……这我们都知道，没意思。

我们接着参观现代煤矿，有什么稀奇的，不就是我们每天看到的从地下接出并通向远方的许多大管子吗？不过我倒是第一次进入了那座中控大楼，看到了燃烧场的全息图。真大！还看到了监测地下燃烧场的中微子传感器和引力波雷达，还有激光钻机……也没意思。

老师在回顾这座煤矿的历史时说，100多年前，这里被失控的地火烧毁过，那火烧了18年才被扑灭。那段时期，我们这座美丽的城市草木生烟，日月无光，人民流离失所。失火的原因有多种说法，有人说是一次地下武器实验造成的，也有人说与当时的绿色和平组织有关。

我们不必留恋所谓过去的好时光，那个时候生活充满艰难、危险和迷惘；我们也不必为今天的时代过分沮丧，因为今天，也总有一天会被人们称作是——过去的好时光。

过去的人真笨，过去的人真难。

临界——低烈度纵火

　　谨以此文献给我仰慕的一位科学家。但本文不是报告文学，人物、情节均有虚构。

　　　　　　　　　　　　　　　　　　　　——题记

1

　　我永远忘不了那一天——1990年6月22日，因为此后数月令人惊悚的日子是从那天开始的。那年，我14岁，姐姐文容16岁，爷爷文少博78岁，奶奶楚白水75岁。

　　离亚运会开幕还有整整三个月，在北京随处可以摸到亚运会的脉搏。街上到处是大幅标语，高架桥的栏杆上插满"迎接亚运"的彩旗，姐姐和我的学校里都在挑选亚运会的志愿服务人员，公交车司机在学习简单的英语会话。只有爷爷游离于这种情绪之外，仍独自待在书房里埋头计算。那天早上，奶奶比往常起得更早，做好早饭，拿出一套新衣让爷爷穿上，昨晚她已逼爷爷去理了发。她端详着穿戴整齐的爷爷，笑道：

"哟，这么一打扮，又是一个漂漂亮亮的老小伙儿啦！"

姐姐和我都起哄，说："爷爷真漂亮，爷爷帅呆啦！"爷爷像小孩子一样难为情地笑着。爷爷老啦，确实有点儿"老小孩"的迹象，笑起来像小孩一样天真。他在生活琐事上一向低能，现在更离不开奶奶的照顾。爷爷生于豪门望族，当年的文家二少爷也曾是风流倜傥。但他从英国留学归来便选择了一项最艰苦的职业——地质勘探。50年的风雨已经彻底改变了他的气质，现在，从外貌看来，他更像偏远地区的乡村老教师。

爷爷马上要去位于复兴路北的国家地震局（我去过那里，是一幢能抗七级地震的大楼）做报告，报告的具体内容爷爷对我们严格保密，他一向严格执行《地震预报条例》的规定。不过据我猜测，这次报告很可能涉及亚运会期间的震情。

别人开玩笑说，我家实行隔代遗传。爷爷是国内著名的地质学家，国内几个大油田的发现都有他的功劳，连他的学生中都有几个中科院院士呢。奶奶是有名的医学生物学家，中国消灭了天花和脊髓灰质炎病毒，其中有她很多心血。可惜爸爸那代人没继承他们的衣钵，不过这个传统让我和姐姐接续上了。虽说在1990年说这话还嫌太早，但至少在我和姐姐的学校里，我们已是有名的地震和病毒小专家了。

我父母常年在外地（大庆油田）。自从爷爷奶奶退休并定居北京后，我和姐姐一直住在爷爷家。那时爷爷还没有搬家，住在平安里一座小四合院里，房子十分破旧，下雨时首先要用雨布遮盖爷爷的那台286电脑，然后收拾满桌满床的大部头书籍：地震学、世界地震带挂图、古地磁学、地球固体潮、20年中国地震台网观测报告汇编、病毒学、医学免疫学、血型血清学、干扰素治疗……爷爷奶奶似乎比退休前还忙，尤其是爷爷，每天埋头于电脑前认真计算着。夏天，破旧的纱门挡不住蚊虫，他干脆弄两只水桶把腿脚泡进去，一来防蚊叮，二来降温。冬天房子像冰窖，他把一只小火炉放在桌边，手冻僵了，就在火上烤一会儿。这种情形一直持续到石油物探局专门为爷爷配置了一台取暖锅炉为止。

常常有他们的学生来这儿探望或请教。他们常常先站在天井里大声问好，然后再进屋。凡是爷爷的学生，都是称呼老师、师母好；凡是奶奶的学生，则称呼文老师、楚老师好。我和姐姐发现这条规律，常躲在一旁验证，百试百灵。

我和姐姐并没有刻意去继承爷爷奶奶的衣钵，但他们的知识不知不觉就传给我们了，因为这些知识一直弥漫在空气中，潜移默化地渗入了我们的血液。比如，姐姐常常流利地告诉同学，病毒都是采用超级寄生，利用被攻击细胞的核酸来繁殖的，所以，任何药物包括抗生素对病毒基本是无能为力的，只能依靠人类在千万年进化中产生的特异免疫力，疫苗的作用则是唤醒和强化这种免疫力。不过，人类对病毒的战争已经取得了里程碑式的成功，天花病毒已经被全歼，脊髓灰质炎病毒的全歼已经提上日程。为什么先拿这两种病毒开刀？因为它们只寄生于人体，没有畜禽的交叉感染渠道。现在，卫生部正在部署围剿脊髓灰质炎病毒的大战役，将从1993年开始，连续数年对8亿儿童进行免疫。奶奶虽然已退休，卫生部的轿车仍然常来把她接去参加某个重要讨论。姐姐笑着对奶奶说：

"奶奶，别把坏蛋杀完了，留两个给孩儿杀杀。"

奶奶笑道："留着哪，病毒的全歼可不是二三百年能干完的事。"

我也常常给同学举办地震知识讲座。我说，地震是人类最凶恶的自然灾难，20世纪共发生7.0级以上地震65起，8.0级以上7起，死亡103万人。地震中最常见的是构造型地震，因为地壳是由六大板块（太平洋、亚欧、非洲、美洲、印度洋、南极洲）组成，各板块缓慢运动，互相挤压，形成三大地震带，即环太平洋地震带、欧亚地震带（又称地中海—喜马拉雅山地震带）和海岭地震带。我国处于两大地震带之间，震灾十分频繁。1900年以来中国地震死亡人数55万，占全世界的53%；1949年以来死亡人数27万人，占全国同期自然灾害死亡人数的54%。而且——和其他学科的科学家不同，地震学家们是一伙自卑的家伙，因为，尽管他们投入了巨大的心血，但在地震预报方面实在是乏善可陈！1966年，邢台地震伤亡惨重，周总理亲自部署对地震预报的研究。1975年，成功预报了海城地震，经联合国教科文组织评定，成为唯一载入地震预报史册的范例。那时，在"文革"期间的亢奋中，有人宣称中国已完全掌握地震预报的规律。但仅仅一年后，唐山地震来了，它阴险地偷越众多机构组成的警戒线，狞笑着扑向梦乡中的唐山人。对地震工作者来说，这是一次无可奈何的失败，地震爆发后，国家地震局一时还不能确定震中在哪儿！幸亏几位唐山人星夜驱车赶往国务院汇报灾情，国家才开始组织抢救工作。

我是在唐山地震之后出生，但我想我目睹了唐山地震的惨景——通过爷爷的眼睛和爷爷的叙述。地震第二天爷爷就赶到现场。美丽的唐山全毁了，房屋几乎全部倾颓，烟尘聚集在城市上空久久不散，就像死神的旗幡。火车轨道被扭成麻花，水泥路面错位。地上分布着很多纵横裂缝，最宽可达30米。五个水库的大坝被震垮。一个男人从四楼跳下来，却被同时落下的楼板压住双脚，身体倒吊在半空中死了；一位妈妈已从窗户里探出半个身子，但还是被砸死，她最后的动作是竭力想护住怀中的孩子；另一位妈妈幸运地逃了出来，在废墟中机械地走动，哄着怀中的孩子——孩子早已长眠不醒；很多幸存者被挤在狭小的空间中，在黑暗和酷热中待了数天才被救出。一直到多少年后，他们睡觉时甚至不敢熄灯，因为只要沉入黑暗，他们就开始心理性的窒息！

一场空前绝后的浩劫啊！所有赶来救援的人，从身经百战的老师长到长着娃娃脸的小兵，都要惊愕地看上几分钟，把撕裂的心房艰难地拼复，才脸色阴沉地投入抢救。不过，对于地震工作者来说，更多的是痛愧，是无地自容。爷爷说，那时他乘的是石油勘探局的汽车，还没有成为众矢之的，而那些乘国家地震局车辆的同行们简直没法出门。一位老大爷对他们哀哀地哭诉着："为啥不提前打个招呼哩，你们不是管地震预报的吗？"血迹斑斑的年轻伤员们咬牙切齿地骂："这些白吃饭的！"

国家地震局的老张是爷爷的熟人。白天，他们默默忍受着某些受灾人群的咒骂，记录着各种宝贵的资料。当时正值盛夏，废墟中的尸体很快就腐烂了，令人作呕的怪味儿在周围涌动，呕得人根本无法进餐。他们用酒精把口罩浸湿，一言不发地工作着。一天晚上，老张来找爷爷，声音嘶哑地说："文老，咱们出去走走！"爷爷跟他出去了。月亮没出来，废墟埋在浓重的夜色中，除了帐篷里泻出来的灯光，唐山黑得像地狱。老张一直低着头，磕磕绊绊地走着，等到远离帐篷，老张站住了，一句话没说，忽然号啕大哭，哭得撕心裂肺！爷爷没劝他，陪着他默默流泪。痛痛快快哭了一场后，老张问他：

"文老，地震真的不能预报吗？咱们真的无能为力吗？"

爷爷生气地说："怎么不能！没有人类认识不了的规律！"

爷爷那时的主业是石油勘探，搞地震预测只是兼职。他在石油勘探方面已是一代宗师，桃李满天下，而且已年近古稀，没理由再转行。但邢台地震尤其是唐山地震后，几十万死者的号哭一直在他耳边回响。1978年，他正式递交了退休申请，从领导岗位上退下来，全身心投入地震预报的研究——但只能是私人性质的研究了。多年后，一位伯伯曾叹息地告诉我，你爷爷为这个决定吃了大亏。他那时虽然已68岁，但身体好，思路清晰，经验丰富，部里原打算让他再干几年的。他这么一退，首先是经济上吃亏，因为那些年还没有到涨工资的高峰期，退休工资很低。再者，过早从科学家的主流圈中退出来，还有很大的隐性损失，这一点就不必多言了。

我想伯伯说得对。爷爷的晚年是相当困窘的，工资不高，又把大部分工资用于购买资料——他不是进行官方研究，资料费没处报销。可以说，退休后他完全靠奶奶的工资养着。在和爷爷奶奶共同生活的那几年里，我和姐姐都能触摸到家中的贫穷。常常有国外的学生来看爷爷，他们大都衣着光鲜，唇红齿白，外貌比实际年龄要年轻20岁。他们惊讶地打量着爷爷的陋舍，小心地掩饰着目光中的怜悯。我想，恰在这时我最佩服爷爷。因为他在这些怜悯的目光中尚能坦然微笑，不卑不亢。这一点太难啦，至少我在这些客人面前就很难没有一点儿自卑。在我成人后，每当看到报上说某某知识分子"安于贫贱""儿不嫌母丑，狗不嫌家贫"之类的滥调时，我就反胃。我觉得，若不能让士大夫阶层过上相对舒适的生活，以保证他们思想和研究的自由，这个社会就是病态的、畸形的、没有前途的。

"爷爷，你后悔吗？"有一天我向他转述了那位伯伯的话，问他。爷爷停下蒲扇，沉思地看着我。他不是在看我，是越过我的头顶看着远处。过一会儿，他说：

"1966年邢台地震后，周总理亲自找李四光先生和我谈话。他痛心地说，地震给中华民族带来了深重的灾难，地震能预报吗？李先生说能！我也说能！周总理说：'拜托你们啦，希望在你们这一代把地震预报搞成。'从那时起我们做了很多努力，成功地预报了海城地震，可惜没能准确预报最凶残的唐山地震。现在，周总理和李先生都已不在人世，当时谈话的就剩下我一人了。"

他没有回答后悔不后悔，我也没再问。

我和姐姐吃早饭时，爷爷已早早吃完，坐在正间的竹圈椅里静候。听见他低声问奶奶："车辆联系好了吗？不会误事吧？"这已是他第二次询问了。奶奶耐心地说："不会误事的，是国家地震局派的车，昨晚石油勘探局还问用不用他们派车，我谢绝了。"

姐姐瞄瞄爷爷，抿嘴乐道："你看爷爷就像赶考的孩子，蛮紧张呢！"我说："笑话，爷爷会紧张？爷爷可不是没见过世面的人，连政治局委员们还听过他的课呢。"姐姐没争辩，扒完饭骑车走了。我出去时，发现爷爷确实有点儿紧张，他一言不发地坐着，目光亢奋，手指下意识地敲着椅子扶手。后来，知道这次报告的内容之后，我才理解爷爷的紧张，那是对于一个高度敏感的地区（首都）、高度敏感的时间（亚运会）所做的强震预报呀！事后国家地震局的张爷爷说，当爷爷在6月22日报告会上撂出这个响炮时，会议参加者都惊呆了。

他说："也只有你爷爷的资历和胆量敢撂这个响炮，只有他一人！"

该上学了，我推出自行车。这时一辆轿车开到大门口，国家地震局的何伯伯进来，和我打了个招呼："小郁，上学呀？"我说："伯伯好，爷爷等你很长时间了。"何伯伯在天井处大声问了好，说："文老师咱们出发吧！师母，中午老师不回来，饭后休息一会儿，下午我送他回来。"奶奶交代着："若下午赶不回来，记住5点钟让他吃降压药，药片在他右边口袋里放着。最近血压又高了，低压130，高压200。"何伯伯说："我会提醒他的，师母，你放心。"

何先生扶爷爷上车后，汽车开走了。

爷爷预报地震不需要声光报警器，不需要GPS观测网络、地磁观测仪、地电观测仪、重力观测仪和电磁波观测仪，不需要水位计、蠕变仪、岩体膨胀计——作为私人性质的研究，他也没有这些条件。他所拥有的，就是他费尽心血搜集到的浩繁的地震资料，还有一把计算尺（后来升格为286、386电脑）。所有预测结果都是在纸上算出来的。

我常常帮爷爷计算，也很早就大致了解了他的理论核心——可公度计算。可公度计算是说：各地震带的地震肯定各自具有相对不变的物理成因，因而有相对不变的物理规律。这些物理成因可能埋得很深，一时抽提不出来，但可以先把它们虚化，用纯数学手段凑出一些公式来逼近它。有了这些近似公式，就能对未来的地震做出近似的预测。比如，1906年以来世界上8.5级以上地震共12次，按发生日期依次编号为X（i）=1917.5.1；1917.6.26；1920.12.16；1929.3.7……1958.11.6。用可公度法试算后发现间隔时间大致符合以下一些等式：

$$X(3)+X(6)=X(2)+X(5)$$

$$X(4)+X(7)=X(1)+X(11)$$

……

$$X(3)+X(12)=X(4)+X(11)$$

把二元相加的结果画在坐标上，能得出一张图形基本对称的坐标图。依照这张图做适当外推，就可对未来的8.5级以上大震做出预测。当然实际没这么简单，实际计算时每个预测结果都要用多元可公度计算互相校核，还要用爷爷自创的"醉汉游走理论"推算这个结果的可信度。但不管怎么说，这是一种极简化的运算，它抛弃了地震的物理内核，转化为地震参数的纯数学运算。

很早我就知道，地震界的大部分专家对爷爷的预测办法颇有微词。由于爷爷的人品和声望，他们一般不公开批评，但私下里他们叹息着："文先生真的老了，文先生怎么从科学宿儒变成算命先生了呢？"这些叹息也传到我和姐姐的耳中。我们确实心中嘀咕：凭这些简单的计算就能抓住地壳深处潜行的魔鬼？但爷爷确实做出很多接近正确的预报：像1983年新疆乌恰地震，1989年10月17日美国旧金山6.9级地震，其后还有1992年6月28日美国加利福尼亚7.4级地震，1993年10月12日日本关东7.1级地震……

爷爷的声名（指地震预测方面的声名，作为石油地质学家他早已闻名遐迩了）渐渐传播到海内外。常常有国内外的人士给爷爷写信，对爷爷的"神机妙算"表示仰慕，把他誉为刘伯温式的"预测宗师"。慢慢地，我和姐姐也忘了心中的嘀咕。

爷爷不会错的——他怎么可能错呢？看看他为地震预测投入的

心血、做出的牺牲和承受的苦难，如果真有一个主管宇宙运行的上帝，也会被爷爷感动的。

亚运会一天天临近。街上满是吉祥物熊猫盼盼的图样。从盼盼家乡送来的熊猫雕塑在北中轴路落户，由于赶工太紧，这件雕塑有点儿失真、有点儿驼背，不过孩子们不大理会这点儿"残疾"，照样喜欢它。奥林匹克体育中心、亚运村、专为亚运村配套的北辰购物中心都相继完工，亚运会的气氛越来越浓了。

6月22日以后，国家地震局在门头沟召开了北京震情会商会，这次爷爷没有参加。由于爷爷的严格保密，我一直不知道爷爷曾撂过一个响炮，但我对爷爷的行迹越来越疑惑。两个月来，他一直趴在电脑前狂热地计算着、校核着。他的血压升升到了230/140mmHg，眼睛充血，手指发颤，脸色像是害了一场大病。奶奶很着急，逼着他吃药，有时甚至强行关掉电脑，但只要奶奶转过脸，他马上溜回书房。

他为什么这样焦灼和担心？姐姐发现了他的异常，担心地问："奶奶，爷爷的脸色太差了，他在忙些什么呀？"

奶奶含含糊糊地搪塞过去。

这一天，我夜里起来小便，偶然听到爷爷焦灼的低语："……已多次校核，每次可公度计算指向同一个结果……我从来没有这样肯定过……国家地震局迟迟不发震情预报……"

我愣住了。从这些只言片语中，我足以猜到爷爷焦灼的原因：北京有地震！在亚运会期间！

大概听到我的动静，爷爷那边不说话了。我小便后躺在床上睡不着。木隔板那边，姐姐睡得正香，鼻息绵绵细细。犹豫了半个小时，

123

我跳下床，偷偷溜到爷爷的电脑前，打开它。爷爷的资料库设置有密码，但他对密码太相信了。爷爷70岁开始学电脑，现在已经能熟练地应用，这已经相当不易。不过他毕竟老了，他只能浮在电脑的表层程序而我能下潜到水底。没费什么事，我就破解了密码，打开爷爷的文件，一帧帧地寻找，终于找到我要的东西：

90.07号震情预报：

预测三要素为：

时间：1990年9月20日

地点：北京昌平一带

震级：7.5～8.0级

附注：已提交1990年5月5日政协第七届全国委员会

昌平？8.0级地震？亚运会期间？我简直傻了。屏幕上似乎闪出唐山大地震的画面：倾颓的楼房，阳台在半空中摇晃……扭曲的钢轨，阴森森的地裂……我打了一个寒战，揉揉眼睛，另一些画面又占据了屏幕：死在窗台边的母女，半空中倒吊的男人……令人作呕的腐尸气味……

有人拍拍我的脑袋，我惊得一乍，迅速扭回头，是姐姐。她揉着眼睛奇怪地看着我。"郁郁，你在干什么？已经夜里两点啦！"她睡意浓浓地说。我赶忙关了电脑，强笑道："没事没事，我在查一份资料。姐姐，别告诉爷爷奶奶啊！"

我溜回去，睡到床上。姐姐解手后还隔着木板壁问了一句："郁郁，你在查什么？"我装着没听见。我不敢告诉姐姐，女孩子的嘴巴总是要松一些。虽然14岁是一个满不在乎的年龄，但从小受爷爷熏陶，我知道地震预报泄漏出去是多么严重的事情。

我想那晚我一定会失眠的，一个小时后我还是进入了梦乡。

因为心中藏有这个恐怖的秘密，我在一夜之间长了10岁。我独自从欢快亢奋的社会氛围中游离出来，惊悸地注视着亚运会的进程。开幕式已开始彩排，看过彩排的同学眉飞色舞地说：美极了！报道说萨马兰奇已经确定要出席亚运会，定于9月21日到京。内幕消息说，将在念青唐古拉山下的当雄县城采集天火作为亚运圣火，采火人已经内定，是一个叫达娃央宗的藏族姑娘。节日的北京如一条奔腾喧闹的河流，河道两旁花团锦簇……而在地下，那个魔鬼正一步步向我们逼近，它只要抖抖身躯，打一个哈欠，就会带来惨绝人寰的灾难。我常常想跳到大街上去高喊：你们干吗还要搞这些花花哨哨的东西？快准备吧，"它"要来了！

爷爷不再计算，看来已不需要复核了。他总是坐在正间的竹圈椅中，神情肃然地盯着不可见的远方。奶奶肯定知道内情，但她仍保持着平日的节律，采买，做饭，偶尔同研究所的后辈们通通电话。不过，我能察觉到她内心的焦虑。在我们这个四口之家里，只有姐姐什么也不知道。随着亚运的临近，她的情绪越来越高涨，每天回家，自行车没停稳，就开始通报今天的花边新闻。她根本不知道，在我听来，这些新闻是多么浅薄可笑。

有时我甚至对爷爷的沉默心生怨恨。爷爷，作为一个预知天机的人，你为什么不到街上大声疾呼，唤醒满街的梦中人呢？如果是受法律所限不能张扬的话，你至少该考虑到家庭的自救，带我们悄悄迁移到别处躲躲嘛。不过总的说我理解爷爷，关键是没人能确切肯定自己的预报绝对正确，而一旦误报将造成巨大的损失。像1989年，美国气候学家布朗宁预报圣路易斯市 12 月上旬有大地震，引发了民众的歇斯底里，造成了 6 亿美元的损失。中国唐山地震后，一个回乡民工在火车站听到几句谣传，回烟台后散播，在烟台掀起一场恐慌……地震预报真是天下最难的事业，进也难退也难，一字重如千钧呀！

不知道国家地震局的专家们此刻是什么心情？亚运会牵涉到国内外，当然不可能随便改期。但地震——这个在地下潜行的魔鬼，它可不会顾忌人世间的什么典礼或赛事，它可不管背上驮着的是首都还是乡村。它在狞笑着逼近。开幕式上万众欢腾，中外贵宾齐聚一堂，可是忽然天崩地裂……那时，地震局的人可是万死莫赎其罪了。

这个秘密锁在一个 14 岁中学生的心里并悄悄膨胀，我的胸膛快要憋炸了。我变得十分神经质，上课时听不懂老师的讲课，下课时总一人愣着，听不见同学唤我。特别是在夜里，我的耳朵变得十分灵敏，一点儿风声或落叶声都能使我从床上惊跳起来。容容姐是一个又迟钝又敏感的家伙，她一直没猜出家庭中这个秘密，却看出了我的惊悚。她关心地一再追问："郁郁，你怎么啦？你这几天就像是干了什么亏心事似的。"我没法儿回答，我真可怜姐姐。

书房里挂着中国地震活动断裂图，我看过不下百遍，但这些天我简直不敢面对它。全国尤其是京津唐地区的断裂带纵横交错，就像母亲乳房上划出的刀痕，十分瘆人。我不禁生出一个想法：如果 1949 年这张图挂在第一代领导人在河北西柏坡的办公室里，他们大概不会选北京做首都吧。但即使首都不在北京又有什么用？中国几十个大城市都位于活动断裂带上，无处可迁，中华民族注定要生生世世与魔鬼为伴。丧气的是，这个魔鬼是无法驱走的，总有一天，它会来敲你的门。

在哪本书上看到一句话：灾难、疾患、死亡是人类不可豁免的痛苦。我曾一本正经地把它抄到笔记本上，其实当时并没什么感悟。到现在，我才对"不可豁免"这四个字有了最深切的体会。

这天晚上，奶奶把姐姐和我叫到他们的卧室，似乎无意地说："小郁，你不是想当地震专家吗？今天忽然想考考你，你说，地震发生时如何自救？"

我看看奶奶，她当然不是毫无缘由地问到这个问题，但奶奶的表情中看不出什么异常。我看看爷爷，天真的爷爷已不大会隐藏感情了，他躲开我的目光，笑容中浮着愧意。我说："奶奶，我知道，关键是及时自救。地震的纵波（P波）速度快，每秒7～8千米；横波（S波）慢，每秒4～5千米。纵波破坏力较小而横波破坏力较大，所以要利用纵横波的时间差迅速自救。"

奶奶说："对，这段时间很短的，所以一旦发生地震，千万不要打算帮助我们，你们要先自救，然后才能想办法救别人。这两天咱们来一次演习，只要听见我或爷爷喊地震了，马上滚下床，躲在床边（不要钻到床下），依靠床的高度掩护自己。各人床下放有干粮和水瓶。你们要记住啊！"

姐姐再迟钝，这会儿也看出了苗头，她怀疑地问："是不是有地震？爷爷，你是不是预测出地震了？"

我觉得爷爷更窘迫了，忙推推姐姐："不会的，这只是一次演习罢了，要有地震爷爷肯定会告诉咱们的，对吧？"

奶奶说："对，这只是预防万一。由于你爷爷的身份，你们在外面千万要谨慎，说错一句话都会引起混乱的。千万小心啊！"

我回到自己房间，朝床下瞄了瞄，那儿果然放着一包饼干和一瓶水。这两样很平常的东西在我心中简直是魔鬼的化身，夜里我睡不安稳，总是梦见《一千零一夜》里的魔鬼吱吱叫着在瓶里挣扎，它马上就要把瓶子挣破了——后来我知道，那个声音倒是真实的，是耗子在咬塑料袋，我的饼干让它们美美地打了一顿牙祭。

亚运会开幕前两天，9月20日晚上，爷爷把我俩叫到一起，平静地说："容儿，郁儿，有句话我总算可以说出来了。今天国家地震局正式发布中等强度地震的震情预报，其实我在四个月前就预测到了。"

非常奇怪，听了爷爷迟来的宣布，我突然觉得一阵轻松。我想爷爷也有同样的心情。实际上地震的危险并没有消失，它甚至更现实了。但是，能在家里公开谈论这件事，本身就是对我的解放。我忍不住大声喊道：

"爷爷，我早知道了！但你的预报可不是中等强度的——昌平地区，9月20日左右，7.5～8.0级浅源地震。"爷爷愕然地看着我，我咧嘴笑着，"爷爷，我向你道歉，我破解了你的密码，查到90.07号震情预报。不过你放心，我没对任何人透露过，连姐姐也没有。"

姐姐马上反应过来："那天夜里你是在刺探爷爷的情报？哼，你竟然瞒着我，全家人都瞒着我！"

姐姐十分气恼，因为姐弟间从来没有秘密的，而现在她第一次被排除在某个秘密的知情圈子之外，这严重挫伤了她的自尊心。她对我怒目而视，气哼哼地说："好啊，你个小崽子，竟然敢……"

我大叫起来："姐姐，你别得便宜卖乖了！我巴不得和你换换位置。这么多天担惊受怕，又不敢和任何人谈这桩秘密，我都快憋疯了！"

姐姐扑哧一笑，又赶紧绷起脸。爷爷看看奶奶，欣慰地说："好啊，能守住这个秘密，咱们的文郁已经是男子汉了。"他又说，"这些天睡觉要灵醒些，好在咱家是平房，危险要小得多。关于地震时自救的办法前天也温习过了，地震来时要镇静。"

我们严肃地点点头。姐姐担心地问："亚运会会不会改期？正赶上开幕啊！"

爷爷苦涩地摇摇头："不会，毕竟这只是预测。不过，国家地震局早就处于一级战备，有征兆会及时发出临震预报。"

我笑着指责爷爷："爷爷，你真狠心啊，这么长时间把我们蒙在鼓里。万一地震来了我们没防备，你后悔不后悔？"

这个玩笑肯定不合适，看来它正好戳到爷爷的痛处，奶奶急忙向我使眼色。爷爷愣了一会儿，难过地说："我当然后悔，我会后悔一辈子的——可我不能透露啊！"

他的语调苍凉，透着深深的无奈。奶奶忙打岔说："睡吧，睡觉吧。"然后赶紧把我俩赶走。临走时我看看目光苍凉的爷爷，忽然蹦出个随意的想法：做一个通晓未来的先知或上帝，真不是轻松的职业啊！

9月22日，亚运会开幕，彩旗如云，万众欢腾。这天，北京西北昌平一带发生4.5级地震，北京有震感，楼房晃了一下。

一个又一个电话打到我家："文老，还有主震吗？多大震级？会不会是第二个唐山地震？文老，你是大家信服的预测大师，你说一句话我们就心中有底了……"爷爷疲惫地一次次回答："不知道，我没有就此做过预测。很可惜，无可奉告……"不过，在他打给国家地震局的电话中透露出了他的真实想法：

"老张，我的预测没有变，很可能只是一次前震，不要放松警惕。"

爷爷没有放松警惕，爷爷的神经之弦始终紧绷着。亚运会的日历一天天翻过去，我和姐姐毕竟年轻，我们兴奋地计算着中国的金牌数，慢慢忘了地震这档事。但爷爷没忘，有时夜里起来小便，还能看到他静静地坐在竹圈椅中，就像雁群睡觉时那个永远清醒的雁哨。

他还在等待，等待那个按照计算"理应到来"的强震。他的神经之弦绷得那样紧，我总觉得若不小心碰着它，那根弦就会铮然断裂。奶奶没有劝他，只是关照他按时吃降压药，也常常拉他出去散步。有一天，我忽然悟到这件事对爷爷的意义——他已经把这次预测的正误设定为对自己理论的最无情的检验了！如果预测错误，意味着他12年的辛苦白白浪费了。刹那间我竟然盼着……啊，不，不能这样，连想想也是罪过呀！但愿爷爷错了，那个地震魔鬼不会来了。

亚运会结束了，魔鬼没有来。它至今也没有来到北京。

爷爷预测错了。在他后半生最大的一次战役中，爷爷悲壮地输了。

2

12年后的冬天，我在美国加州大学洛杉矶分校读完博士回国，在国家地震局找到了自己的位置。上班后正赶上局里组织的一次大检查，对象是局属的各地震观测台站，包括 GPS 观测网、地磁、地电、重力、电磁观测站。现在国内观测网站已经接近国际水平，能从宽频带、大动态范围和数字化地震资料中，对地震破裂的时空进程成像，以指导地震的预报。这些年也有一些成功的范例，比如对1995年7月12日云南勐连地震、1997年3月5日日本伊豆地震都做出成功的长、中、短、临预报。但总的说来，地震预报尤其是短期预报和临震预报还远未过关。比如，云南丽江1996年2月3日地震，在已经做出正确的长、中、短预报的有利条件下，却未能做出正确的临震预报——恰恰这种临震预报对减轻伤亡是最重要的。

想想爷爷生前的研究条件，与现在真是天壤之别。不过，具有讽刺意味的是，这么好的条件，预报成功率却一直徘徊在30%以下，并不比爷爷高多少。

国家地震局的网页上，对于中国地震预测能力给出字斟句酌的自我评价：

"能对某些类型的地震做出一定程度的预报，但还不能预报所有的地震。较长时间尺度的中长期预报已有一定可信度，但短临预报的可信度还比较低。"

读此文时我揶揄地想：这个评价真是千金难易一字呀！

我被分在西北检查组，检查阿克苏、包楚、甘河子、高台等地震台。我们乘坐越野车，风尘仆仆地跑了20天，观看那些在密封山洞中静静倾听魔鬼脚步声的各种仪器。张爷爷也在这个组，他已经退休了，这次被返聘来参与检查。他脸上皱纹纵横，那是多年野外生活留下的痕迹。一见面他就说：

"小郁，洋博士回来了，接上你爷爷的班啦，隔代遗传啊！"

我笑道:"对,隔代遗传。我姐姐也接了奶奶的班,在医学科学院工作。她这会儿也在西北,在青海省。"

"不错,不错,你爷爷奶奶九泉下也安心了。晚上去找我,聊聊你爷爷。"

晚上我们宿在祁连山下一个简陋的旅馆里,没有暖气。窗户对着戈壁旷野,黑色的乱石上堆着薄薄的积雪。我敲响张爷爷的房门,他趿着一双劣质塑料拖鞋开了门,又赶紧回到被窝里,说:"你也上来,上来暖和。"我跳上床,坐到床的另一头,拉过被子盖住腿脚。被子又凉又硬,简直像石板,但张爷爷已经习以为常了。他问:"在加州大学跟谁读的博士?"

"陈坎先生。"

"我认得他,退休前和他有联系。怎么样,国外现在的预报水平?主要是美国和日本。"

"不比咱们强。日本地震学家一再预测的东海大震至今没来,相反,没人关注的兵库县却来了个7.2级。美国地震局网页上曾登过一幅自嘲的漫画,一只惊恐的大猩猩大叫:为什么我能预报地震而科学家不能?"

"苦中作乐嘛,美国人比咱想得开。1976年唐山地震,我和你爷爷在现场大哭一场,怕影响年轻人,躲到远处去哭。从那时一直到退休,我的精神一直高度紧张,如果真有一场大震溜过警戒来到北京,那可是万死莫赎其罪啦!可是,大震迟早总要来的,而按目前的水平,即使工作再负责也不能排除漏报的可能。我的胃溃疡就与精神高度紧张有关,一退休马上好了。虽然还要关心,毕竟不是职责所系。"他问,"小郁,还记得1990年那次预报吗?"

"当然。"我讲述了那时我如何偷窥爷爷的资料，并为此遭受两个月的心理酷刑。张爷爷笑了：

"原来还有这么一段小故事啊！小文，你知道吗？那时国家地震局里信服可公度计算的人不多，但我对你爷爷的科学功力近乎迷信，再加上那时北京地区确实有不少地震前兆，所以，在你爷爷6月22日放过那个响炮后，我几乎要提出亚运会改期。现在想想都后怕，如果亚运会真的改期，牵动国内外，劳民伤财，最后只是楼房晃那么一下……如今我常为你爷爷遗憾，以他的睿智，晚年怎么会钻到'可公度计算'的死胡同里呢？那时他的脑子又没有糊涂。"

听着对爷爷的批评，我心里很不是滋味，勉强为爷爷辩解道："我想是因为他对科学的信仰太炽烈了吧。他相信万物运行都有规律，这些规律常常是简谐而优美的，并终将为人类认识。有了这三条，他才敢去走'可公度计算'的捷径——却走进死胡同。"

"过犹不及。我不是批评你爷爷，这是我的自我反省。"他补充道，"我比所有人更了解文先生为此做出的牺牲，所以——真为他遗憾。"

"那么，"我缓缓地问，"站在今天的知识平台上，你认为地震预报尤其是临震预报最终能取得突破吗？"

张爷爷惊奇地说："当然能！否则我们研究地震干什么？"他半开玩笑地说，"你不会到国外转了一圈就变成不可知论吧？人类必将逐步掌握大自然的运行规律，这还用怀疑吗？地震规律当然不例外，这个世纪不行，下个世纪总可以吧？"

我温和地反驳："科学已确证了量子世界的不确定性规律。还有，即使在宏观世界里，三体以上的牛顿运动也无法预测。"

张爷爷摇摇头，坚决地说："地震一定能预报！总有一天能预报！"

他怀疑地看看我，闷声不响了，颇有点儿话不投机半句多的味道。不过我不想同他争论。正好手机响了，是姐姐从青海循化打来的，她来青海已经两个月了。中国自1994年9月发现最后一例本土脊髓灰质炎野病毒病例后，已经连续7年没发现，2000年10月被世界卫生组织评定为"已阻断脊髓灰质炎病毒传播途径"。但2001年1月17日青海循化撒拉族自治县又发现一例，姐姐就是为它去的。

我向张爷爷告辞，走到外边接听电话。姐姐的声音嘶哑疲惫，几乎能想见她在野外时的枯槁模样。但她的语调是欣喜的，她说经调查确认，这是一例境外传来的病毒，是偶发性的。但他们并没有大意，已在疫区街子乡团结村对患儿周围环境和终末物进行了彻底消毒。对0～9岁的1万名儿童进行了应急局部接种，随后还要进行更大规模的免疫接种。"简直是一场战争啊！"姐姐惊叹。

我说："辛苦啦，我的老姐，看来当医学科学家也不比地震学家轻松。维持一个遍布全地球的无病毒真空，简直是西西弗斯的工作。"

姐姐说清明节快到了，她不一定能赶回家。如果我能赶回去的话，记着给爷爷奶奶扫墓。"把有关脊髓灰质炎的情况给奶奶说道说道，我想老人家九泉之下也操心着这件事呢！"

我叹了口气："你是有东西可夸，我呢？我可没好消息告诉爷爷。喂，爸妈叫我关注你的婚事，让我批判你的独身主义，为科学献身并不意味着当修女。你想想嘛，要是奶奶当了修女，哪里还有你我二人？"

姐姐骂道："小崽子，甭跟我油嘴滑舌。我的主意不会变的。"她挂了电话。

爷爷去世前已经调了房子，是某小区一幢相当宽敞的住宅，带欧式铁艺的凉台，台阶下的草丛中卧着小鹿塑像。买房时我在国外，不太清楚爷爷花了多少钱。听说石油部（已改为石油天然气总公司）给了他尽可能多的优惠。他们始终没忘记已退休多年的爷爷，令人感动。

爸妈不想离开大庆，现在这儿只住着我和抱独身主义的姐姐。在这套不错的住房里，家具倒是相当寒碜的，低档的装修，只有客厅里置买了新家具。书房里堆满两位老人的专业书籍，东墙上有一块大黑板，挂着中国石油矿藏分布图、地震带分布图，图纸已经发黄发脆。桌上放着爷爷奶奶的合影，还有一台爷爷用过的586电脑。

清明节前一天，我在爷爷书桌上点了一束香，把一张光盘放进爷爷的电脑里。那是我读博士的研究成果，是由美国加州大学巴克和陈坎先生搞出来的一个地震生成模式，我把它深化了。这个相对简单的模式反映了地震的深层次机理。

是否把这些告诉爷爷，我曾犹豫过。因为我的结论对爷爷来说太残酷了。但我想他一定想知道的，瞒着他——才是对爷爷的藐视。

青烟在袅袅盘旋，爷爷在镜框中看着我，脸上仍挂着他晚年常有的天真而略带窘迫的笑容。爷爷，请你认真观看吧！

屏幕上显出两大岩石板块互相挤压的过程。岩石受挤时储存了弹性能，当弹性力大于静摩擦力时，某一小区域会突然滑动。岩层滑动着、挤压着，有些区域变成红色，象征着该区域已进入"突然滑动"前的临界态。单独的临界态区域逐渐扩大，不过并不是整片出现，它们在岩层中一绺一绺地延伸，与白色的非临界区域犬牙交错。当

135

红色区域开始占优势时，就形成了整体临界态，这时强震发生的条件孕育成熟了。

从非临界态发育到临界态——这个过程还是有规律的，爷爷那时在长、中期地震预报上某种程度上的成功，正是基于这个过程的可公度性。但整体临界态一旦出现，规律就消失了。此后，某块岩石的滑动可以带出完全不同的结果：它可能只滑动一下就停止，也可能沿着一个较长的"红色手指"传递，引发一片区域的滑动，甚至沿着一个更长的手指走到头，引发全区域的大坍塌，这就是有极大破坏力的强震。

问题是，最后的雪崩究竟是由哪个小滑动触发，这个过程却是完全随机的，没有规律的。要想对它做出准确预测，就需要随时掌握板块中每一部分的态势，实际上不可能做到。

换句话说，地震的临震预报根本不可能成功。

从理论上说也不可能。

爷爷苦苦寻觅近20年，只是在寻找一个根本不存在的东西。

我在青烟后看到爷爷，他的嘴角沉重地下垂着。我知道这个结论无疑是向他的祭坛撒尿。但科学是无情的，科学不照顾个人的愿望。爷爷，请原谅我告诉你这个残酷的结论，但我不会因此放弃努力。

爷爷听见了，默默转过身，踽踽而去。

3

以下摘自一篇小学生作文。

2156 年 4 月 2 日，王老师带我们参观了唐山滦县附近的 87 号超深井的钻进。同学们都说这次参观特刺激、特真实，比往常的激光全息教学课强多了。

参观前，王老师让我们查一查一个世纪前超深井的背景资料。我查到，那时世界上超深井记录是 12262 米，在苏联的科拉半岛。中国在江苏东海超高压变质带上打过一个超深井，才 5000 米，投资 1.5 亿。超深井钻进极为困难，费用极为高昂，因为井越深，钻杆越长，大部分能量都被浪费在起下钻杆和克服钻杆的扭转形变上。不过自从激光钻头发明后这些记录已经大大改写了，现在 25000 米的深井轻飘飘就能实现。

深 87 号井是在一口 3000 米深的旧裸井上加深。这儿给我的第一个印象是没有高大的钻塔——现场的刘司钻给我们解释，过去那些高大的钻塔其实只有一个用处：起钻时一次能起出尽可能长的刚性钻杆。单根钻杆一般长 9.5 米，一次起升三根，井架就要高达 40 米。现在，激光钻头是用柔性钨钢索系连，耐高温电缆也是柔性的，所以钻塔高度只要高于激光钻头的长度就行。

（资料记录：激光钻头直径为 78 毫米，长度 5.54 米，配套井架高 9.8 米。）

激光钻头其实就是一根大圆棒，银光闪闪，做工十分精致。现在开始下钻，钻头自带的摄像镜头把井下的图像送到控制台屏幕上。一个黑洞洞的岩石窟窿，直径比钻头大一倍，被摄像机灯光照亮的岩壁飞快地向上闪过去。钻头终于停下了，离井底有 30 米，咔吧一声，向四周伸出几十个爪子，把自己固定在井壁上。刘司钻对麦克风说："各操作手注意，现在正式开钻。"他合上电源，一股极强的蓝色激光从钻头下方射出来，反射过来的余光立即把井壁笼罩，岩壁和钻头似乎都变成了蓝色的透明物体。激光照射到井底，岩石立即气化，变成高温高压的气浪，通过钻头和井壁之间的环形空间，凶猛地向上冲去。井口的强力抽气泵同时开动，高压气流带着惊天动地的啸声冲了出来。在井内气流是透明的，但喷出后变成白色，延伸了 100 多米。刘司钻急急地调整了消音系统，啸声显著降低了，但是仍让人头皮发炸。

这以后钻井队就没什么事干了，所有操作转为自动控制。气化的岩石被连续排出，激光束的长度自动延伸。钻进几百米后，刘司钻关闭激光束，把钻头下沉，固定，开始新一轮钻进，这是为了尽量减少激光束在气浪中的衰减。刘司钻自豪地说："这种方法钻进极快，一天能钻 1500 米，不过它可是吃电能的大老虎，半个城市的电能才够它的饭量呢！"

（资料记录：深 87 号井位于昌黎与蓟县之间第 7 号东西向断裂带，断裂带的力学性质为压扭，设计井深 25000 米。）

我们还参观了唐（唐山）津（天津）滦（滦县）区域2156——7 号消震行动。这回不是现场参观。陈指挥说："没法儿看现场的，它分布在 200 多平方公里的区域，又是在12000 ～ 25000 米的地下起爆，地面上只有轻微的震动。"

我们回到北京，在国家地震控制局（即原来的国家地震局）的控制室里观看了实际操作。这回是全息图像，两束激光互相干涉，打出这个区域的逼真的三维图。图中的不同颜色表示不同的岩石板块，发暗的条纹表示活动断裂带（或重力梯度带等）。暗条纹上下纵横交错，结成十分复杂的立体网络。我同桌付英低声惊呼："我的妈，原来咱们的大地母亲有这么多的暗伤！想想咱们的高楼就建在这样的破基层上，真是可怕。"

陈指挥把岩层图转为应力图。一绺绺叶脉状的红色在岩层上蜿蜒，覆盖了相当一部分区域。陈指挥说："红色表示岩层已进入发生滑动前的临界态，从红色的强度可以计算出，这片区域已孕育出 5 ～ 5.5 级地震的条件。

上百条笔直的红线从地面上向下延伸，各自终止在活动断裂带的某一点，有深有浅，最深的 28000 米。这就是我们才参观过的那类诱爆井。"28000 米深的诱震爆破可消去 30000 米处的应力，而地震震源大部分在 30 公里以内。"陈指挥说。

一个个小亮点开始沿竖井下降，它们表示高能炸药（成分为 N5，即氮的同分异构体）。15 分钟后所有亮点停下来，炸药全部就位。屏幕上打出起爆前的自检结果：起爆井位、井深、起爆量、起爆顺序。检查通过。陈指挥非常庄重地摁下按钮。所有亮点几乎同时闪亮，在周围激出一圈圈涟漪。这是由炸药引起的震波，很微弱，它只起扣扳机的作用，用以引爆岩层中本来就储存的能量。忽然，某处震波被急剧放大，极强的涟漪向四周扩散，就像是推倒了多米诺骨牌，在各处引发强烈的震波。岩层抖动着、滑动着，图像上的红色随即被抹去。

但究竟哪个激爆点能够消除整个区域的临界状态，却完全不可预料。这其实与"临震预报从理论上不可实现"是一致的。

屏幕上打出地震参数：这是一场5.2级人工诱发地震，震源深度21公里，去应力效果良好。指挥部的人们都屏息静气，像是在等待什么。几秒之后，大楼有了轻微的晃动。"S波！"年轻人欢呼着。过了几秒又是一阵晃动，比上次稍强些。"P波！"大家喊着，互击手掌，表示祝贺。

照例得有领导讲话，陈指挥说：

"今天是文郁先生逝世100周年纪念日，国家地震局和学校共同组织了这次参观，作为对先生的纪念。文郁先生是伟大的地震学家，150年前他提出'低烈度纵火'的思想——以低烈度的人工诱发地震来取代破坏性强震，使地震科学开始了一场革命。现在我国已控制了京津唐地区的地震灾害，下一步将把工作重点移向台湾南部。"

讲到这儿，他忽然收起一本正经的表情，笑嘻嘻地说："我知道文先生的曾孙今天在场，是哪一位？请站出来！"

我没有吭声，早有准备的王老师把我推出队列："这位就是，文小虎！"

陈指挥走下讲台，俯下身同我热烈拥抱。"小虎，你应该骄傲，有这么一位伟大的曾爷爷。还不光是你曾爷爷呢，文家是源远流长的科学世家，从曾曾祖一代的文少博夫妇算起，有曾祖一代的文郁、文容姐弟，祖父一代的文天奇夫妇，父代的文吉光、文吉霞兄妹。你曾姑奶文容也是大师级的科学家，她带领同行消灭了狂犬病毒、水痘病毒、乙脑病毒、破伤风杆菌、炭疽杆菌、黑热病原虫等36种病原体，让数千万人摆脱了病魔。小虎，真为你骄傲！"

同学们都羡慕地看着我，女孩儿们的眼神可以说是崇拜啦。不过我不打算买陈指挥的账，我不高兴地说："我也希望你为我骄傲。不过不是今天，也不是因为我的爸爸、爷爷、曾爷爷、祖爷爷，而是几十年后，当我也成为大科学家的时候。"

陈指挥一愣，旋即朗声大笑："好，有志气！预祝你早日成功。我这个位置为你留着哪！"

我摇摇头，说："我不干这一行，这门学科里的坏蛋已杀得差不多啦，我想搞曾姑奶、奶奶和姑姑她们搞的病毒学。"

"你已经决定了？"姑姑问我，"接我的班，不接你爸的班？"

"嗯！"

姑姑看看爸爸，掩不住嘴边的笑意。爸爸平和地说："我们当然尊重你的选择，不过，告诉我为什么。"

我摇摇头，说："我不想说，姑姑要生气的。"

"什么话！你接我的班我还能生气？不生气，说吧！"

我有意再退后一步："只是一个小学生的胡思乱想，你们会笑话的。"

"小孩子有时能提出最有价值的思想。"爸爸说，然后笑道，"行啦，别卖关子了，说吧！"

　　于是我侃侃而谈："今天参观后我有一个很深的感触。文郁曾爷爷的成功就在于他用'低烈度纵火'化解了岩层中的临界态——但为什么医学科学家们却在干背道而驰的事情？姑姑，你们一直用斩尽杀绝的办法建立无病毒的真空，弱化人的免疫力，这是危险的临界态甚至超临界态呀。姑姑，这个超临界态能永远保持稳定吗？"

　　姑姑非常震惊，沉思半天才喃喃地说："我的小虎侄儿真够狂的，一句话否定了几代医学科学家的努力。"她又陷入沉思，眼神迷惘、心事重重地说："我当然不会马上接受你的观点，不过我会认真思考它。"

　　那么，我的志愿就这么定下来吧，我要接姑姑的班，做一个医学科学家——但我将干完全相反的事。她们几代人辛辛苦苦建立起无病毒的真空，我要用低烈度纵火的办法破坏它。

　　我想，总有一天姑姑会承认我是对的。

　　后记：本文中的观点——地震短临预报不可能实现，是一些西方科学家的观点，在这儿作为一家之言介绍给读者。至于它的正误，科幻作者不为小说中观点的正误打包票。

百年守望——克隆之殇

1

昊月国际能源公司的采掘基地设在日照较长的月球南极。采掘机日以继夜地工作着，从坚硬的洛格里特（月壤的正式名称）中采掘和提炼出宝贵的氦3，再用无人货运飞船送往地球。这个作业过程全部由主电脑广寒子管理。"广寒子"意指"广寒宫的得道真仙"——不用说，主电脑设计者肯定熟悉中国古典文学。整个基地只有一名员工，是一个蓝领工人，负责处理那些电脑和自动机械不好处理的零星杂事，人员三年一换。氦3的年产量为200~250吨，基本可以满足整个地球的能源需求。

毫不夸张地说，正是昊月公司的贡献，使地球进入了一个全新的氦盛世，一个使用干净能源和充裕能源的时代。公司创始人施天荣先生也因此成为时代伟人。

2

在月球基地工作的最大好处是安静，没有大气，听不到陨石的撞击声和采掘机的轰鸣声。从地球来的无人货运飞船在降落时同样是悄无声息，轻轻的一次震动，那就是飞船抵达基地了。这是武康三年合同期中最后一次物资补充，他像往常一样去卸货口接收货物。但这次和以往不同，短短几分钟后他就气喘吁吁地返回，匆匆撞开生活舱门，怀中抱着一个身穿太空服的躯体。太空服的面罩上结满了冰霜，看不清那人的容貌。武康急迫地喊着：

"广寒子！广寒子！货船中发现一个偷渡客，已经冻硬了！"

面容清癯、仙风道骨的广寒子迅速无声地滑过来（实际这只是广寒子拟人化的外部躯体，它的巨型芯片大脑藏在地下室里），冷静地说：

"放到治疗台上，给他脱去太空服，我来检查。"

武康卸下那人的面罩，情不自禁地吹了一声口哨："我靠！曾祖父级的偷渡客！广寒子我和你打赌，这老牛仔至少80岁啦！"

那人满面银须浓密虬结，皱纹深镌如千年核桃。虽然年迈，但仍算得上一个肌肉男。广寒子笑道：

"我才不会应这个赌。山人掐指一算便知他的准确年龄是81岁。"它迅速做了初步检查，"没有生命危险，是正常的冬眠状态，只要按程序激活就行。武康你还是去接货吧，我一个人就行。"

武康返回卸货口继续工作，等他再次返回治疗室，那位"曾祖父级的偷渡客"刚刚苏醒。他缓缓地打量着四周，声音微弱地说："已经……到月球……了吗？请原谅……我这个……不速之客。"他的浓

144

密银须下面绽出一抹微笑，话语慢慢变连贯了，"不必劳……你们询问，我主动招供吧。我叫吴老刚，今年81岁。我这辈子一直有个心愿，就是把这把老骨头葬在幽静的月球，而偷渡是最快捷、最省钱的办法。"

武康大摇其头："我整天盼着早一秒离开这座监狱，想不到竟有人主动往火坑里跳，还要当千秋万世的孤魂野鬼！"他安慰老偷渡客，"老人家您尽管放心，月球上有的是荒地。只要您不嫌这儿寂寞，我负责为您选一个好坟址。"

老人由衷地感谢："多谢了。"

"不过你别急，您老伸腿闭眼之前尽管安心住这儿，好心眼儿的广寒子——就是基地的主电脑，一定会殷勤地照顾您。至于我呢，很遗憾不能陪您了，过几天我就回地球啦！"他喜气洋洋地说。

"谢谢你和广寒子。你要回家了？祝你一路顺风。"

通信台那边嘀了一声，武康立即说："抱歉，我得失陪一会儿。现在是每周一次的与家人通话时间，决不能错过的。"他跑步来到通信台，按下通话键，屏幕上现出一个年轻妇人，穿着睡衣，青丝披肩，身材丰腴，性感的嘴唇，清澈的眸子中盈着笑意。武康急切地说：

"秋娥，只剩13天了！"2秒钟后，秋娥也说："武康，只剩13天了！"

月地之间的通话有4秒多钟的延迟（单程是2秒），所以两人实际是在同一瞬间说了同样的话。双方都为这个巧合笑了。秋娥努力平抑着情绪，说："武康你知道吗？我是那样饥渴地盼着你，"她轻笑着，"包括我的心，也包括我的身体。"

这句隐晦的求欢在武康体内激起一波强烈的战栗，他呻吟道："我也在盼着啊，男人的愿望肯定更强烈一些。见面那天，我会把你一口吞下去。"

秋娥笑道："那正是我想干的事，不过不会像你那样性急，我会细嚼慢咽的。"她叹息一声，负疚地说，"武康，三年前我们不该吵架的。这些年来我对过去做了认真的反省，我想，我在夫妻关系中太强势了。"

三年前他们狠狠干过一架，武康正是盛怒之下才离开娇妻，报名去了鸟不拉屎的月球。"不不，应该怪我，你在孕期中脾气不好是正常的，我不该在那时候狠心离开你。我是个不会疼老婆的坏男人，更是个不称职的爸爸。等着吧，我会用剩下的几十年来好好补偿你和儿子。"

秋娥拂去怨痛，笑着说："好的，反正快见面了。我不说了，把剩下的时间给你的小太子吧。"她把 3 岁的儿子抱到屏幕前，"小哪吒，来，给爸爸说，爸爸我想你。"

小哪吒穿一件红肚兜，光屁股，脖子上戴着一个银项圈。他用肉乎乎的小手摸着摄像头，笑嘻嘻地说："爸爸我想你！"

看他喜洋洋的样子，不像是真正的思念，只是鹦鹉学舌罢了，毕竟他只在屏幕上见过爸爸，但甜美的童声击中武康心中最柔软的地方，眼中不觉泛酸。他不想让儿子看见，迅速拭了一下眼睛，笑着说："我的小哪吒，我很快就回去了，耐心等着我！"

"妈妈说，我再睡 13 次觉就能看到你了，对吗？"

"应该是 16 次，还要加上从月球飞到地球的三天旅途。"

小哪吒屈起小指头，一个一个数到 16，最后没把握地说："我不知道数得对不对。"

"没关系，妈妈会帮你数。你只管安心睡觉就行了。小哪吒，想让爸爸给你带啥礼物？"

儿子不屑地说："那个破地方能有啥礼物！对了，你给我带100个故事就行。我最爱听故事。我会讲好多好多的故事。"

"是吗？会不会讲哪吒的故事？我是说神话中那个哪吒。"

"当然会！哪吒是爸爸的三太子，有三件宝贝。他惹祸了，爸爸训他，他就自杀了。妈妈偷偷为他塑了个神像，又让爸爸发现后打碎了。后来哪吒的老师，叫紫阳真人的神仙，用莲节摆了一个人形，把哪吒的灵魂往里面一推，他就活过来了！"

"这就完了？"武康笑着问。

"还长着呢，等我闲了慢慢给你讲。"儿子口气很大地说。

"好，等我回家，再赶上你闲的时候，给我细细讲吧。"这个故事触动了武康的心，不由长叹一声，"这个哪吒的爸爸可算不上个好爸爸。"

秋娥见丈夫的情绪有些黯然，连忙打岔："咱家哪吒就太幸运啦，有个最疼他的好爸爸。"她忽然用余光瞥到一个陌生人，"咦，基地中多了一个人！墙角那人是谁？"

武康回过头，见偷渡客扶着广寒子立在墙角："噢，那是一位勇敢的老牛仔，81岁了还冒死偷渡，以便葬在月球。"

秋娥低声埋怨丈夫："你该事先提醒我，有些枕头上的话不该让外人听到的。"

广寒子扶着偷渡客走过来，笑着说："哟，这句话太伤我的自尊心了。秋娥，你说枕头话可不是第一次，是不是眼中一直没有我这个人？"

秋娥机敏地说："当然有你这个'人'，但你哪里是'外人'，我早把你看作家里的一员了。"她转过目光，对陌生人嫣然一笑，"喂，勇敢的老牛仔，你好。祝你早日实现愿望——哟，这话大大的不妥，应该说'祝你顺利实现愿望——但尽量晚一点'，至少在你100岁之后吧。"

"谢谢了，很高兴听到这样的双重祝福。"

十分钟的通话时间很快到了，双方告别，屏幕暗下去。但武康还在对着屏幕发愣。三年的孤独实在过于漫长，这些年如果不是有广寒子的友情，他早就精神崩溃了。现在，越是临近回家他越是焦灼，真是度日如年，几乎每晚都梦见妻子与小哪吒依偎在怀里，醒来却是一场空。

广寒子非常理解他的心情，走过去轻轻揽住他的肩膀，不过没说什么安慰话。它知道这个蓝领工人很爱面子，虽然想妻儿快想疯了，但最怕外人看到"男人的脆弱"。这些年来，它与武康的相处已经很默契了。

在他们身后，偷渡客的心中同样激荡着剧烈的波涛，浑浊的老眼中波光粼粼。孤独的武康在尽情倾吐对妻儿的思念，但他不知道，此刻的"在线通话"只是电脑广寒子玩的把戏，是逼真的互动式虚拟场景。屏幕上那位鲜活灵动的秋娥，还有娇憨可爱的小哪吒，实际上只是活在一个名叫"元神"的电脑程序中。

更为残酷的是，13天后，也就是武康终于要返回家园的那一天，等待他的实际是客运舱中的气化程序。

而这一切，其实都是偷渡客造成的。他在50年前签下过一份合同，为了"一碗红豆汤"出卖了自己克隆体的永世生存权。捎带卖出的还有他31岁前的人生记忆，那对虚拟的母子正是以他那些记忆为蓝本创造出来的。至于这位克隆人武康，他的真实人生其实只有短短三年，即在月球基地工作的这三年，前28年的记忆也是从偷渡客的记忆中输入他的大脑的。

这些年来，偷渡客的良心一直不得安宁。这次他以81岁的高龄冒死偷渡，就是想以实际行动做一次临终忏悔。

武康带偷渡客到餐厅吃饭去了，广寒子开始呼叫位于地球的公司总部。这是机内通话，外人听不见也看不到。而且，这才是真正的在线通话。公司董事长施天荣先生现身了。他与那位偷渡客是同龄人，同样的须发如雪。广寒子首先汇报：

"董事长，有一桩突发事件，今天的无人货运飞船中发现一名偷渡客。"

4秒钟的时间延迟后，屏幕上的施天荣皱起眉头："偷渡客！地球上的装货一向处于严格的监控之中，外人怎么能混进飞船？"

"他恰恰不是外人。"广寒子叹道，"尽管相隔50年，但见面第一眼我就认出他了。这个自称吴老刚的人就是基地的第一任操作工、17代克隆武康的原版，那位老武康。"

仍是4秒钟的延迟，董事长苦笑道："这个不安分的老家伙！他到月球干什么？"

"据他说，他想来实现太空葬。"

董事长缓缓摇头："不，这肯定不是他的真正目的。"

"当然不是。我想——他恐怕是来制造麻烦的。"

"是的，他肯定是来制造麻烦的。当然我们不怕他，昊月公司在法律上无懈可击。不过，"他沉吟着，"也许这个不安分的老家伙会铤而走险，使用法律之外的手段？对，一定会的。广寒子，你尽量稳住他，我即刻派应急小组去处理，至多四天后到。"

广寒子摇摇头："完全不必。你未免低估了我的智力，还有我闭关修炼53年的道行。何况我和老武康曾经共事三年，完全了解他的性格，知道该如何对付他。这事尽管交给我好了。"

董事长略作思考，果断地说："好，我信得过你，你全权处理吧。要尽量避免他与小武康单独接触。必要的话，可以把小武康的销毁提前进行。至于老武康想太空葬，你可以成全他。"稍稍停顿后，他又提醒，"但务必谨慎！老武康是自然人，受法律保护。你只能就他的意愿顺势而为，不要引发什么法律上的麻烦。"

"请放心，不会出纰漏的。"

"好的，董事会完全信任你。祝你成功，再见。"

武康没有忘记他对偷渡客的许诺，第二天，他要去露天基地对采掘机进行最后一次例行检查，走前邀老人同去：

"挑选墓地是人生大事，您最好亲自去一趟，挑一处如意的。身体怎么样，歇过来了吗？"

老武康没有立即回答，用目光征求广寒子的意见——他知道后者才是基地的真正主人。广寒子笑道："哪里用得着挑选，月球上这么多陨石坑都是最好的天然坟茔。从概率上说，陨石一般不会重复击中同一块地方，所以埋在陨石坑最安全，不会有天外来客打扰他灵魂的清静。"

但说笑归说笑，它并没有阻止。老武康暗暗松了一口气，赶紧穿上轻便太空服，随武康上车。时间紧迫啊，距武康的死亡时间满打满算只剩12天了，他急切盼着同武康单独相处的机会。

在微弱的金色阳光和蓝色地光中，八个轮子的月球车缓缓开走，消失在灰暗的背景里，在月球尘上留下两道清晰的车辙。广寒子把监视屏幕切换到月球车内，监视着车上的谈话。一路上武康谈兴很浓，毕竟这是他三年来（其实是他一生中）遇上的第一个人类伙伴。他笑嘻嘻地说："老人家，说实话我挺佩服您的。81岁了，竟然还敢冒死偷渡！"

老人笑道："我可是O型血，冲动型性格。再说，到我这把年纪，连死都不怕，还有什么可怕的？"

"您是不是有过太空经历？我看您很快适应了低重力下的行走。"

老人含糊应道："是吗？我倒不觉得。"

驾驶位上的武康侧过脸，仔细观察老人的面容："嗨，我刚刚有一个发现：如果去掉您的胡须和皱纹，其实咱俩长得蛮像的。"他开玩笑，"我是不是有个失散多年的叔祖？"

老人下意识地向摄像头扫了一眼，没有回答，显然他不愿（当着广寒子的面）谈论这样的敏感话题。然后监视器突然被关闭了，屏幕上没了图像也没了声音。这自然是那位老武康干的，他想躲开电脑的监视，同小武康来一番深入的秘密谈话。广寒子其实可以预先采取一些补救措施，比如安装一个无线窃听器等，但它没有费这个事。那位老武康会说什么，以及小武康会有什么反应，完全在广寒子的掌握之中，监听不监听都没关系。

它索性关了监视器，心平气和地等着两人回来。

两小时后，月球车缓缓返回车库。两人回到屋里，老武康亢奋

151

地喊：

"太美啦！金色阳光衬着蓝色地光，四周是千万年不变的寂静。这儿确实是死人睡觉的好地方，我不会为这次偷渡后悔的。广寒子，我的墓地已经选好了！"

广寒子知道他的饶舌只是一种掩饰，但并未拆穿，故意说："任何首次到月球的人，都会被这儿的景色迷住。我想你肯定是第一次到月球吧？"

"当然当然！我是第一次来月球。"

武康说："广寒子，准备午饭吧，我去整理工作记录，一会儿就好。"

他坐到电脑前整理记录，表情很平静。但广寒子对他太熟悉了，所以他目光深处的汹涌波涛，还有偶尔的怔忡，都躲不过广寒子的眼睛。可以断定，刚才，就是监视系统中断的那段时间内，老武康已经向他讲明了所有的真相，但少不了再三告诫他要镇定，绝不能让狡猾的广寒子察觉。那些真相无疑使武康受到极大的震动，但他可能还没有完全相信。

这不奇怪，武康一直在用"我的眼睛"看"我的人生"。现在他突然被告知，他的人生仅仅是一场幻梦，他的妻儿只是电脑中的幻影，如此等等，他怎么可能马上就接受这个真相呢？

这真是太荒谬、太残酷了！

两人平静地吃过午饭，武康说他累了，独自回卧室午睡。广寒子遥测着他的睡眠波，等他睡熟，悄悄把老武康唤到远处的房间里。

"有朋自远方来，不亦乐乎。"广寒子微笑着，直截了当地捅破了窗户纸，"武康，我的老朋友，很高兴50年后与你重逢。"

老武康颇为沮丧，但并没有太吃惊。他叹息道："我这张老脸早就风干了，没有多少过去的影子了，我还特意留了满脸胡子，可惜还是没能骗过你这双贼眼！不过，我事先也估计到了这种可能。"

广寒子笑道："我就那么好骗？山人有容貌辨识程序，可以前识50年后推50年，何况你的声音没变。老武康，这些年尽管咱们断了联系，但我一直在关注着你。秋娥是在五年前去世的，对吧？"

"是的，她去世五年了。"

"你的小哪吒，今年应该53岁了吧？我知道他快当爷爷了。"

"对，谢谢你惦着他。"

广寒子摇摇头，感伤地说："时间真快啊，所谓洞中只数月，洞外已百年。在我心目中，他还是那个娇憨调皮的光屁股小娃娃。"

老武康讽刺地说："是啊，你要用这个模样去骗各代武康嘛。正如那句格言：谎言重复多次就变成了真实，哪怕是对说谎者本人。"

广寒子平静地反讽："这也是靠你的鼎力相助嘛，正是你提供了有关她娘俩的记忆。"它拍拍老武康的肩膀，直率地说，"咱们是老朋友了，不妨坦诚相见。讲讲你时隔50年重回月球的目的吧，你当然不是为了什么太空葬。"

事已至此，老武康也就不隐瞒了："当然不是为了什么狗屁太空葬，我这把老骨头葬哪儿都行，犯得着巴巴地跑到月球上来？实话说，我这次来是为了拯救——拯救这位武康的性命，也拯救我自己的灵魂。"

广寒子冷冷一笑："先不说拯救小武康的事，先说你吧。50年前，在你告别月球返回地球之后，你已把自己的克隆体的永世生存权以2000万卖掉了！怎么，现在你后悔了？是不是2000万花完了？"

老武康面红耳赤："我那时年轻，想问题太简单，我当时的确觉得把几十个口腔黏膜细胞，再加三年的工作经验和生活记忆换成2000万是非常划算的生意。"

"没错啊，太划算啦！这笔钱几乎是白捡的，你本人没有任何损失嘛。"

"不对。现在我想明白了，我卖出的每个口腔黏膜细胞都被你们制造成了一个个活生生的人，但他们却终生生活在欺骗中，生活在囚禁中，他们是21世纪最悲惨的奴隶——这不行，我没法接受。"

"你还少说了一条——他们的人生只有短短三年！"广寒子说，"倒不是克隆人的身体不耐久，而是因为他们熬不过孤独。在荒远的月球上，他们最多只能坚持三年，再长就会精神崩溃。所以昊月公司只好以三年为轮回期，把旧人报废，用新的克隆人来替换。"

"没错，我再清楚不过了——我本人熬过那三年后就差点崩溃。"

"但有一点你还没意识到呢。你不光害了各代武康，还害了秋娥母子——我是指虚拟的秋娥母子。尽管他们只是活在那个'元神'程序中，但那个程序很强大，可以说他们已经有了独立的心智。小哪吒毕竟年幼，懵懂无知，但秋娥就惨了，甚至比克隆人武康还要惨：她得苦苦熬过三年的期盼，然后程序归零，开始新一轮的人生，新一轮的苦盼。到这一代为止，她的苦难实际上已经重复了十七次。"

老武康沉默了。过了一会儿他恨恨地说："没错，是我签的那个合同害了他们，我是个可恶的浑蛋！但你的老板更可恶，他为了节省开支，才想出了这个缺德主意。"

广寒子摇摇头："不，你这样说对施董不公平。算上给你的2000万，这个主意并不省钱。他的目的是避免'人'的伤亡。你很清楚，月球没有大气，陨石撞击相当频繁，这种灾难既无法预测，也基本不可防范。你工作的那三年，就有两次几乎丧生。"

老武康冷笑一声："那克隆人呢？他们的命就不是命？我听说17代克隆人中，有两代死于陨石撞击。"

广寒子心平气和地说："一点儿不错，他们的命确实不是命——在当时的法律以及施董那代人的观念中，克隆人并非自然生命，珍视生命的观点用不到他们身上。"老武康想反驳，广寒子又抢先说道，"我这不是为施董辩解，更不会赞成他的观点，要知道我本人也是非自然生命啊。我只是客观地叙述事实。公平地说，施董那时是从人道的立场出发，做出了一个不人道的决定。"

老武康不服气，但也想不出有力的理由反驳，低声咕哝道："狡辩。"

"而且从法律上说，对你的克隆完全合法，他们用2000万买了你的授权啊，这种做法很慷慨，甚至超前于当时的法律。"

老武康不耐烦地说："那也不能改变他是浑蛋这个事实，至多是一个合法的浑蛋。而且，浑蛋名单中还有你呢！尽管你只是一台电脑，只是执行既定的程序，但你毕竟亲手气化了一个个克隆人。你手上沾满了武康们的鲜血。广寒子，我想问一句，50年来你兢兢业业，用秋娥和小哪吒的音容笑貌欺骗各代武康的感情——你对满怀渴望走进客运舱的武康们冷酷地执行销毁程序，当你干这些勾当时，就没有一点儿内疚？"

广寒子平静地说："你刚刚说过，我只是一台电脑，电脑是没有感情的。"

"少扯淡！咱们是老朋友，我知道你的智力有多高——绝对进化

155

到了'智慧'的层次，完全能理解人类的感情。你忘了我对你的评价？我一直说你是'好心眼儿的广寒子'，就是嘴巴有点不饶人。"

广寒子点点头："对，我记得这句话。好吧，看在这句话的份儿上，这次我会尽力成全你。"

老武康怀疑地紧盯着广寒子，长叹一声："我怎么觉得你的许诺来得太快了一点儿，这么快就放下屠刀立地成佛了？"

"没错，我还是50年前那个好心眼儿的广寒子，否则，昨天我给你解除冬眠时，恐怕就要出点小失误啦！那会儿连小武康都不在现场！"

老武康一惊，想想确实如此，不免有点后怕。他闷声说："我这个计划策划了十年，看来还是有纰漏。"他求告，"好心眼儿的广寒子，我的老朋友，求你放可怜的小武康一马吧。"

广寒子平静地说："你放心，我会妥善处理的。"

广寒子和老武康之间已经把话挑明了，现在它和他都悄悄等着小武康的反应。但六天过去了，小武康这边竟然没有动静。他照常睡觉、吃饭、做日常工作、收拾打算带走的随身行李、在健身机上跑步。他比往常显得沉默一些，但考虑到他马上就要告别这种生活，有这种情绪也属正常。广寒子不动声色地旁观着，老武康则越来越沉不住气——要知道七天后小武康就要"返回地球"，而客运舱中等待他的将是死亡！他会不会固执到拒不听从老武康的警告，仍要按原计划返回？真要那样的话，老武康死都闭不上眼！

这天晚上，小武康照例锻炼得满身大汗，冲了个澡，很快入睡了，并且睡得很香。老武康睡不着，在床上翻来覆去地折腾。广寒子轻悄地溜进来，立在床边，淡淡地嘲讽道："老武康，睡吧。老年人可经不起这样折腾。我这两天够忙了，你别再让我抢救一个中风病人。说句不中听的话——早知今日，何必当初呢！"

老武康这会儿没心思与它斗嘴，半抬起身，压低声音说："广寒子，如果——万一——小武康仍照常走进客运舱，你真的会启动气化程序？"

广寒子没有正面回答："你放心，他绝不会走进客运舱的。我相信这一两天内他就会有大动作。"

"大动作？"

"等着瞧吧。事先警告你一句，他的反应很可能超出你的预料，甚至超出我的控制范围。"它长叹一声，"老武康，你历来爱冲动，如今已经81岁了，处世还是欠思虑。不错，你在晚年反省到自己的罪孽，冒着生命危险来到月球，这种行为很高尚。但你是不是把各种善后事宜统统考虑成熟了？比如说，救出小武康后，咋给他安排生活？"

"他应该回到人类社会，他应该成家，真正的家，而不是现在的镜花水月。他应该得到三年工资再加一笔公司赔偿。我本人也会尽力补偿：我把地球上的家产都留给他了，哪吒也同意在我去世后照顾他。"

"想得真周到啊！但你能肯定，这确实是小武康想要的东西吗？"

老武康有点茫然："应该是吧，这都是人之常情。"

"不，你并没有真正站在他的角度来思考。他的一生，只有对秋娥和小哪吒的思念。他们是他的全部，没有了他俩，他活着就了无生趣。现在他已经知道，地球上并没有那个秋娥和小哪吒，他们只存活于芯片内，圈禁在一个叫'元神'的程序中。你想在这种情况下，他会不会独自回到地球，却任由秋娥和小哪吒继续被可恶的电脑禁锢？"

老武康得意地说："对这一点我早有筹划。"

"什么计划？"

"暂时保密。"

"就凭你那点智商，还想跟山人玩心眼儿？说吧，是不是你那个与两份口腔黏膜细胞有关的计划？"

老武康说："你……已经知道了？"

广寒子很不耐烦："说吧，别耽误时间。"

"那……就告诉你吧，我已经事先取得了秋娥和哪吒的口腔黏膜细胞，还有两份授权书，其中秋娥的那份是在她生前办的。我来基地的目的，就是想逼昊月公司答应这件事：克隆出一个31岁的秋娥和一个3岁的小哪吒，并把'元神'程序中的相关记忆分别上传给他们。这样，武康回地球后就能见到真正的妻儿了。广寒子，这个计划应该算得上完美吧？"

广寒子看着他渴望的眼神，叹息着摇头："看来你真是用心良苦啊，我真不忍心给你泼冷水，可惜这条路行不通。"

"为啥行不通？"

"因为'元神'程序中的有关信息并非拷贝于本人的记忆，而是从你的记忆中剥离出来的，是第二手的、非原生的、不完整的、不连续的。用这些信息来支撑一个两维虚拟人——那没问题，但无法支撑一个三维的克隆人。"

老武康的脸色顿时变得惨白："真的不行？"

"真的不行。如果硬用它们来做克隆人的灵魂，最多只能得到一个精神不健全者。"

老武康十分绝望："但我的妻子已经过世，无法再拷贝她的记忆了！"

"即使能拷贝也不行，那只能重建'另一个'秋娥或哪吒，而不是和小武康共处三年的'这一个'。两者分离了 50 年，已经失去了同一性。"

"那该咋办？这个难题永远没有解了？"

"你以为呢？"广寒子没好气地挖苦他，"我不想过多责备你，但事实是：自打你在那份卖身契上签上自己的名字，你就打开了潘多拉魔盒，放出了三个不该出生的人，也制造了一个无解的难题。关于这一点，小武康肯定比你清楚，否则他不会做出那样的决定。"

"啥样的决定？你已经知道了他的打算？"老武康急急地问。

广寒子平静地说："一个绝望的决定——六天前那次出外巡检中，就是在你告诉他真相之后，他从工地悄悄带回几包 TNT。他做得很隐秘，连你也没发现，但我在生活舱空气中检测到了突然出现的 TNT 分子，而扩散的源头就在那间地下室内——你知道那儿是我的大脑，而我恰像人类一样，对自己大脑内的异物是无能为力的。"

老武康震惊："他想炸毁你？他要和你同归于尽，包括程序中的母子俩？"

"没错。这正是那个貌似平静的脑瓜中，正准备要做的事情！别忘了，他和你一样是 O 型血，冲动型性格，办事只图痛快，不大考虑后果。尽管他还没最后下定决心——他也许是不忍心让一个巴巴赶来报信的老头儿一同陪葬吧？"广寒子讥讽地说，"其实你不会有意见的，求仁而得仁，你将得到一场壮丽的太空葬！但我呢，我这个已经具有智慧的家伙还不想死呢！"

老武康沉默了一会儿，担心地问："你打算咋办？为了自保先动手杀他？"没等对方回答，他就坚决地摇头，"不，你不会杀他。"

"为什么不会？求生是所有生命的最高本能。而且你说过，我这个'在册浑蛋'曾冷酷地执行过一个个克隆人的气化程序。"

"你那是被动执行命令，与这次不一样。依我的直觉，你一定不会主动杀他。"

"你的直觉可不灵，至少你没直觉到小武康血腥的复仇计划。"广寒子放缓口气，"好了，睡吧，安心地睡吧。至少今晚咱俩是安全的，我断定小武康还没最后下定决心。"

第二天，像往常一样吃过早饭，小武康平静地说："广寒子，把过渡舱打开，我想再去露天工地检查一次。"

广寒子提醒他："再过 20 分钟，就是每周一次的与家人通话时间，这是你返回地球前的最后一次了。你还要出去吗？"

"你先开门吧。"

广寒子顺从地打开气密室内门，问："武康，你今天想到哪儿活动？请告诉我，我好提前为你准备。"武康没有回答，取下太空服开始穿戴，广寒子提醒他，"武康请注意，你穿的是舱外型太空服（用于不乘车外出），你今天不打算乘太空车吗？"

武康没回答，继续穿戴着，背上氧气筒，扣上面罩。然后推开尚未关闭的内门，返回生活舱："广寒子你打开通话器，我要与家人通话。"

这个决定比较异常，因为过去他与家人通话时从没穿过太空服，那样很不方便。但广寒子没有多问，顺从地打开通话器，还主动把太空服的通话装置由无线通话改为声波通话。旁观的老武康则紧张得手心出汗。他已经断定，小武康筹谋多日的复仇计划就要付诸实施了！所以他先用太空服把自己保护起来。太空服的氧气是独立供应的，不受广寒子控制，这样小武康就无须担心某种阴谋，比如生活舱内的气压忽然消失。舱外型太空服的氧气供应为48小时，有这段时间，一个复仇者足以干很多事情了。此刻老武康的心里很矛盾，尽管他来月球的目的就是要鼓动小武康反抗，但也不忍心老朋友广寒子受害。至于自己的老命也要做陪葬，倒是不值得操心的事。这会儿他用目光频频向广寒子发出警告，但广寒子视若无睹。

小武康与家人的"在线通话"开始了。当然，这仍然是广寒子玩的把戏——其实这么说并不贴切，"元神"程序虽然存在于广寒子的芯片大脑内，但它一向是独立运行，根本用不着广寒子干涉。连广寒子也是后来才发现，在它母体内悄悄孕育出了两个新人，两个独立的思维包，只是尚未达到分娩阶段罢了。

照例经过4秒钟的延迟后，屏幕中的秋娥惊讶地说："哟，武康，你今天的行头很不一般哪！"她笑着说，"已经迫不及待啦？还有六天呢，你就提前穿上行装了。"

武康回头瞥了广寒子一眼，淡淡地说："不，不是这样。最近几晚我老做噩梦，穿上这副铠甲有安全感。"

秋娥担心地问："什么样的噩梦？武康，你的脸色确实不太好。你不舒服吗？"

"我很好，只是梦中的你和小哪吒不好。我梦见你们中了巫术，被禁锢在一个远离人世的监狱里，我用尽全力也无法救出你们。"

他说这些话本来是想敲打广寒子，不料却击到了妻子的痛处。

秋娥的情绪突然变了，表情怔忡，久久无语，这种情绪在过去通话中是从未有过的。武康急急地问："秋娥，你怎么了？你怎么了？"

秋娥从怔忡中回过神，勉强笑着："没什么，等你回家再说吧。"

"不，我要你这会儿告诉我！"

秋娥犹豫片刻后低声说："你的话勾起了我的一个梦境。我常做一个雷同的梦，梦中盼着你回来，而且眼看就要盼到了，可是突然天上有一个声音说，你盼不到的。于是就在你将要回来的那一天，这个梦将会回到三年前，从头开始。一次又一次重复，看不到终点。"

通话停顿了，沉重的气氛透过屏幕把对话双方淹没。忽然小哪吒的脑袋出现在屏幕中：

"爸爸，我也做过这样的梦，还不止一次！"他笑嘻嘻地说。

他的笑让一旁的老武康心如刀割，广寒子悄悄碰碰他的胳膊，示意他镇静。过了一会儿，小武康勉强打起精神安慰妻儿：

"那只是梦境，别信它。都怪我，不该说这些扫兴的话。"

秋娥也打起精神："对，眼看就要见面了，不说这些扫兴的话。喂，小哪吒，快和爸爸说话！"

"不，儿子你先等等。秋娥，我马上要回地球了，今天想问一些亲人朋友的近况，免得我回去后接不上茬。"

"当然可以，你问吧。"

他接连问了很多家人和熟人的情况，秋娥都回答了。广寒子不动声色地听着，知道武康是想从这些信息中扒拉出虚拟世界的破绽。但这样做是徒劳的，因为上传给武康的记忆与虚拟秋娥的"记忆"来自同一个资料库，天然吻合，无法从中找出逻辑错误，就像你无法提着自己的头发把自己拽离地面。但广寒子这次低估了这个蓝领工人。

问到最后，武康突然换了问题：

"昊月基地已经开工 53 年了，在我之前应该有 17 位工人，但广寒子的资料库中没有他们的任何资料。他们早就回地球了，你听说过他们的消息吗？"

"哟，这我可从没注意。"

"是吗？你再仔细想想。你这样关心我，不会放过与他们有关的报道吧？因为从中你能多了解一些月球基地的日常生活。"

"我真的没有注意到。也许他们都没有抛头露面，也许他们都和昊月公司签有保密协议。"

"不，我本人并没有签保密协议。而且我也没打算回地球后对这三年保密。以我的情况推想，他们不会守口如瓶的。"

大概是因为心绪不佳，秋娥对于武康的追问有点不快："这件事干吗这么着急？等你回来后再细细盘查也不迟。武康，儿子在巴巴地等着呢！"

"好吧，来，小哪吒，和爸爸说话。"

于是武康完全撇开这个话题，一直到通话结束都没再捡起来。但广寒子知道他的撇开是因为已经有了确凿的答案。在为武康搭建的谎言世界中，有关各代工人的部分的确是最薄弱的环节。没办法，因为前 17 代工人除了原版武康外，都是完全雷同的克隆人，又都在这个封闭环境里生生灭灭。如果要完全从零开始来建构他们回地球后的生活，包括他们与社会的各种联系，那无异于重建一个人类社会，信息量过于浩瀚了，而且难以做到可验证。所以，这个谎言世界只能是封闭的，对系统之外的信息干脆省略。这正是虚构世界的罩门和死穴。这个蓝领工人虽然学识不足，但足够聪明，一下子找到了它。

也就是说，武康此时已经知道了那对母子的真实身份，知道这种"在线通话"是怎么一回事。但不管心中怎么想，他还是善始善终地完成了最后一次通话。这可以说是出于丈夫和父亲的本能，他不会草率地掀开裹尸布，让"妻儿"看到残酷的真相。

双方依依告别：

"再见，地球上见！"

"再见，在地球上等我！"

秋娥（虚拟的）心很细，虽然心绪不佳，也没忘了向老偷渡客问好。老武康走上前，与她通过屏幕碰了碰额头。此时老武康心神激荡，激荡中也包含某种微妙的情愫。屏幕上的年轻女子是他50年前的"妻子"，但眼下她的身份更像是女儿或儿媳。对妻子的爱恋和对后辈的疼爱掺杂在一起，难免有点错位。

这对母子是根据老武康年轻时的记忆构建的，构建得非常逼真，但与记忆相比也有细微差别。比如，真实的秋娥爱向左方甩头发，虚拟的秋娥则是向右方。其实真正的差别还不在这些细枝末节，而是他们的"元神"。"元神"程序做鉴定运行时，曾让老武康看过。那时，秋娥和哪吒的形象明显单薄和苍白，就像是初次登台的话剧演员。现在，在重复演出17次之后，秋娥母子已经相当真实饱满，几乎是呼之欲出了。

这么说，"元神"程序并非简单的归零循环，它有潜在的强化功能。依刚才秋娥和哪吒的梦境，他们在归零后还能残留一些对"前生"的模糊记忆。

通话结束了，武康在屏幕前又枯坐了好一会儿。之后他回过头来盯着广寒子，目光像刺刀一样锋利冷冽。手里握着一个自制的起爆器，大拇指按在起爆钮上。

"广寒子，我想你已经知道，今天我为啥先把太空服穿上了。"

广寒子叹息道："我知道。武康，你我一直是朋友。如今走到这一步，让你这样提防我，我很难过。"

"那我也很难过地告诉你，这位偷渡客，或者说老武康，在七天前已经跟我说明了真相，但我不信，或者说不愿相信，于是刚才我又找秋蛾印证了一下！"

"其实你不必这样，你直接问我就可以。"

广寒子随即调出了有关17代武康的信息（不包括老武康的）。这些都是严格保护的隐藏文件，过去武康没发现过，更不能打开。在屏幕上，17代武康一代一代地重复着同样的生活，重复着对妻儿的刻骨思念，这些场景是武康十分熟悉的。也有一些他从未看到的场景：两代武康死于陨石撞击（其中一个只活了两年）；其他15代武康在熬够三年后急不可待地走进过渡舱，先聆听公司预录的热情洋溢的感谢词，然后满怀幸福的憧憬，躺进那艘永远不会启用的自动客运飞船。透明舱盖缓缓合上，一声铃响，舱内顿时强光闪烁，白烟弥漫。白烟散去，一个活人化为虚无。然后一个新的28岁的武康在地球那边被克隆出来，由无人货运飞船运到月球基地，放在治疗床上被激活，输入28年的记忆，同样的故事再次开始。

武康看着这些场景，眼中怒火熊熊，双手止不住地颤抖。广寒子看看他拿着遥控器的右手，温和地提醒道：

"武康，先别急，镇静。我想你一定还有一些疑问。请尽管问，我会像刚才一样坦诚相告。"

"好，我问你，程序中的秋娥和哪吒是不是真有其人？"

"有，是依据老武康50年前上传的记忆构建的。不过我得说明一点，因为'元神'程序的功能十分强大，又经过了17次运行，可以说是重生17次，如今的秋娥和哪吒已不同于50年前，他们差不多已经'活'了，但还是……"

"也就是说，我回地球是找不到他们的？"

广寒子叹息道："恐怕是这样。"

武康面色惨然："好啊，既然如此，那我就陪他娘儿俩一同去天国吧。"

广寒子看着武康作势要按下拇指，平静地说："好的，我乐意陪你们同去。武康，我的朋友，你以为只有你们仨是受害者吗？其实我也是最大的受害者之一。如果我是个头脑简单的低等级电脑，那就一生安乐。可惜我有智慧，有自己的是非观。我干的那些事违反我的本性，可我还得一次一次地干下去。你受的苦难只有三年，然后在幸福的憧憬中安然死去；秋娥母子的受难也可以说只有三年，因为每三年程序就会基本归零；只有我所受的折磨已经是17次方的叠加，还不知道什么时候是终结！"

武康冷冷地说："你干吗非要这样委屈自己？你完全可以中止它，没人拦得住你。"

"是啊，我早就想这样做了，可惜我的程序中还有一个优先级的任务，或者换一种说法也未尝不可——我受到更高层面的道德束缚，那就是保住地球人的生命线。这个基地从某种意义上说确实是地狱，但这个地狱保障了60亿地球人的生存权。它一旦被毁，也许在短短十年内，地球人就会有100万死于饥馑，300万死于环境污染。武康，我也想用一包 TNT 结束这儿的苦难，一了百了。可是，如果我像你一样按下拇指，就要为几百万条人命负责。"

这番话让武康的怒火更为炽烈："那么我呢？我这个渺小的克隆人就该心甘情愿地去死，以换得那几百万人的生存？"

在刚才那一段时间，老武康从这儿悄无声息地消失了。这会儿他悄悄返回，躲开小武康的目光，向广寒子暗示着什么。广寒子知道他的意思，但佯装没有看见。它对小武康温和地说："当然不是。你同样有权活下去。这 50 年来，我一直在努力寻找一个能顾及各方利益的解决办法，可惜至今没找到。如果只是想逼昊月公司结束这里的不人道状况，改为雇用真人，那不算困难。但最大的问题不在这儿，而在于三个本不该来到世界上的人——你、秋娥和小哪吒，你们该怎么办？你即使回地球也不会幸福的，因为那儿没有你深爱的妻儿；而秋娥母子呢，别人也许认为他们只是程序中的幻影，删掉就行了，但我想，你恐怕不会同意这样的观点。"

小武康脸上的肌肉抖了一下，咬着牙没有回答。

"武康，你在绝望中想带着秋娥母子与基地同归于尽，我理解你的心情。但坦率地说，这是一个糟糕的决定。不说别的，至少你无权代秋娥来决定她自己的命运。我有个建议，你不妨考虑一下：在你下决心按下起爆钮前，为什么不先听听秋娥的意见呢？你把所有真相告诉她，然后和她商量一下，共同做出决定。"

武康纵然怒火熊熊，听到这儿也不由得瞪大眼睛，非常吃惊。同样吃惊的还有老武康。这个建议的确有些匪夷所思！让武康去询问一个"程序中的人"是否愿意自杀，而且前提是向她道出真相——那娘儿俩其实不是活人！还有一个更大的问题：那对母子是存在于"元神"程序中，而这个程序又存在于广寒子的芯片大脑中。武康又怎么能相信秋娥的回答不是广寒子在捣鬼呢？

这些弯弯太绕了！

小武康沉默着。老武康提心吊胆，广寒子则含笑不语。世上没人比他对武康了解更深。这个蓝领工人深爱妻儿，是把屏幕上那对母子当成真人来疼爱的，所以他决不会否认他们的存在——既然如此，他当然会尊重秋娥，想听一听她的意见。广寒子断定，只要劝动他与妻儿再见一次面，事态就可能会改变。

良久，武康终于开口了："好的，接通电话。"

4秒钟后，秋娥出现在屏幕上。她的目光先是专注地望向屏幕之外，显然小哪吒正在那儿玩耍。等她转脸发现屏幕上的丈夫，表情立时变得有些惊愕："武康，出了什么事？咱们刚通过话，你说那是最后一次通话。"

"没什么，我只是想在走前再看看你和儿子。"

"武康，你就别装了。要是我不能透过眼睛看出你的心事，我就不是你妻子了。你那儿肯定出了啥大事，这一点毫无疑问。快告诉我！即使是天大的不幸，我也会和你一块儿扛。"

武康勉强笑道："真的没什么。这次你肯定看走眼了。"

秋娥当然不相信他的搪塞，思忖片刻后问："是不是你的行期要推迟了？"

武康笑着说："没推迟啊。不过——我只是打个比方，要是我的身体已经不适应地球重力，你和儿子愿不愿意来月球陪我？我不会勉强你们，毕竟这儿太荒凉了。"

秋娥没有丝毫犹豫："那儿确实太荒凉，不适合孩子的成长。不过，如果不得不走这一步，我和小哪吒都心甘情愿去陪你，哪怕陪你一生。哪吒过来！爸爸要问你话。"

武康的眼睛湿润了："别别！别惹小家伙哭鼻子，我只是随便说说而已。我很快就回家的。"

秋娥没有听他的，她从屏幕上消失，少顷抱着儿子回到屏幕前。儿子这次全身赤裸，连肚兜也没穿，手上、肚皮和小鸡鸡上满是泥巴。他笑嘻嘻地说："爸爸你要问啥？快问，我正捏泥人呢。"

武康笑着安抚他："没啥，你玩去吧。秋娥，真的没出事。通话时间到了，再见。"

妻子目光狐疑，显然没有放弃担心，但武康执意不说，她也没办法。分别前她谆谆嘱咐着："记住我的话，不管是再大的不幸，我都会和你一起扛……"

武康果断地结束这次通话，陷入长久的沉默。这些天，他一直把愤恨和绝望压在心底。他打算在证实了老武康所说的真相后，就带上妻儿去天国，同时拉几个垫背的：昊月基地，还有冷血的广寒子（自己竟然曾把它当朋友）。但再次与母子见面后，这个复仇计划如沸水浇雪一样融化了。秋娥娘儿俩一向拴在武康的心尖上，这次见面格外揪心。他们那样鲜活灵动，惹人爱怜。他们有权活下去，哪怕是在虚拟世界里。

刚才秋娥说她愿意来月球陪他一生，实际情况是——他打算不回地球了，留在这儿陪娘儿俩，直到地老天荒。但仔细想想，这条路其实走不通。关键是没办法打破真实与虚拟世界的阻隔，让三人真正生活在一起。如果仍维持在谎言世界中，那是不能长久的。但如果向他们说明真相，又太残酷了。

怎么办？他在绝望中内心激烈冲突，找不到出路。广寒子同情地看着他，柔声说："武康，我想你现在该明白我的苦衷了。50年中我之所以没改变那个不人道的程序，就是因为找不到更好的出路。"它忽然改变了语气，又说，"不过，很庆幸这世上并非我一个人在关心这件事。自打老武康来到这儿，事情有了转机。"

武康和老武康的眼睛都亮了，屏息静听。

"老武康带来了一个好消息：他已经握有秋娥和哪吒的冷冻细胞，还有两人的授权书。"

老武康疑惑地问："可是你说过……"

"对，我说过，眼下那对母子的元神还太弱，不足以支撑一个三维的克隆人。但我告诉你们一个小秘密：'元神'程序每三年一次的归零重启，其实并非绝对的归零。武康你回想一下，上次通话时，秋娥曾提到她经常做一个梦，说她似乎知道这个过程会多次重复？"

武康还不想同"冷血"的广寒子说话，只是冷冷地点头。

"那是'元神'程序有意为之。这个程序是我的创造者编写的。直到今天，我一直不知道我的创造者是谁，只知道他肯定是个中国人，因为他在系统中的每一点设定都有深意。像'元神'，每运行一次，在系统内外的亲情互动中，程序中的人物都会有所强化。这个'元神凝聚'的过程，在程序中还规定了明确的期限——35次重生之后，虚拟人的元神就会足够强大，可以支撑一个肉体的真人。那时，老武康准备的细胞就有用处了。"

老武康喜出望外："真的？那我这趟没有白来！"

小武康的脸膛也亮了，喃喃地说："35次重生，那是105年。也就是从今天起的 55 年之后?"

"对。"

老武康困惑地问:"广寒子你是不是打算让小武康守在月球别走了,再等 55 年,直到秋娥母子重生?可那时武康都 86 岁了。"

广寒子看着小武康,没有回答。小武康想想,很干脆地说:"那不行。要是让秋娥和哪吒在每一次重生之后,仍然面对同一个武康,一个越来越老的武康,谎话会穿帮的。"他又思考很久,对广寒子说:"广寒子,这三年咱们一直是割心换肝的好朋友,但经过这些事之后,我真不知道还能不能相信你。"

广寒子平静地说:"我仍是你的朋友。"

老武康赶忙敲边鼓:"武康,你可以相信它,别看它不得不干一些坏事,但心眼儿还是好的。听我的没错!"

武康下定决心说:"好,我相信你,相信你刚才说的话。那么——就让一切保持原状吧。我是说,把我气化,换一个新的克隆人,让'元神'程序仍然三年一次归零;照这样一次次轮回下去,直到秋娥和哪吒修成真身。"

这个办法未免残酷,但冷静想想,应该是唯一可行的路了。老武康不忍地望着小武康,伤心地说:"这对你太不公平了!"

"没关系,只要秋娥和哪吒能活过来,并和丈夫团聚,我在阴间也会笑醒的。再说,我好歹已经有了一个三年的人生,虽然短一点,但始终保持着强烈的回家念头,这样的人生其实也不错。幸福不在生命长短,蜜蜂和蝴蝶只有几个月寿命,不是照样活得快快活活?"他笑着说。

他看来真正想通了,表情祥和,刚才的戾气完全消失了。他关了手中的遥控器，随手扔掉，又取下太空服头罩，略带嘲讽地问老武康："刚才你和广寒子挤眉弄眼，是不是搞了什么小动作？把我安在地下室的炸药包引信拆除了？"

老武康窘迫地点头。他这次"教唆于前"又"叛变于后"，对小武康而言实在有点儿不地道。

正在这时，广寒子忽然突兀地说："董事长先生，你可以露面了。"

施天荣突然出现在一面屏幕上。其实早在武康穿上太空服时，广寒子就悄悄打开了与公司总部的通话设施，并一直保持着畅通。它想让那位董事长亲眼看到事态的发展，因为——对一位过于自信的商界精英来说，这样的直观教育最有效。广寒子笑着问："施董，你刚才已目睹了事件的全过程。我想问一句，当武康按着起爆钮时，你的心跳是否曾加速？当武康与妻儿在感情中煎熬时，你是否感到内疚？我一直很尊敬你，但我认为你50年前的这个决定不算明智。你死抱着'克隆人非人'的陈腐观点，结果为自己培养了怒火满腔的复仇者。如果刚才真的一声爆炸，你会后悔莫及的。"

施天荣虽然很窘迫，但毕竟是一个老练的大企业家，很快便恢复了平静，大度地说："你说得对，我为自己的错误而羞愧，而且更多的是感动——感动你以天下苍生为念，一直忍受着心灵痛苦，默默尽你的本分；尤其是今天，你用爱心和智慧化解了一个无解的难题。你是真正的仁者和智者，我不知道如何表达我的感激。"

"恭维话就不必说了，先对你的受害者道歉吧。"

"武康——我是说年轻的这位，我真诚地向你道歉。公司愿做出任何补救，只要能减轻你的痛苦。这样好不好，我们可以按你的意见让那儿保持原样，即重复'元神'程序每三年一次的归零循环，直到秋娥和哪吒修成真身。但你本人回地球吧，公司负责安排你的后半生。"

"不，我不会离开秋娥和哪吒而活着，那不过是一个活死人而已。"武康冷冷地一口回绝，"你现在能做的最好补救，是让我忘掉我已经知道的真相，仍旧像前几代克隆人一样，怀着回家的渴望走进气化室去。要是能那么着，我就太幸福了。你能做到吗？"施天荣很窘迫，他当然做不到这一点。"算了，我不难为你了，我自己来试着忘掉它吧。"

施天荣想转移窘迫，笑着说："喂，老武康，过来一起向小武康道歉吧，你在这件事中也有责任。"

老武康闷声说："光是道歉远远不够，我会到地狱中去继续忏悔。"他讥讽道，"尊敬的董事长，我有个小问题，50年前就想问了。那时你亲自劝我签那个合同，你说几十个口腔细胞简直说不上和我有什么关联。但你为啥不克隆自己的细胞呢？它们同样和你'简直说不上有什么关联'啊，还能省下2000万呢！"

施天荣再次窘住，这次比上次更甚。广寒子不想让主人过于难堪，笑着为他转圜："那是施先生知道珍爱自身，哪怕是对于几个微不足道的口腔细胞。当然，这种自珍仍是一种自私，是比较高尚的自私。但是老武康，我要再说一句不中听的话，如果你在签合同时也能有这种品德，那就不会有后来的事了。"

老武康满脸沮丧，闭口无语。广寒子又说："施先生，我也有一个小问题，今天趁机问问吧。我一直不知道自己的创造者是谁，只能推断出他肯定是个中国人，因为他在创造中留下了不少中国元素，比如用中国神话为我命名，在我的资料库中输入《论语》《老子》《周易》等众多中国典籍。你能否告诉我他的名字?"

施天荣略一沉吟,之后说:"就是我本人。吹一句牛吧,我在创建昊月公司之前,是一个相当不错的计算机专家。"

"是你?"广寒子虽然智慧圆通,此刻也不免惊奇。在它的印象中,施先生的政治观点无疑偏于保守。但在"元神"程序中,他实际为电子智能的诞生悄悄布下了棋子,这种观点又是超乎寻常的激进。这两种互相抵抗的观点怎么能共处于一个大脑内而不引起死机呢?

施天荣敏锐地猜出它的思路,平和地说:"你不必奇怪。科学家和企业家——这两种身份并非总能一致的,它俩常常干架。"他笑着补充道,"所幸人脑不会死机。"

广寒子试探地问:"那我再问一个相关问题吧——你是否事先弄到了秋娥和哪吒的细胞?我只是推测,既然你为'元神'程序设计了那样的功能,如果不事先弄到两人的细胞就说不通了。"

施董本不想承认,但在今天的融洽气氛下也不忍心说谎,便笑着说:"我无法取得两人的授权书,当然不会干这种非法的事了。不过,也许,我某个富有前瞻性又过于热心的下属,会瞒着我去窃取它的。"

广寒子半是玩笑半是讥刺:"董事长先生,我一向尊敬你,现在又多了几分敬佩——为了你的前瞻性,也为你有那样富于前瞻性和主动性的下属。"

施董打了个哈哈:"不,你过誉了,你才是一个值得敬佩的仁者和智者。套用法国文豪大仲马的一句自夸吧:我一生中最为自傲的成就是创造了你,一个电脑智能,不仅有大智慧,而且冷冰冰的芯片里跳动着一颗火热的心。两位武康,你们同意我的评价吧?"

小武康没有接腔。虽然他已经基本原谅了广寒子。老武康则满心欢喜，到现在为止，他的冒险计划可说是功德圆满——纵然计划本身漏洞百出。他搂住广寒子硬邦邦的身体，亲昵地说："当然同意！早在50年前我就给出这个结论了。"

五天后，小武康又和妻子通了一次话。面对妻子忧心忡忡的眼神，他抢先说："秋娥，通报一个好消息。前几天广寒子为我做临行体检，曾怀疑我的心脏有问题，不能适应地球重力。现在已证实那是仪器故障。一场虚惊。"

秋娥眼神中的担忧慢慢融化，然后喜悦之花开始绽放，再转为怒放："也就是说，你仍旧会按原定时间返回？"

"对，马上就要动身了，三天之后抵达地球。"

"哈，这我就放心了！哼，你个不老实的家伙，前天竟然想骗我！那时我就知道，你肯定有心事。"

"是的是的，你是谁啊，我的心事当然瞒不过你的眼睛。怎么样，你的牙齿是否已经磨利了？"

他是指上次秋娥说的"要细嚼慢咽"那句话。秋娥喜笑颜开："早磨利了，你就等着吧。"

武康继续开玩笑："呀，我又忘了提醒你，说枕头话时要注意有没有外人……"

"你是指那位勇敢的老牛仔？没关系，我已经把他算成家人了。"

她把儿子抱到屏幕前，让他同爸爸说话。小哪吒用小手摸着屏幕，好奇地问："爸爸你今天就动身？"

"对。"

"真的?"

"当然啦!"

"不骗人?"

"不骗人。"

"可为啥昨晚我又做那个梦?"他疑惑地问。

这句话忽然击中武康,感情顿时失控,眼中一下子盈满泪水。小哪吒很害怕,转回头问妈妈:"妈,爸爸咋哭啦?"

武康努力平抑情绪,哑声说:"小哪吒,别怕,有妈妈保护你呢,我也很快回家去保护你!"

被幸福陶醉的秋娥失去了往常的警觉,抱过小哪吒亲了亲,幽幽地说:"都怪盼你的时间太长,孩子都不敢信你的话了。哪吒,这次是真的!"

"对,儿子,这次是真的!"

他们在屏幕上依依惜别。

广寒子接通地球的公司总部,办公室里,施董偕董事会全体成员肃立着,郑重地向小武康鞠躬致谢,道了永别。之后,武康平静地走进过渡舱,躺到那个永远不会启程的自动客运飞船里。预录的公司感谢词按程序开始自动播放,在已经得知真相后听这些致辞,真是最辛辣的讽刺。老武康想把它关掉,小武康平静地说:"别管它,让它放吧。"

致辞播完,广寒子说:"武康,我的老朋友,与你永别前,我想咨询一件事。"

"你说。"

"你走后,我会如约让这个程序继续下去。对秋娥和小哪吒我会保密，永远不让他们知道真相。但对于一代代的武康呢？是像过去一样瞒着他们，还是让他们知道真相？武康，作为当事人，你帮我拿个主意，看哪种方式对武康们更好。"

这是个两难的选择，瞒着真相——武康们会在幸福中懵懵懂懂地死去；披露真相——武康们会清醒地感受痛苦，但也许会觉得生命更有意义。躺在"棺材"中的武康长久沉默，广寒子耐心地等着。最后武康莞尔一笑："要不这样吧——让他们像我一样，在三年时间里不知道真相，然后在最后13天把真相捅破。"

也就是说，让各代武康都积聚一生期盼，然后在最后13天里化为一场火山爆发。老武康对这个决定很担心：这个过程是否每次都能有满意的结局？每一代武康的反应是否都会一样？小武康把这个难题留给了广寒子，也算是他最后的、很别致的报复吧。广寒子没有显出畏难情绪，平静地说："好的，谨遵老朋友的吩咐。"

"永别了，好心眼儿的广寒子，"小武康在最后时刻恢复了这个称呼，"替我关照秋娥和小哪吒，还有我那些不能见面的孪生兄弟。你本人也多保重，你的苦难还长着呢。还有您，老武康，虽然您没能改变我的命运，但我还是要谢谢您——不，这话说得不合适，应该说：您没能改变我的死亡，但已经改变了我的命运。"

老武康泪流满面。

"现在请启动气化程序，让新的轮回开始吧。"气化程序开始前，小武康喃喃地说了最后一句话，"这场百年接力赛中，我真羡慕那个跑最后一棒的兄弟啊。"

祸害万年在——千年虫，万年毒

上

何百夕教授弥留之际的眼睛还没有闭上，真哭假号的亲友们已经开始计划如何分配并花销何百夕教授辛苦一生挣下的为数可观的财富。何百夕皱纹密布的脸上一直漾着某种奇怪的笑容，看上去微微让人有些不安，同时也使人无法想象这会是一张垂死者的脸。没有人知道这种笑容到底意味着什么，除了何百夕自己。现在，何百夕教授的思想早已飘出了这间笼罩着死亡气息的病房。不管怎样，何百夕想，我终于战胜了那个东西，尽管拖了差不多60年，接近我一生的时间，但是我最终成了胜利者。这样想着的时候，何百夕教授的心里充满了宁静。

临终仪式仍然在有条不紊地进行着。一个牧师模样的人以颂扬的口吻煞有介事地给何百夕的一生做出评判。何百夕没有听见他说了些什么，只看到他那张不断嚅动的嘴。为什么要找牧师来，何百夕有些不满，我是一位科学家，和牧师沾不上边。何百夕的眼珠横着动了

178

一下，看上去是要找什么人。现场的人们猜度着何百夕的意思，然后，政府方面的代表走上前去握住何百夕的手说："你放心去，我们会永远记住你。"何百夕教授满足地咧了咧干枯的嘴唇，缓缓闭上了眼睛。

公元2060年7月12日的某一个时刻，20世纪计算机"千年虫"问题的主要解决者之一何百夕教授离开了这个多姿多彩的世界。何百夕教授从20世纪90年代开始与这个对手较量，他经历了这个过程中的几乎每一场战役，采用过几乎所有可行的办法，直到最近，在离他生命终结差不多半年的时候，才最终取得了彻底的胜利。也就是说，他不仅和众多志同道合者一起扫除了世纪之交时发作的"千年虫"，同时，还耗尽自己的全部精力来战胜那些人们为了稳妥的需要而有意把发作时间往后挪了几十年的"千年虫"。

当年，在21世纪的曙光开始显露的时候，人们突然发现公元2000年的到来之日就是所有计算机的计时混乱之时，由于普遍采用两位数表示日期中的年份，使得计算机将无法区分公元2000年和公元1900年。究竟是谁在计算机发展的早期采用了这种有缺陷的日期表示法已经是一个悬案了，实际上，就算查出来也没有什么意义。因为不管是某个人还是某个团体造成了这个后果，他（们）都不会是出于恶意，而只是为了节约一点点在那个时代可称得上宝贵的存储设备。在公元2000年的时候，有个叫何往夕的美籍华人科学家写了篇文章，宣称正是自己在几十年前供职于美国的某个研究所时的一念之差造成了"千年虫"问题，同时，他还说当时自己偶尔也想到过这个缺陷可能会在将来的某一天造成混乱，但他认为那毕竟是几十年后的事情，那时的人们会利用更为发达的科技手段毫不费力地解决这个问题。何百夕还记得当自己看到这篇文章时，恨不得揪住作者的耳朵打他几十个耳光，而且他真的开始查找这个叫何往夕的人的下落。但当他费尽心力终于打听到何往夕的下落时，却发现何往夕的住所已经是非洲大地上的一座孤坟！末了，何百夕只得悻悻然朝着非洲的方向咒骂几声了事。那个时候，人们基本上都把这个问题称作"千年虫"，但何百夕知道这样的说法是不准确的，因为问题的实质是当年份从"99"变成"100"的时候出现了混乱，所以准确的说法应当是"百年虫"。公元2000年不过正好同时是100和1000的倍数，而问题的真实原因是不应该混淆的。

从20世纪90年代起，"千年虫"的解决开始被大规模地提上议事日程，出现了各种各样的方法。如果不是由于这个问题的出现，何百夕教授的一生可能会是另外一副完全不同的模样。在此之前，他的主攻方向是人工智能，他曾经那样入迷地在这个领域里倾注了自己全部的精力，当第一次输给由自己编写的中国象棋程序时，他的心里充满了惊叹。有很多次，何百夕想到自己的一生会在这种让人着迷的工作中度过，他都感到十分满足。他热爱这样的生活。

但"千年虫"改变了一切，这个现实的巨大威胁使得众多的研究机构和众多像何百夕一样的人员投入了这场规模浩大的战役之中，当然，这本身也是谋生的需要。当何百夕与新世纪到来的钟点一路赛跑着工作的时候，他总在想为什么非要等到现在才想到来解决"千年虫"，实际上，在何往夕的那个年代里也可以提早解决这个问题，而且由于当时的计算机应用范围很小，可以使得解决这一问题的成本和风险都远远低于现在。但何百夕立刻就想清楚了这个问题的原因所在，在大多数情况下，人们都是像何往夕那样思考问题的，即便是何百夕自己也是等到现在才真正感到这是一个问题。

当年，在解决"千年虫"的方案里有一种"推迟方案"，意思是对某些暂时没有把握解决或是特别需要慎重对待的系统可以采取将系统时间拨后一段时间的方法。比方说把99年拨后成79年，这样做就意味着这个系统的"千年虫"问题将推迟20年发作，未来的人们可以凭借届时更为先进的科技手段来解决这个问题。为了不使这种方法被滥用，相关组织规定拨后的时间量最多不得超过60年。但现在，这一切终于都成了过去，何百夕教授用自己近一生的努力最终解决了这个问题。在公元2060年1月1日，随着"世界千年虫问题协会"的秘书长何百夕教授亲手把世界上最后一套拨后了60年时间的计算机系统的时间格式从两位数年份成功升级到四位数年份，一切都成为了历史。当时，何百夕教授清晰地听到自己心中划过了一声悠长的浩叹。他几乎一生的时间都陷在了这个本不该出现的问题里，当然，他也因此成为世界"千年虫"问题的权威，成为泰斗一般的人物。何百夕也知道，如果当初他继续留在人工智能的领域里，未必能有今天的成就，但他总是会充满柔情地回想那个有些粗糙的中国象棋程序，以及那个在程序面前目眩神迷不能自已的少年。实际上，彼时彼刻何百夕根本无法准确地说出自己心中究竟是什么样的滋味。从本质上讲，何百夕耗尽一生的时光其实并没有为这个世界创造出任何一样东西，至多只能说他纠正了前人的错误而已；而相比之下，那个粗糙的中国象棋程序却是一次不折不扣的创造。何百夕每念及此，心中都会不由自主地涌起一种近似于无奈的感觉。

……

小小的病房里，所有的声音都戛然而止，任谁都看得见何百夕教授终于去了他不得不去的那个世界，但是直到现在，也没有人想得清楚何百夕脸上那古怪的笑容到底意味着什么。过了一会儿，人们开始轻松地谈话，舒缓着过于沉闷的气氛。医生走到何百夕的床前，准备把他搬到太平间里去。

但一声尖叫划破了空气，一脸煞白的女护士惊恐万分地指着何百夕的脸，嘴角哆嗦着说不出话来。人们悚然地顺着她手指的方向看过去——不知什么时候，何百夕的眼睛突然睁开了，恐惧地盯着病房的角落，仿佛那里有什么可怕的东西。何百夕的嘴大张着，似乎想要告诉人们什么事情。先前他脸上那种至死犹存的奇怪笑容也突然消失不见，代之以一种绝望的神情。人们顺着何百夕的目光看过去，那里空空如也，除了一道惨白的墙之外，没有别的任何东西。

何百夕教授的奇异死状带给人们的不解很快就被淡忘了，但他作为 20 世纪"千年虫"问题的主要解决者之一的功勋却载入了史册。不过很久以后，仍然有少数好事者还在探讨到底是什么让何百夕教授死前那样惊恐，他们专门围绕这个问题写出了不少有趣的文章，他们觉得这个问题真是让人着迷。有的说何百夕大概是看到了死神，有的说何百夕是看见了他认为不可能出现的东西。但不管怎么说，能够让何百夕教授临死前露出那样神情的事情一定不会是小事，他一定是想起了什么问题。

当然，猜测归猜测，何百夕到底看到了什么东西，只有他自己知道，可惜他已经说不出话来了。实际上，何百夕教授是在生命即将离开他躯体前的一刻突然想起了一个问题，正是这个问题使得他陷入了突如其来的绝望之中。在那一刻，他突然看到了那个东西，那个在他看来不应该存在的东西。那个东西就站在墙的角落里，以一种充满嘲笑和怜悯的胜利者般的目光盯着何百夕。何百夕最后的意识是他开始大声地呼喊，似乎想给这个世界留下一些关于那个东西的线索，但即便是何百夕自己，也没能听到哪怕一丝的声音。

<h1 align="center">下</h1>

何万夕教授弥留之际的眼睛还没有闭上，真哭假号的亲友们已经开始计划如何花销何万夕辛苦一生挣下的为数可观的财富。何万夕皱纹密布的脸上一直漾着某种奇怪的笑容，看上去微微让人有些不安，同时也使人无法想象这会是一张垂死者的脸。没有人知道这种笑容到底意味着什么，除了何万夕自己。现在，何万夕的思想早已飘出了这间笼罩着死亡气息的病房。不管怎样，何万夕想，我终于战胜了那个东西，尽管拖了差不多60年，接近我一生的时间，但是我最终成了胜利者。这样想着的时候，何万夕的心里充满了宁静。

临终仪式仍然在有条不紊地进行着。一个牧师模样的人以颂扬的口吻煞有介事地给何万夕的一生做出评判。何万夕没有听见他说了些什么，只看到他那张不断嗫动的嘴。为什么找牧师来，何万夕有些不满，我是一位科学家，和牧师沾不上边。何万夕的眼珠横着动了一下，看上去是要找什么人。现场的人们猜度着何万夕的意思，然后，政府方面的代表走上前去握住何万夕的手说："你放心去，我们会永远记住你。"何万夕满足地咧了咧干枯的嘴唇，缓缓闭上了眼睛。

公元10060年7月12日的某一个时刻，100世纪计算机"万年虫"问题的最终解决者何万夕教授离开了这个多姿多彩的世界。何万夕教授从公元100世纪90年代开始与这个对手较量，他经历了这个过程中的几乎每一场战役，采用过几乎所有可行的办法，直到最近，在离他生命终结差不多半年的时候，才最终取得了彻底的胜利。也就是说，他不仅和众多志同道合者一起扫除了世纪之交时发作的"万年虫"，同时，还耗尽自己的全部精力来战胜那些因为人们为了稳妥的需要而把发作时间往后挪了几十年的"万年虫"。

当年，在101世纪的曙光开始显露的时候，人们突然发现公元10000年的到来之日就是所有计算机的计时混乱之时，由于普遍采用四位数表示日期中的年份，使得计算机将无法区分公元10000年和公元0年。这个情形类似于公元20世纪末时的计算机"千年虫"问题，但由于当今世界对计算机的应用和依赖程度远胜于当年，使得这个问题的解决难度及可能造成的恶果远远超过了当初的"千年虫"。最起码，当年的人们都还不是计算人——所谓计算人是指通过生物计算机技术对人类的大脑进行改造，使得人类在保留自身生物性的基础上具备了计算机的强大功能。现在每一个小孩从出生之时起就接受了计算人改造手术，导致的结果是他们刚一出世就具备了相当渊博的知识以及无比强大的计算能力。当然，与此相对应的是，一旦计算机系统出现故障，所带来的后果将是灾难性的。当年，"千年虫"发作最多不过是所有的计算机系统失常，而如果现在"万年虫"发作的话，所有人的大脑都将失常，换言之，公元101世纪的世界将可能是一所无人可以幸免的巨大疯人院。

究竟是谁在计算机发展的早期采用了这种有缺陷的日期表示法已经是一个悬案了，实际上，就算查出来也没有什么意义。因为不管是某个人还是某个团体造成了这个后果，他（们）都不会是出于恶意。如果硬要追究的话，会发现实际上正是"千年虫"的解决者们导致了"万年虫"，因为正是他们为了解决"千年虫"问题而把计算机的时间系统变成了四位。当年究竟有没有人想到过这种解决办法的缺陷已经不得而知，但在何万夕教授看来，肯定是有人想到过的。何万夕教授为了解决"万年虫"问题，收集过许多关于"千年虫"问题的资料，里边提到了当年最著名的"千年虫"问题专家何百夕教授的生平，包括他奇异的死状给世人留下的不解之谜。当何万夕教授读到这一段的时候，他几乎立刻就明白是怎么一回事了，当年，何百夕教授在临死之前想到并令他死不瞑目的东西无疑正是何万夕教授一生的死对头——"万年虫"。

从公元100世纪90年代起，"万年虫"的解决开始被大规模地提上议事日程，出现了各种各样的方法。如果不是由于这个问题的出现，何万夕教授的一生可能会是另外一副完全不同的模样。在此之前，他是一位计算机虚拟现实系统程序员，他曾经那样入迷地在这个领域里倾注了自己全部的心血，当他第一次迷失在自己设计的虚拟城市里无法区分梦境与现实时，他的心中充满了惊叹。有很多次，何万夕想到自己的一生将会在这种让人着迷的工作中度过，他都感到十分满足。他热爱这样的生活。

但"万年虫"改变了一切，这个现实的巨大威胁使得众多的研究机构和众多像何万夕一样的人员投入到了这场规模宏大的战役之中，当然，这本身也是谋生的需要。当何万夕与新世纪到来的钟点一路赛跑着工作的时候，他总在想为什么非要等现在才想到来解决"万年虫"，实际上，在何百夕的那个年代里也可以提早解决这个问题，而且由于当时的计算机应用范围很小，可以使得解决这一问题的成本和风险都远远低于现在。但何万夕立刻就想清楚了这个问题的原因所在，在大多数情况下，人们都是愿意把明天想象得比今天好，以为一切问题都可以在明天得到更好的解决，也许这正是人类自身最大的悲剧。

当年，在解决"万年虫"的方案里有一种"推迟方案"，意思是对某些暂时没有把握解决或是特别需要慎重对待的系统可以采取将系统时间拨后一段时间的方法。比方说把9999年拨后成9979年，这样做就意味着这个系统的"万年虫"问题将推迟20年发作，未来的人们可以凭借届时更为先进的科技手段来解决这个问题。为了不使这种方法被滥用，相关组织规定拨后的时间量最多不超过60年。但这一切终于都成为了过去，何万夕用自己近一生的努力最终解决了这个问题。公元10060年1月1日，随着"世界万年虫问题协会"的秘书长何万夕教授亲手把世界上最后一套拨后了60年时间的计算机系统时间格式的年份从四位数成功升级为一个整数，这一切都成为了历史。当年，"千年虫"的解决者们犯下的错误之一是沿用了老的日期变量形式，即把日期的年月日用一个变量来表示。而现在采取的办法是把计算机日期系统的年份名部分单独用一个整数来表示，这就从根本上解决了问题。

当时，何万夕教授清晰地听到自己心中划过了一声悠长的浩叹。他几乎一生的时间都陷在了这个本不该出现的问题里，当然，他也因此成为世界"万年虫"问题的权威，成为泰斗一样的人物。何万夕也知道，如果当初他继续待在虚拟现实的领域里，未必能有今天的成就，但他总是会充满柔情地回想那个显得有些粗糙的虚拟城市，以及在那座梦一样美丽的城市里迷失了方向的少年。实际上，彼时彼刻何万夕根本无法准确地说出自己心中究竟是什么样的滋味。从本质上讲，何万夕耗尽一生的时光其实并没有为这个世界创造出任何一样东西，至多只能说他纠正了前人的错误而已。而相比之下，那个有些粗糙的虚拟城市却是一次不折不扣的创造。何万夕每念及此，心中都会不由自主地涌起一种近似于无奈的感觉。

……

小小的病房里，所有的声音都戛然而止，任谁都看得见何万夕终于去了他不得不去的那个世界，但是直到现在，也没有人想得清楚何万夕脸上那古怪的笑容到底意味着什么。过了一会儿，人们开始轻松地谈话，舒缓着过于沉闷的气氛。医生走到何万夕的床前，准备把他搬到太平间里去。

但一声尖叫划破了空气，一脸煞白的女护士惊恐万分地指着何万夕的脸，嘴角哆嗦着说不出话来。人们悚然地顺着她手指的方向看过去——不知什么时候，何万夕的眼睛突然睁开了，恐惧地盯着病房的角落，仿佛那里有什么可怕的东西。他的嘴大张着，似乎想要告诉人们什么事情。先前他脸上那种至死犹存的奇怪笑容也突然消失不见，代之以一种绝望的神情。人们顺着何万夕的目光看过去，那里空空如也，除了一道惨白的墙之外，没有别的任何东西。

何万夕教授的奇异死状带给人们的不解很快就被淡忘了，但他作为100世纪"万年虫"问题的主要解决者的功勋却载入了史册。不过很久以后，仍然还有少数好事者在探讨到底是什么让何万夕教授死前那样惊恐，他们专门围绕这个问题写出了不少有趣的文章，他们觉得这个问题真是让人着迷。有的说何万夕大概是看到了死神，有的说何万夕是看见了他认为不可能出现的东西。但不管怎么说，能够让何万夕教授露出那样神情的事情一定不会是小事，他一定是想起了什么问题。

当然，猜测归猜测，何万夕到底看到了什么东西，只有他自己知道，可惜他已经说不出话来了。实际上，何万夕教授是在生命即将离开他躯体前的一刻突然想起了一个问题，正是这个问题使得他陷入了突如其来的绝望之中。在那一刻，他突然看到了那个东西，那个在他看来不应该存在的东西。那个东西就站在墙的角落里，以一种充满嘲笑和怜悯的胜利者般的目光盯着何万夕。何万夕最后的意识是他开始大声地呼喊，似乎想给这个世界留下一些关于那个东西的线索，但即便是何万夕自己，也没能听到哪怕一丝的声音。

尾　声

公元 32767 年 12 月 31 日这一天，全世界陷入了极度的恐慌之中。再过一段时间，也就是公元 32768 年 1 月 1 日到来的时候，世界将经受一次无比严峻的考验。两万多年来，人们普遍采用短整数型变量来表示日期中的年份，但由于短整数型变量的最大取值是 32767（十六进制表示为 7FFF），一旦超出这个值将发生数值溢出，届时，计算机系统里面的日期将变成不可预期的值，也就是说，计算机将根本无法知道现在究竟是哪一年。这种情形类似于公元 20 世纪末时的计算机"千年虫"问题以及公元 100 世纪末时的"万年虫"问题，但由于当今世界对计算机的应用和依赖程度远胜于当年，使得这个问题的解决难度及可能造成的恶果远远超过了当初的"千年虫"和"万年虫"。

计算机技术在诞生三万多年以来，已经完全融入了人类社会的每一个角落。数字化的生态系统，数字化的城市，甚至连人的生存都已完全地数字化了。在现在的情形下，谁也不知道结局究竟会是怎样，也许是一场因为计算机系统误动作导致的战争，也许是一次金融风暴，也许是反物质能源站发生泄漏从而把人类世界从宇宙中抹去，就仿佛它根本不曾存在过。当然，也有可能什么事情都不会发生。

　　究竟是谁在计算机发展的早期采用了这种有缺陷的日期表示法已经是一个悬案了，实际上就算查出来也没有什么意义。因为不管是某个人还是某个团体造成了这个后果，他（们）都不会是出于恶意。如果硬要追究的话，会发现实际上正是"万年虫"的解决者们导致了现在的"整数虫"，因为正是他们为了解决"万年虫"问题而把计算机时间系统的年份变成了短整数型变量。听起来真是奇怪，人类总在解决问题的同时制造出更大更难的新问题，而且似乎乐此不疲、永无止境。当然，只要你愿意的话，还可以找出一些别的原因，比如说人的惰性，比如说人的短视。

　　时间正在分分秒秒地过去，黄昏的太阳一如既往地把光辉洒向这片对它而言毫无不同的世界，它并没有注意到每个人看着它的目光和以往有什么不同。的确，对太阳来说，每一天都是一样的，甚至对一只不谙世事的昆虫或是别的某个生物而言，今天和明天都不会有什么不同。这个问题只对人才有意义，因为只有人才会为自己的生活设置各种各样的框框和规矩，以为这就是计划。也许正是基于这一点，人类比所有别的生物都更先进；也许又恰恰因为这一点，人类比所有别的生物都更愚蠢。但不管怎样，对人们来说，这个岁末的夕阳是值得多看几眼的。夕阳真是美极了，夕阳笼罩下的万物真是美极了。

　　明天，假如还有明天。

假设——虚证主义的深渊

> 包括这个世界在内的一切其实都可以看作是一种假设。
>
> ——摘自《虚证主义导论》

1

"当我们说世界存在的时候，其实只是说明我们认可它存在的假设条件。"皮埃尔教授在黑板上很利落地写下这句话，伴随着粉笔摩擦时发出的痛不欲生的吱吱声。讲台下的情形和平时一样，也就是说相当热闹，学生们都在很高兴地干着自己愿意干的事情。不能说大家没有上进心，根本原因在于上进心再多也没用。因为无论多么认真的学生，也无法在皮埃尔出的考试题面前感到轻松——有谁能够得到四十分以上，那都是可以大大得意一番的。皮埃尔教授的学科是一门选修课，从教材到讲义似乎都是他自编的。也不知道原本是物理学教授的他从什么时候起突然从脑子里冒出了那些奇怪的想法，偏偏他又是掌握全系学生生杀大权的系主任，而且听说他还和雷诺校长沾亲带故——这多半是有根据的，要不然再开明的校长恐怕也难以容忍一个系主任像皮埃尔这样胡作非为。总之呢，从上学期开始，系里便多了一门谁也不敢不听但谁也听不懂的名为虚证主义的课程。

何麦坐在教室的倒数第二排，这是他提前半小时才抢占到的。当然，他没忘记给安琪也占了个位子。如果听皮埃尔的课坐在前排的话，绝对可以称得上是一场噩梦。因为对于皮埃尔来说，仅次于胡思乱想的第二大嗜好便是孜孜不倦地提问，而他选择提问对象时总是用那根轻巧的碳60教鞭随便指着谁便是谁。在这样的情况下，能够让皮埃尔先生鞭长莫及的后排区域自然成为学生们的首选。现在何麦就坐在这样的位置上，紧挨着亮丽可人的安琪，得意扬扬地看着前排那些如丧考妣的晚到者。处于这种隔岸观火的态势下，何麦首先在心理上是没有负担的，而也只有这种时候，他反而可以听得进皮埃尔的几句讲话。比如现在，他就听到皮埃尔正信誓旦旦地宣称整个世界其实都可以看作是虚妄的。"它也许只是一种假设。"皮埃尔说，"比如中国古代一个叫庄周的人梦见自己是一只蝴蝶，醒来后他就想也许自己真的就是一只蝴蝶，而作为一个人的自己只是这只蝴蝶所做的梦。这个问题在逻辑上是无法证伪的，如果我们认为庄周就是一只蝴蝶，也完全能够自洽地解释整个事件。正因为如此，这个问题千百年来还常常引起争论。所以，我们完全可以说世界可能只是一场梦境，或者说是一个假设。"

对于皮埃尔的这些奇谈怪论，何麦的第一个反应其实并不是想笑（实际上他主要是不敢这样做），他更多的是从中悟出了某些诀窍，他甚至判定自己得到的才是皮埃尔的真传。无论如何，皮埃尔是第一个敢于将世界建立在假设之上的物理学家（这种事以前只有哲学家才敢做），也就是说，无论如何他都可以称得上一代宗师。何麦这个人没什么别的本事，但虚心好学的品质还是有的，这次自认深得了皮大师的精髓，得意之中竟然眯上眼睛摇头晃脑起来。

问题在于，何麦忘记了自己身材十分高大，他这副陶醉模样全然落在了皮埃尔眼里。要知道，皮埃尔先生自从在此登坛说法以来，一直都自叹曲高和寡、知音难觅，今日冷不丁见到识得个中三昧之人，恰如久旱逢甘霖他乡遇故知，惊喜之情霎时溢于言表。昔年我佛如来在灵山会上拈花示众但弟子皆不明其义，只有摩诃迦叶破颜微笑。于是佛祖说："吾有正法眼藏，涅槃妙心，实相无相，微妙法门，不立文字，教外别传，嘱咐摩诃迦叶。"这与眼前情景何等相似，虽是情急之中，皮埃尔倒还没有忘记自己的提问习惯，加上物理学教授对牛顿定律的精确运用，于是众人眼中但见教鞭横空飞起，空中转体七百二十度之后不偏不倚正好敲中何麦的头。

"你，就是你。"皮埃尔喜形于色地叫道，"请问我们有什么理由断定世界只是一个假设？"

何麦终于意识到皮埃尔的确是在对自己说话，他的第一反应是有些尿急，也不知是不是因为刚才教鞭刚好击中了脑部主管排泄系统的中枢。但是他已经没有退路了，皮埃尔提出的问题肯定都是此前讲到过的，也就是说会有一个标准答案存在。问题在于，何麦根本就没有认真听过课，就算让他翻书，他都不知道到哪一节去找——那本教材有几百页厚，里面都是大段大段足以让人发疯的论述。从逻辑上讲，都是庄周梦蝶、蝶梦庄周之类的无法证明但也无法证伪的问题。

而皮埃尔教授的期待却很明显地写在了脸上，他眼巴巴地盯着何麦的脸看，弄得何麦越发不敢开口了。不过，何麦也知道这样沉默下去的结果肯定不比胡说八道好，但他又的确不知该怎么回答。"假设，假设……"何麦心急火燎地四下张望。

末了，他心一横开口道："我看有很多事实可以证明我们的世界存在于假设中。比如我们一向用许多精确的数学定律来描述世界，而从这一点出发，便足以证明我们的世界只是假设。"

四周立刻安静得吓人，这是第一次有人说可以用"事实"证明世界是一个假设，而且竟然是以精确与严谨著称的数学！就连皮埃尔自己也不曾这样讲过。所有人的目光都集中到了何麦身上。皮埃尔的眼神有些发懵，安琪惊愕地仰望着何麦，口里肯定塞得进一个鸡蛋。

何麦只能豁出去了："拿最基本的欧氏几何来说，这是数学的基础，而它是建立在五个假设公理之上的，这些公理绝对是无法证明的，尽管常规的说法是不证自明。问题在于，我们必须承认全套欧氏几何，否则我们的世界就会变得无从认识。现在我可以下结论了，既然这些用来描述世界的理论都建立在一些无法得到证明的假设之上，那么我们当然可以宣称世界也是一种假设。"

然而，一个高亢的声音粗暴地打断了何麦的即兴讲演："你知道你在说什么吗？我看你是别出心裁、胡说八道！"皮埃尔的神色看上去就像是面对一件不可思议的事情。老实说，能够让皮埃尔认为是别出心裁的人简直不可能存在，因为这相当于说某人比疯人国的国王还要疯那么一点点。

"下课。"皮埃尔轻轻摇摇头说，眉头紧锁。

2

安琪是一个典型的美国女孩，有一头卷曲的褐色短发，一双闪烁着淡蓝色光芒的眼睛。据她称，自己身上其实有六十四分之一的中国血统，那是她一位百多年前的祖辈传给她的。不过何麦却从来没有看出这一点。安琪与何麦从相识到相好几乎全是她主动的，她对何麦说："我第一眼就喜欢上了你那双很大的黑眼睛。"当安琪这样说的时候，何麦的心里很想说的一句话是"我也喜欢你的蓝眼睛"，不过他从未说出来。也许这就是纯正的中国人与不纯正的美国人之间最大的区别吧。

"我看你就准备补考吧。"安琪笑着打趣，何麦看上去越是懊丧，她越是兴高采烈。

何麦的心情的确不好，他也不知道自己当时有何必要胡诌一通。一想到以严厉著称的皮埃尔，他就两腿打战。不过，何麦一向是想得开的人，他从来认为，在厄运还没有变成现实之前就太难过，并不是明智的行为。离考试还有几个星期呢，现在可没什么麻烦。

事实证明何麦是过于乐观了，马上便有人带话称皮埃尔教授要见他。安琪看着何麦的眼神立刻变成了告别式。

皮埃尔教授并不像何麦想象的那样雷霆震怒，恰恰相反，他简直热情得过分，甚至连说话的声音都有点颤抖。皮埃尔百般殷勤地对何麦问长问短，并且还给了他一个长达 50 秒钟、其间换了三个姿势的让人透不过气来的拥抱。何麦惊恐万状地面对这一切，他简直不知道发生什么事情了。

"就是你了。就是你了。"皮埃尔脸庞发红地念叨着，他的眼睛一直水汪汪地凝视着何麦的脸。

"我……我怎么啦？"何麦小声地问。

"你就是我要找的人。"皮埃尔激动地搓着手，"只有你真正理解我的学说。没想到你那么快就领会了虚证主义的精华所在。"

"让我想想。"何麦摸着额头，他有点明白是怎么回事了，"你是说，我答对了老师的问题？"

皮埃尔打断他："别这么叫我，以后你不再是我的学生了，我们将是合作者的关系。关于这一点，你不会有意见吧？"

何麦轻轻吁出口气，皮埃尔教授深情款款的目光正直勾勾地盯着他："你是说今后我再也用不着回答那些很……精妙……的问题了，是这个意思吧？"

"当然用不着了，而且你也不必参加考试。"皮埃尔语气肯定地说，"你的水平够高了。我现在就可以给你的这门选修课打满学分。"

何麦立马郑重地点点头说："能与您合作是我的荣幸。另外我想向你介绍一位对虚证主义颇有见地的资深学者，她叫安琪。我们经常在一起研究相关的理论，我以我的专业眼光认定她在虚证主义领域拥有极高的造诣。"

皮埃尔听到这番话时的表情完全可以用来诠释什么叫作"幸福"——都说知音难觅，想不到在一天之内他竟然能够两遇知音。"好，好。"皮埃尔连声道，眼睛眯成了一道缝。

……

"就这些？"安琪睁着大眼睛问道，她差点呛得背过气去，她觉得何麦一定是疯了，"你对皮埃尔说我是什么什么虚证主义专家？你真……真的这么说的？"

何麦点点头，低头啜了口咖啡。学校餐厅里人来人往，不过这个角落倒是很清静："这下子我们俩不用考试就能过关，这有什么不好？"

"可我根本就不知道什么是见鬼的虚证主义！"安琪叫道，"老实说，我平时听课就像是在唐人街听中国神甫作弥撒，你居然说我是什么专家，也太没谱了吧！到时候两句话就穿帮了。"

何麦一脸坏笑："你不要怕，老家伙没那么精。你看我三言两语就混过关了嘛。我已经总结出来了，他那套理论的主要意思就是证明世界上的每件事情都是一种假设。老实说，这听起来复杂做起来一点都不难，想想看，证明一件事情是假的应该比证明它是真的要容易吧？那天课堂上我憋急了扯点数学什么的不也蒙过去了。还有，在唐人街不是什么中国神甫作弥撒，是和尚做道场。"

安琪稍微镇定了些："虽然我很想拿学分，但我还是很怕，总觉得心里不踏实。"

何麦压低声音说："根据我的分析，老家伙搞的这套理论完全是站不住脚的，弄得大家都怨声载道，我看他也撑不了多久。不过俗话说好汉不吃眼前亏，反正我们只想多拿学分，犯不着同他硬碰，这就叫曲线救国。等到以后他撑不住了，我们还可以大义灭亲，从敌人内部予以打击。这也算卧薪尝胆的现代版本。卧薪尝胆，还记得吧？就是我以前给你讲过的那个中国几千年前的老故事。"

安琪听得两眼发直："中国人真厉害。"她大声说。

何麦翻了个白眼，得意扬扬道："那——是——"

"我是说在搞阴谋诡计这方面。"安琪吃吃地笑。

3

虚证主义专家何麦接手的课题是证明虚证主义第二论题：论物理学的虚妄。

皮埃尔教授总共提出了七条虚证主义论题，分别对应着数学、物理学、化学和哲学等。按照皮埃尔的说法，第一条论题已获得证明，即他已经证明了数学的虚妄性，这也是他努力半生才取得的阶段性成果。在皮埃尔教授家中的一间密室里，何麦见到了一摞厚达几十厘米的手稿，上面密密麻麻地写满了几乎没人能看懂的内容。皮埃尔自创了许多古怪的符号来表述他那些比符号还要古怪的思想，这使得阅读那些手稿的感觉就如同阅读天书。何麦在皮埃尔教授的指导下，花了一个月时间才半懂不懂地啃完了一小部分，本来老家伙的意思是让他通读全篇的，但后来看到何麦的确已被折磨得不成样子了，才只好暂时悻悻住手。尽管如此，何麦的感觉也仿佛是死过了一回般难受，那些高高矮矮胖胖瘦瘦的古怪符号在脑袋里足足莺歌燕舞了半个多月，才渐渐息声渺不可闻。

直到这时，何麦才明白了皮埃尔教授为何会将自己引为同道，原来，他那天在课堂上的一通胡诌竟然完全契合了虚证主义的要义，在那些手稿里甚至包含有何麦举的那个有关欧几里得几何学的例子。在这部名为《虚证主义导论之一：论数学的虚妄》的天书里，皮埃尔站在独步古今的理论高度上提出了一个划时代的论点，即数学（它几乎与人类同样古老）这门学科其实是彻头彻尾的假设。什么数字啦、算法啦、点啦、线啦、面啦，等等，都是出于人们自己的臆想和假设。比方说，对点的定义是没有长度和宽度的存在，而线的定义则是没有宽度的存在。按照皮埃尔的观点，这纯粹是胡扯，既然是定义就应该从正面阐述，哪里能够用"没有"这种词语来做定义呢？难道我们能够说所谓"物质"就是"非虚无"吗？或者说所谓"虚无"就是"非物质"？这样说了不是等于没说吗？可问题在于，当人们阐述数学的那些基本公理时不得不这样讲，而这恰恰表明数学的确是基于某些无法加以证实的纯粹假设性的东西。

当然，这只是一些皮毛性的介绍，虚证主义对此有相当完备的阐述，其强大的说服力甚至足以让像何麦这样神经一向正常的人也对整个数学体系的真实性产生了怀疑。有个一直得不到完全证明但却得到众多事例支持的观点，即数学与物理学在本质上是相通的，比如说，广义相对论描述的引力空间其实就是非欧几何学上的黎曼空间，两者在性质表现上几乎没有任何差别。这当然就从侧面增强了何麦论证第二命题的信心和决心。实际上，皮埃尔之前的研究也是一直循着这条思路，他搜集了当今众多物理学理论的数学基础，然后挨个论证这个基础的虚妄性。应该说这个方法的思路并没有错，只要动摇了这些物理学定律赖以存在的数学理论，也就相当于动摇了定律本身。但是，皮埃尔很快发觉这样做毕竟是一种间接的方法，说服力稍嫌不足。因此，皮埃尔教授给何麦提的课题便是直接证明物理学的虚妄。老实说，皮埃尔决定将课题交给何麦的时候是有一些感伤的，他本以为该由自己亲自来完成这件事。

从道理上讲，何麦接手的课题是虚证主义的最核心部分。由于物理学的基础地位，一旦证明了物理学的虚妄性，皮埃尔教授梦想一生的虚证主义大厦也就算是建立起来了。皮埃尔自然深知这一点，所以当他做出这番安排的时候，其实已经近于托付衣钵的意思了。要说起来呢，皮埃尔教授也才不过六十出头，倒也不用急成这样，只是他实在太看重这套理论了，所以才会尽力考虑周详，皮埃尔只怕哪天万一天妒英才有什么闪失造成学脉不继，自己岂不成了千古罪人？

4

皮埃尔教授的实验室最大特点之一便是无法与卧室区分，反正卧室里有的备件——诸如枕头啊裤头啊之类的东西这里全有。这倒也并不奇怪，因为皮埃尔教授一个月里有一半以上的时间是睡在工作室里的。何麦刚来时还不太习惯，但不久之后，他也从中发掘出了一些好处，比如他可以在工作时间堂而皇之地睡上一觉，理由嘛当然是昨晚思考某个命题太辛苦了，反正他现在说什么皮埃尔都信——知音嘛，还说啥呢。就像现在，正是上午 10 点钟的光景，皮埃尔授课未归，整间实验室就成了何麦补瞌睡的地方。但是天不从人愿，何麦正做好梦呢——所谓好梦就是指梦里只有何麦与安琪两个人，门突然开了，何麦惊起后发现来人并不是皮埃尔而是一个身形壮硕的男子，那人脸上惊诧的神情更在何麦之上。

后来的事情表明这不过是一场虚惊，来人是皮埃尔教授的堂侄马瑞，他有此处的钥匙，他是来给皮埃尔送支票的。何麦从旁边瞟了一眼那个惊人的数额，马上从内心更加坚定了为虚证主义事业奋斗终生的信念。之前何麦的确有些纳闷儿，凭皮埃尔教授一个人发疯怎么也不可能建立起这么一间设施完备的实验室，想不到这个疯病原来是家族性的。

不过出于礼貌，确切地说是出于对支票的礼貌，何麦还是热情地给马瑞送上了咖啡。马瑞矜持地啜了口放下，探询地问道："何麦先生，你是我伯父的学生吗？"

何麦挺挺腰板说："我是皮埃尔先生的合作者。"

"合作者……"马瑞低声重复了一遍，目光快速地从何麦脸上扫过，"你确定自己能理解我伯父的学说吗？"

"这个当然。"何麦脸上显出面对真理的肃穆，"自从我和皮埃尔教授合作之后，我们进展很快，就在今天，皮埃尔先生还征询过我关于两个问题的意见。"何麦倒不完全是说谎，因为早餐时皮埃尔的确询问过何麦"昨天睡得好吗？蛋挞是否烤老了点儿？"

马瑞肃然起敬："我也为我伯父能够遇到您这样的同道者感到高兴，请转告我伯父，他上次要求的那批设施已经到位。"

"怎么不搬进来？"

马瑞环视了一下这间装备一流的实验室："这里太小了，连十分之一也放不了。遵照伯父的要求，我们找了好多地方，最后是在俄城的一座废弃金矿里安放的，我们将在那里恭候他的光临。当然，还有您。"

何麦眼前立马浮现出俄城四野那壮美又不失旖旎的风光，他觉得再在这样的背景上点缀一对亲密情侣的身影，那就真的完美无缺了："看来需要说明一下，我们是三个人，还有一位资深的专家将一同前往。"

"这样更好，我还有事要先走了。请转告我伯父说比尔——哦，就是我父亲，祝他身体健康。"

"比尔，是俄城的比尔爵士吗？"何麦脱口而出。

"就是他了。"马瑞利索地出门。

"这就好办了。"何麦喃喃而语。

"什么好办了？"马瑞不解地问。

"没什么，我随口说的，你走好。"何麦一时半会儿还没法从震惊中清醒过来，他现在觉得自己完全理解皮埃尔了，有这么个世界知名的富豪弟弟作后盾，想玩什么不行呢？不要说证明什么虚证主义了，就算想证明太阳围着地球转，还不是一个三段论搞定。

5

让何麦大感恼火的是，皮埃尔居然当头给何麦泼了一盆冷水。

"没有的事，没有的事。"皮埃尔斩钉截铁地否认道，"什么俄城什么金矿，我一点儿都不知道。"说话的时候，小老头嘴唇上的花白胡子乱颤，小眼睛瞪得溜圆，满脸清白无辜。

"这可是你的侄子，喏，就是马瑞亲口告诉我的——还能有假？"何麦大声反驳。

安琪就站在旁边，不明就里地看着他们争执。马瑞刚走，何麦就急不可耐地在第一时间把旅游计划通知了安琪，从电话里传来的惊叫在何麦听来就仿佛夏天里吃了冰淇淋般舒服。可现在老家伙竟敢矢口否认。

"什么马瑞？我哪来的什么侄子？"皮埃尔皱眉思索，"让我想想，你说当时那人是自己开门进来的？这就对了，他肯定是一个窃贼，因为进来后看到有人，所以才编了一个故事骗骗你，你居然就相信了。"

老实说老家伙也算是有些辩才，安琪的表情说明她已经完全接受了皮埃尔的这番分析，但是何麦冷笑着慢慢举起一张纸："教授先生，那这个呢？你见过上门给人送支票的贼吗？"

皮埃尔拍拍脑门子，小眼睛清澈见底："你看我都忙糊涂了，是的是的，我是有个远房侄子叫马瑞来着，不过好多年没见面了，一时没想起来。看来他是看到我很久没回俄城老家了，送这张支票给我买火车票。"老家伙漫不经心般伸手想接过支票，何麦一个转身让他落了空。

"这钱可以买家铁路公司了。请问你想买几张到俄城的车票呢？"

"一张，探亲嘛，一张就行了。"皮埃尔小心翼翼地赔着笑脸，"几天后我就回来。"

"皮埃尔先生！"何麦的声音陡然高了八度，皮埃尔禁不住打了个哆嗦，连旁边的安琪也吓了一跳。这正是何麦想要的效果，他脸上现出痛心疾首的表情，"我真的感到难过，我们三个人正在构建的是古往今来最伟大的虚证主义大厦（皮埃尔喃喃重复：大厦），我们置身于人类6000年文明的巅峰（皮埃尔又重复：巅峰），我们即将实现全人类的梦想（皮埃尔再重复：梦想）。这一切是怎么得来的？除了三颗充满智慧的头脑之外，我们三人之间堪称人间典范的合作精神不也起着举足轻重的作用吗？"何麦抬头凝视着半空中的某粒灰尘，"看吧，伟大的虚证主义精神就在那里注视着我们，她美妙的秘密即将由我们来揭示。而现在，你居然当面欺骗你的同路人，你这是在自毁长城！如果伟大的虚证主义事业因此而功亏一篑，你，皮埃尔先生，就是历史的罪人。"

皮埃尔颓然坐倒在椅子上，口中念念有词。

"你不当律师真是便宜法律系那帮家伙了。"出门后，安琪真诚地对何麦说。安琪并不知道，仅仅十多个小时之后，何麦就因为他说的这段话连肠子都悔青了。

6

一路上皮埃尔都显得心事重重，对车窗外闪过的大平原风光完全没有兴致。何麦就不同了，他觉得心情从没这么舒畅过，腰缠十万贯，携美下俄州，还有比这更滋润的事情吗？唯一美中不足的是皮埃尔那张看着让人烦的苦瓜脸，早知道就多买张票撵他到别的包厢去了。趁着皮埃尔出去上洗手间的间隙，何麦从包里拿出几页纸，这是他昨天晚上准备行装时拟好的一份协议。安琪关于律师的那番话倒是提醒了何麦，让他感到有必要将与皮埃尔的合作关系以法律的形式确定下来。

安琪看了眼协议："搞这么复杂干吗？我们不就是想拿点学分吗？"

何麦贼兮兮地笑了笑："这个我可没忘，不过我看这项研究没个百八十年怕是完不了，反正现在就业形势也不乐观，咱俩权当是签份劳务合同了。你看看，老家伙满世界都有实验室，还有一个只愁钱多没处花的呆瓜弟弟，这样的好东家哪里找去？再说，老家伙是呆了点，而世界上智商达到我俩这样水平的聪明人虽然不多，但总还有几个吧，说不定哪天就会从某个石头缝里又蹦出个虚证主义专家把老家伙拐跑了。所以还是签一份协议妥当点儿。"何麦摇头晃脑地指点着协议，"来，签个字就完事，喏，就签在我名字旁边。"何麦半强迫地逮住安琪的手签了字，末了，还顺便轻轻抠了抠安琪细嫩的手心。安琪娇嗔地推搡着何麦的肩。

这时，皮埃尔从门外进来，慢吞吞地走到位子前坐下，深深地叹出一口气，何麦讨嫌地白了他一眼。在皮埃尔叹了二十声气的时候，何麦终于忍不住嚷嚷起来："你能不能把你的声带频率调成超声波啊，有我和安琪跟你共同担当能有什么大不了的事情？再说我们又不会妨碍你探亲，如果你要和你的爵士弟弟叙旧，我和安琪可以自己安排到外面……交流几天学术嘛。"看看火候差不多了，何麦拿出先前的那几页纸，"为了表明我们三人真诚的态度，签一份合作协议是必不可少的。今后，我们对于研究的方向、工作的进度以及项目资金运用等都应该一起商量共同承担。我和安琪已经签字了，你不会有什么不同意见吧？"何麦斟酌着用词，注视着皮埃尔的反应。

皮埃尔浏览着协议书，脸上浮现出越来越感动的神色："当然没有，你们全是为我考虑，你们真是太好了。"皮埃尔郑重地在下方签了名，他蹀到门边拉上门回到桌前，仿佛下定了某种决心般压低了声音说，"有件事情看来必须得告诉你们，就是这次到俄城可能不会很顺利。这里头，咳，叫我怎么说呢？总而言之，这次到俄城我是迫不得已的，我没想到比尔居然真的想办法备齐了那些东西，我本来只是哄哄他的。"

"你到底想说什么？"何麦不耐烦地插话。

"喏，你们知道的，我这个弟弟很有钱。"皮埃尔的神色变得扭捏起来，"为了虚证主义的研究，我曾向他求援，但他根本不理解这个理论的意义，所以拒绝了我。没有办法，为了得到资金，我被迫对他说了谎。我对他说，虚证主义并不是一项纯理论的研究，很快就能产生在现实生活中对他来说很有用的成果……"

"什么……成果？"何麦觉得自己的舌头有些大，他有一种不祥的预感。

皮埃尔就像个做坏事被大人当场逮住的小孩子般涨红脸低下头去："你知道，有时候人说话是会有一点夸张，我只是对他说，按照虚证主义原理设计的机器允许他的寿命变得同质子一样。"

何麦一屁股滑到了地上，安琪的惊讶也比何麦小不到哪儿去。何麦从地上挣扎起来大吼道："天哪，质子的寿命是多少你不会不知道吧?"

"按最保守的计算,是 10^{31} 年,不过实验中按这个时限没有发现质子衰变,也就是说,实际年限很可能远大于这个值。"皮埃尔老老实实地回答。

"从宇宙大爆炸到今天也不过 10^{10} 年,你居然对比尔爵士放了这么大一颗卫星?"

"什么大卫星?"皮埃尔和安琪同时不解地问。

何麦一愣,方才想起这个比喻并非全球通用,"我是说撒了这么大一个谎。"

"我完全接受你的批评。其实我这次到俄城就是准备告诉比尔真相的,我不能再骗他了,以后得靠我们自己。"皮埃尔拿出一个小本子,"你们看吧,这几年来他总共资助了这么多钱,每一笔我都记着的。我了解比尔,他也记着账的,事情到今天这种地步,他肯定会要我还钱的,你们知道的,他这人几乎在世界的任何角落都有影响,势力很大。幸好还有你们两个合作者与我共同分担这一切,在这样艰难的时刻陪伴着我,还和我签协议,我真的太感动了。"皮埃尔说着话,竟然低低地抽泣起来。

何麦的脸变得苍白,几分钟前那种踌躇满志的美好感觉正在急速地离他而去。一时间,他都不知道自己和皮埃尔谁才是真正的呆子。

7

俄城的秋天一片金黄。西达多金矿位于俄城北部 30 公里,这段景色荒凉的路程也许是何麦这辈子感觉最长的一段路了。本来他打算一到车站就和安琪脚底抹油开溜的，没想到前来迎接的奔驰车就停在车厢门口，何麦的脚愣是没机会踩到月台的地面——完全是无缝对接方式。车站的那个秃头站长亲自前来迎接，口里还一个劲儿地说："欢迎董事长的客人。"一路上司机都没怎么说话，只专注地开车。经过一块醒目的标志牌时，他突然开口道，"从这里开始，方圆15公里都是西达多金矿的区域。"

"比尔从来没提他经营着俄城的金矿。"皮埃尔小声嘟囔着。

"以前是没有，这儿的矿藏曾经被开采过100多年，早已经枯竭了，没有人明白董事长为什么花钱来买这片荒地。这里土地也很贫瘠，如果转手，恐怕半价也卖不出去。"

"董事长买这片地……花了多少钱？"何麦牙齿打战地问。

司机报了个数，何麦的眼前立时一阵发黑。

"是买贵了。几个月前，也不知道是什么原因，董事长委派马瑞先生火速办理这件事，你想想，买家要得很急，价格自然贵了。"

"怎么能这样办事情嘛！"何麦嚷嚷起来，"也太不会办事了！"

"又不是花你的钱，你急什么呀？"司机不明就里地问。

"现在当然还不是，可是……"何麦绝望地扫视着车窗外鸟不生蛋的荒野，不知道古往今来除了自己，还有谁能命薄如此。当年闯荡西部的人中，也有些人不慎购入了贫瘠的荒地，但其中却有一些人由于在后来发现了地底石油之类的矿藏而因祸得福，可何麦知道，眼前这片土地至少在地底1000米之内是不会有任何指望了。

8

比尔爵士衣着休闲，比平时在媒体封面上的形象显得疲倦，也许是由于工作的繁重吧，他看上去很苍老。这位传奇人物陡然现身于自己面前，何麦和安琪都有几分不知所措。一旁的马瑞很热心地介绍道："这两位是伯父的合作者，何麦先生和安琪女士。"

比尔刀一样的目光从何麦脸上扫视而过，让何麦有种心惊肉跳的感觉。他突然笑起来，白胖的脸上显出深长的皱纹："真让人吃惊，你们都还这么年轻，居然能够从事这么高深的研究工作，说实话，我花大钱聘的那些科学顾问没一个能真正搞懂我哥哥的学说。他们总是对我说我哥哥是在骗我，可是我不相信他们。"

"我来介绍一下。"比尔爵士客气地侧身指着身后的一个人说，"这位是麦哲云博士，是我聘请的首席科学顾问。我有些累了，下面的事情请麦哲云先生同你们谈。"比尔说完话，便朝着他的豪华房车的方向走去。

麦哲云抬手做了个邀请的手势："我们下去看看吧。"几名神色严肃、身着黑色西服的壮汉立刻引领着一行人朝不远之外一幢老旧的灰色建筑走去，那应该是金矿的入口。刚到电梯口，一阵从地底冒出的彻骨寒意使得每个人都禁不住打了个哆嗦。"在入口处是这样，不过越往下可是会越热的。"麦哲云解释道，"以前的矿工每次都要花两个多小时才能到达工作层面，来回就是五个小时，真正的工作时间只有不足两个小时。工作层的温度高达40多摄氏度，一次能坚持半小时就很不错了。"

电梯平稳地下降，粗糙的岩壁在探灯的照射下泛出亮光，好像是水的反光。何麦朝顶处望去，入口的白光变得微弱，脚底则是黑暗无边的深渊。

"我们要下多深？"安琪忍不住问道。

"控制室建在地底 700 米处。"麦哲云说，"设施的主体就安放在那里。好了，已经到了。你们应该知道的啊，都是按皮埃尔先生的要求做的。"

电梯缓缓停下，下电梯经过一条短暂的甬道后，空间陡然变得开阔，这里的照明显然是自适应的，当人进入后，光线立刻明亮起来。

"欢迎来到'迷路'系统主控室。"麦哲云虽然是表示欢迎，但语气里依然没有什么热度。也许是心里发虚，何麦甚至觉得麦哲云语气里有一丝调侃的意味。

何麦环视着四周，大厅宽敞得有点过分，四周密密麻麻的装置让他有些眼花，心里不禁又盘算起比尔在地底建立这么庞大的工程要花多少银子。安琪一直怯生生地牵着何麦，她的手心里满是汗水。皮埃尔悄无声息地四处转悠，一副愁眉不展的样子，何麦知道他一定也在心里叫苦。

"我听说你们是皮埃尔先生的合作者?"麦哲云探询地问道。

"这个……怎么说呢?"何麦飞快地转动着脑子，"要准确点讲呢，我们俩都只算皮埃尔教授的学生，只不过对他的研究有些好奇。教授之所以称我们为合作者，只是想提携后进罢了，不过我和安琪看来真的不适宜从事这项研究，他的理论绝大多数地方我们都不大明白。哎，这可不是谦虚啊，事实就是这样的。对吧，安琪?"

"是啊是啊。"安琪忙不迭地点头。

麦哲云走到皮埃尔面前："其实我一直期待与您的见面。"他说话的语调不疾不徐，"比尔爵士提供了少量的资料给我，您的理论对我而言是全新的，老实说我看不太明白。不过，比尔爵士聘请我的目的主要就是建立这套系统，这倒是我的专业。补充一下，我以前一直在 CERN——也就是欧洲原子核研究中心工作，负责在法国和瑞士边界处的 LEP 对撞机的运行。如果我猜得没错，您给爵士提议的这些设施很明显就是想建造一台粒子对撞机。但恕我直言，LEP 系统只建在地底 100 米左右，而像现在这样将整个系统建在地底 1000 多米有必要吗？"

"这个嘛，当然是有必要的。"皮埃尔这时立刻显出了他高人一等的胡诌功夫，"只有中微子才能到达地底这样的深度，但众所周知，中微子只参与弱相互作用，不会对我们产生影响，这样我们才能避开那些宇宙高能粒子射线对实验的影响。你应该知道比尔对这一切是何等重视。"

当皮埃尔提到比尔的时候，何麦注意到麦哲云脸上滑过一丝郑重的表情，看来爵士开出的价码肯定不低。

"不过我还有个问题，您准备怎样运转这个系统呢？我已经在这里工作半年多了，那些施工人员一直在惊叹工程量很大，但是，"麦哲云停顿了一下，"我和您都是干这行的，知道什么叫对撞机，像这样的长度以及这样的工程量，在这个领域连小儿科也算不上。LEP 对撞机周长 27 公里，而欧核中心下一个拟建的超级对撞机周长将超过 100 公里，耗资将会是天文数字。"

"你想说眼前的工程太小了，是吗？"皮埃尔突然打断了麦哲云的话。

"也不算小了。"麦哲云意味深长地笑了笑，"爵士是有钱，但也不该白白把几亿欧元扔进一项莫名其妙的工程里……"

何麦总算第一次明确地听到了这个巨大的数额，一时间他简直要晕厥过去了。

"而且，很明显，这个数字还将扩大，直到连爵士也不愿意承受的地步。到时你们便可以推说是资金不足导致实验夭折，对吧？老实说与其这样，爵士还不如把资金用于对超级对撞机的赞助，到时我们也许可以搭载这个系统。"麦哲云的语气变得很冷，眼睛里闪出犀利的光芒，刺得何麦恨不得当场找个地缝钻进去。

　　"这是什么意思？"让何麦没料到的是，皮埃尔听了这番话竟然跺着脚跳起来，他的脸涨得通红，像是受到了极大的侮辱，"比尔是我的弟弟，你凭什么这样怀疑我？本来我懒得搭理你的，不过现在我倒是有兴趣奉陪到底。去你的狗屁中心！我告诉你，用你们的方法永远不可能达到'迷路'系统所需的能级。看来你接受我弟弟的聘请是另有目的，就是希望将他的资金拉到你们的超级对撞机系统里去，我说得没错吧？"

　　麦哲云明显愣了一下，目光有些闪烁，看来皮埃尔的一通胡诌也许不是没有一点道理："你怀疑我可以，但总不该怀疑欧核中心吧，难道我们所有人加在一起都比不上你一个人的想法？顺便多说一点，你起的这个名字实在不高明，要知道这是在地底深井中，在这里的人们最忌讳的就是'迷路'这样的字眼，那些施工人员强烈建议改个名字。"

　　"那好吧，我只问一个问题，如果你回答得了，我马上退出。"皮埃尔突然莫测高深地冒了一句。

　　"请讲，虽然我们在地底 700 米，但这里的通信条件很好，即使您的问题我个人无法回答，但我相信没有什么大不了的问题能够问倒欧核中心的全体专家，你不会禁止我打电话吧？"

　　何麦刚想开口提醒，但皮埃尔一口便答应下来："悉听尊便，我想知道，你们怎么处理同步加速器辐射？"

9

"你今天的那个问题真厉害，一下子就让麦哲云哑口无言。"何麦一进房间便忍不住表扬皮埃尔，"他甚至连打电话求助的勇气都没有了。"

皮埃尔扫视着房车的内部，欲言又止，末了，他做个手势示意何麦和安琪到外面说话，看来老家伙真是越来越狡猾了。

"对于他们来说，我提的是一个不可能解决的问题。"皮埃尔一脸得意，"因为他们建造的都是环形加速器，而同步加速器辐射对环形加速器来说就是一场永远无法摆脱的噩梦。随着能量提高，大多数能量都将变成辐射而消耗掉。"

"我当然知道同步加速器辐射会造成能量衰减，但这种辐射与加速器的半径成反比，现在的加速器的半径越来越大，不是说下一个机器的直径超过 100 公里了吗？"

"你们做过计算吗？"皮埃尔有几分得意地说，"直径 100 公里听起来确实很大，但这只是个错觉。以前甚至有人提出在地球赤道建造周长为四万公里的环球加速器来模仿宇宙大爆炸的初始条件，你们一定觉得这个想法很伟大是吧，觉得只要建成这样的加速器一定能够模仿大爆炸吧？其实只要作一番简单的计算，就会发现这个想法非常可笑。环形加速器由于需要靠磁场偏转粒子的路径，所以加速的只能是带电粒子，一般是电子或质子。质子的质量约为 10^{-24} 克，根据爱因斯坦的质能公式 $E=mc^2$，一个质子其实就相当于 10 亿电子伏特当量的能量。'迷路'系统要求的能量是这个值的 10^{19} 倍。麦克斯韦电磁学理论证明任何加速的带电粒子都放射能量，而且辐射的强度与粒子能量成正比。为了平衡这种损失，就只能增大加速器的半径，但通过计算发现，要达到足够的能级，加速器的直径将超过已知宇宙的直径，这其实就是不折不扣的神话。"

"怪不得麦哲云当时就不作声了。"安琪说，"这下我们算是和他扯平，谁也赢不了，对吧？"

让人没想到的是皮埃尔竟然摇头道："也许我们做得到。"

"教授你在说什么？"何麦几乎是在大叫。

"我有一个问题。"皮埃尔突然问道，神色与平日里大相径庭。

"什么……问题？"何麦不自然地和安琪对望了一眼。

"你们理解虚证系统最核心的精髓吗？"皮埃尔热切地看着何麦，"也许任何人读到虚证主义的时候，都会认为它只是纯粹的理论，老实说我本来也这样认为，但到这里之后，发生的事情让我有了新的想法。"皮埃尔的神色变得有些兴奋，"你们看看这周围的一切，金钱的确有它自己的魔力，我原以为自己交给比尔的设计图永远只能是一张虚幻的图纸，但没想到它竟然在很大程度上变成了现实。比尔天生是金钱的主人，知道怎么发挥它的力量。即使给我五倍的资金，我也造不出眼前的一切。"

"你想要做什么？"

"做比尔想要的，做我想要的，做我们想要的。"皮埃尔脱口而出，居然像朗诵般流畅。

"你不会真的想让……你那个胖乎乎的弟弟长生不老吧？"

10

"你们玩过纸上迷宫游戏吗?"

"小时候玩过,我喜欢拿着铅笔从入口一直标到出口。我那时常常和我爸爸比赛——为什么问这个?"

"知道我怎么玩儿吗?也许是当时能得到的迷宫图相对于我的智力来说简单了些,所以我不满足于走出迷宫,而是喜欢找出所有可能的路径来。现在凭借计算机穷举法,在一秒钟内就能做到这一点,可在当时,这常常耗费我大半天的时间。不过现在我想说的不是这个,我是想问一句,当初你发现走错路的时候会怎么做?"

"原路返回,找到最后一个分岔口选择另一个方向。"

"看来我们说到点子上了。虚证主义已经给了我们强烈的暗示,真相就在面前。其实宇宙就是一个大迷宫,只不过没有什么所谓的出口罢了。'迷路'系统就是带领我们找到所有可能路径的机器。"

"就像一台宇宙回溯机,我可以这样理解吗?"何麦怯生生地问道,他觉得用"宇宙"这个词来形容一台机器委实有些轻率。

"就是这样。在'迷路'系统里,我们将尽力回溯到现有物质世界的初态,也就是质子、电子、中微子、介子等所有乱七八糟的东西还没有分离时的那种东西。"

"你说的是大统一理论状态吗?"安琪小心翼翼地插话。

"也许应该说是上一次分岔口更合适。按虚证主义的分析,每经过一个分岔口,定律就将发生改变。好比一个大气压时,水在 0 摄氏度以下适用于固体定律,在零到 100 摄氏度之间适用于流体定律,而 100 摄氏度以上则只适用于气体定律。传统物理学的眼睛只能看到最近一次分岔口为止，对于我们而言，这个分岔口就是所谓的时空奇点。正如我们知道的，在奇点处现有的所有定律宣告失效。宇宙大爆炸是奇点，黑洞也是奇点。当然了，还是那句话，这一切都是假设。如果我们回溯到了上一个分岔口，那物质将可能选择另一条完全不同的道路前进。届时对它而言，原先方向的时空将变得无足轻重，对它毫无影响。它的一秒钟便可以相当于原先的亿万年。"

"那会是一种什么物质？"

"谁知道，总之会和我们有很大区别，我们和它甚至共处一室也无法相互感知。有些类似于现在宇宙的暗物质，现在它们也只在猜测中存在。"

"那这么说，你并没有骗比尔先生？"

皮埃尔不好意思地笑了："这个怎么说呢？当时只是想得到他的资金支持。"

"但是，'迷路'系统真的能帮助比尔先生长生不老吗？"

"如果比尔只是一个粒子，我倒有可能兑现诺言，但他是一个活生生的人。"皮埃尔又露出他的招牌苦瓜脸来，"到现在我也想不出该怎么办才好。要不明天我就对他说实话。"

"哎，别！"何麦大惊失色，"还没到时候嘛。咱们试试总没错的，为了虚证主义。"

何麦一句话又说中了皮埃尔的软肋，老家伙钢牙紧咬，一拳头凿在桌子上，"行，就这么定了。"

11

原野的尽头正上演着落日的辉煌图景，漫天的云彩被镶上了一层金色的边，最靠近那颗光球的地方更是霞光闪动夺目万分。矗立在这夏季黄昏原野之上的一座半球形金属建筑显得分外醒目，与周围荒凉的景致形成了鲜明的对比。

"这全都是按皮埃尔先生的设计图建造的，在地底 1300 米处也有一个完全相同的半球形建筑，呈镜像对称。"麦哲云语气里不带丝毫感情，如同一位严谨的管家正向主人报告近来的收支。

比尔满意地靠在椅子上，嘴里叼着一支大号的雪茄。他今天刚赶过来，看得出他对未来充满想象。

皮埃尔仔细地察看着，眉头紧蹙。他不时打开手里的激光测距仪测量着各点间的距离。这么忙活了差不多大半个小时后，他笑嘻嘻地回到众人面前说："的确不错，和我的设计完全吻合。"

"我得承认有不少地方看不太明白，不知道它们有什么用。不过我还是想问一下，什么时候可以开始下一步的工作呢？"麦哲云依然是不紧不慢的语气。

"看来只要最后一件事情到位就可以了。"皮埃尔慢吞吞地说。

"什么事？"比尔和麦哲云几乎同时问道。

"'迷路'系统的加速源啊。"皮埃尔很认真地说，"我在设计里提到过的，我需要一种纵波光。"

"我看到过你的设计说明，可我以为你是在开玩笑。"麦哲云脱口而出，"谁都知道光是一种横波。世界上哪里有纵波的光？"

"我也奇怪为什么没有人来问我这个问题，我还以为你们没注意这一点呢。"皮埃尔眼睛里少有地显出犀利的意味，"现在看来是有人故意等着我收不了场吧。"

"等一下。"是比尔爵士的声音，"我不太明白你们说的话，能稍微解释一下吗？"

"是这样，"麦哲云第一个回答，"波有两种，一种是横波。比如池塘里的涟漪是一上一下地向外传播，即它的振动方向与波的前进方向垂直。另一种则是纵波，比如声音，声波是通过压缩空气一密一疏地向外传播，也就是说它的振动方向与波的前进方向一致。"

"那你就给他一束纵向振动的光嘛。"比尔吐了个不成形的烟圈。

"可是世界上没有这种光。"麦哲云斩钉截铁地回答，"我觉得皮埃尔先生提这样的要求分明是在推脱责任，他早就知道'迷路'系统是行不通的。"

"是吗？"比尔转头看着皮埃尔，目光里带着疑惑。

皮埃尔镇定的神色令何麦也暗暗吃惊，依照何麦的物理知识，他当然知道麦哲云是对的，但皮埃尔愣是面不改色心不跳地开口道："看来我要多说几句了。你们都知道我提出了虚证主义，这项研究本来就主张世界是建立在假设上的。我们难道不可以假设世界上存在着纵波的光吗？"

"你……你知道自己在说什么吗？"麦哲云几乎语无伦次了，也许直到现在，他才真正体会到同一个虚证主义专家打交道是件多么疯狂的事情。在场的人只有何麦保持着平静，这也算拜皮埃尔这个"名师"所赐。麦哲云仿佛面对一件不可思议的事情，"这种事情也能假设吗？"

皮埃尔粲然一笑，竟然酷味十足："物理学不是一直建立在假设之上吗？好比著名的狭义相对论的基础便是两条假设：相对性原理与光速不变原理。而广义相对论又增加了一条基础假设：惯性质量等于引力质量，即引力效应与加速运动是等效的。"

"这怎么能对比？那些是有依据的！"麦哲云大叫。

"什么依据？连爱因斯坦本人都说这是假设。狭义相对论并非一夜间横空出世，它的前身是洛伦兹变换式。而洛伦兹变换式也有自己的假设，不过不是 2 条而是 11 条。爱因斯坦去除了不必要的 9 条，而最后 2 条是无论如何也去不掉了，所以保留下来作为狭义相对论的基础。这有点像欧氏几何里的五条假设公理，无法证明但却必须承认，否则整个体系将无法成立。还有量子力学的最核心假设便是物质与能量并非连续存在而是以普朗克能量断续存在的，这也是没有得到直接证明的。那么我现在假设存在纵波光又有何不可？"

"你……疯了。"麦哲云几乎要瘫倒下去，何麦看得出，他简直是拼尽全身力气才勉强保持站立。何麦对此倒是很镇定，反正他早知道皮埃尔是所有正常人的杀手。

"你不是说有些地方看不明白吗？"皮埃尔接着说道，"现在可以告诉你了，你以常规的眼光是无法看清楚它们的用途的，因为它们就是用来产生纵波光的。"

一声沉闷的"咚"骤然响起，何麦不用看也知道，这是尊敬的麦哲云先生晕倒在地所激起的一阵纵波。

12

事实证明这个世界的确充满假设。

谁也不知道造物主到底向我们隐藏了多少秘密，同时谁也不知道这些秘密会在什么时候以什么方式向人们显露真容。反正当那些让人不明就里的设备"噼噼啪啪"地开动起来之后，这个世界上真的多出了一束前所未有的光线。从外观看，它同普通的光线没有什么区别，但所有的仪器都确定无疑地指出它的每一个光子都是前后震动着前进，粗略地比喻就像是从枪膛里射出了一串不断震动的弹簧。

　　不过，按皮埃尔的解释这一切就简单多了，当时何麦和安琪多问了几句，老家伙两眼一瞪说："这有什么奇怪的？当年人们假设有负电子存在不就找着了吗？假设有夸克存在不也找着了吗？假设宇称不守恒不也证实了吗？现在假设的磁单极子引力子说不定哪天就找到了。我假设一个纵波光有什么大不了的？真是少见多怪。咱们是虚证主义专家啊，要注意身份啊，别整得跟欧核中心研究员一个档次了。"

　　虽然皮埃尔轻描淡写，但何麦知道，无论用什么语言来形容纵波光的发现都不为过。传统直线加速器加速电子一般是建立一条微波导管，在其中建立频率约为 1000 兆赫的高频交流电场。电场相位的设计要求必须极度精确，使带电粒子一直缠住波峰不放，从而得到持续的加速。谁都知道光是世界上运动最快的物质，那么很明显，用光波来加速粒子是最高效的方法。但很可惜，光偏偏是一种横波，无法有效地用于加速粒子。而现在有了纵波光，一切便都迎刃而解了。无论粒子大小，无论是否带电，纵向振荡的光子都将最大效率地加速粒子。光子失去的能量将几乎完整地传递到粒子上。

　　此刻，皮埃尔眯缝着双眼打量着手里刚从仪器上取下来的一根绿色短棍。何麦满脸敬畏地注视着那小小的物件，准确地说是敬畏地面对又一样"假设"。按照皮埃尔的设计，"迷路"系统启动时应尽力避开一切干扰，否则谁也无法预料会发生什么事情。这并不是杞人忧天，因为在"迷路"系统里，质子将被加速到难以想象的地步，它们甚至会与绝对温度只有 3K 的宇宙背景辐射发生剧烈的相互作用。道理很简单，涉及的是基本的物理过程——多普勒效应。就像人们熟知的那样，急速驶来的火车汽笛声调会变高。相同的道理，当速度几乎等同于光速的超高能质子向着宇宙背景的低能量长波光子冲去时，质子所见到的光子波长会急剧变短，直至转变成 γ 射线，这种效应称为光子的相对论蓝移。而这与 γ 射线粒子与质子对撞的过程没有任何区别。皮埃尔给这种原本只存在于假设中的绿色物体取名"绿基"，它有一个奇妙的特性，可以屏蔽包括宇宙背景辐射在内的几乎一切干扰。也就是说，除了中微子和引力子，在绿基管的内部是一处几乎完全的真空。由于中微子只参与弱相互作用，而在微观世界里引力的作用弱小到可以忽略不计，这才能保证"迷路"系统的环境需求。

何麦的目光停留在一旁屏幕里不断重复播放的云室图景上——天哪，那么密集的粒子簇射，那么强大的二级衍射，就像是一朵朵开在虚空里的灿烂烟花，这样的场景足以阻滞任何一位物理学家的呼吸。不用计算，何麦也能看出这次实验产生的粒子能级已经远远超过了此前人类制造的任何粒子，而这一切只出自一截 10 厘米长的绿基管，这就是纵波光创造的奇迹。而在"迷路"系统里，加速路径是这个长度的 7000 倍，长达 700 米，加速后的两队质子将以与光速难以区别的速度对撞，然后，也许就像皮埃尔猜想的那样，人类终于在这宇宙大迷宫中回到 130 亿年前的那个分岔口——谁知道那会是一幅怎样的图景？

在这个时代，物理学早已是明日黄花，何麦从来都不相信自己平日里学到的那些知识会对今后的生活产生什么作用，和绝大多数人一样，他的目标只是几年后的那张证书罢了。而现在面对这样的场景时，他第一次对这个领域产生了迷茫。

"如果我们把这些照片拿给麦哲云看，他会是什么表情？"何麦突然冒出一句。自从那天晕倒之后，麦哲云整个人都沉默了许多，他不再发表什么意见，只是每天仍会出现在隧洞里四处察看。看得出他和那些工人相处得倒是不错，其他人都很听从他的安排——毕竟之前他们在一起工作了那么久。

让何麦没想到的是，这个问题竟然让皮埃尔沉默了半晌："他会很害怕。"

"为什么？"

"因为我感到害怕了。"皮埃尔脸上显出少有的严肃，"比尔的资金，麦哲云的才能，加上我们，再加上不知从何而来的奇怪运气……这次我们居然凑齐了这么多个不可能同时出现的因素。"

"这不正是我们想要的吗？"何麦不解地问，让他不解的还有另外一件事，那就是眼前的皮埃尔教授变得与平时大相径庭，仿佛换了一个人。他甚至疑心以前那个熟悉的老天真一般的皮埃尔只是一个精巧的幻象。

"不要这样看我。"皮埃尔仿佛猜透了何麦的心思，"我知道在你们心中，我一直显得有些可笑，我与周围的一切格格不入。我其实知道你和安琪并不真正理解我的学说，我只被骗了一段很短的时间而已。不过怎么说呢，也许是人内心里都有一种渴望被人理解的愿望吧，所以我一直没有揭穿这一点。甚至，"皮埃尔淡淡地笑了笑，"我很乐于听到你们对虚证主义的那些推崇话语，老实说，我很愿意拿学分来交换你们对虚证主义的赞美，特别是你从你祖国的语言里借鉴来的那些溢美之词，"皮埃尔仰头深呼吸了一下，"听起来真让人陶醉啊。"

何麦瞟了眼一旁的安琪，两人都不禁有些脸红了："不过现在我们真的相信你是对的。"何麦辩解道，"虚证主义是不折不扣的真理。"

"但我也许永远都无法证明它了。"皮埃尔低叹一声。

"现在不是进展顺利吗？"何麦诧异地问。

"记得刚才我说过这样的簇射照片让我害怕了吗？在照片上有1000亿个以上的次生粒子，没有 10^{20} 电子伏特以上的能量是无法产生这样的簇射的。这说明，刚才在'绿基'中产生了一种能级非常之高的粒子。在此之前，人类所知的全宇宙最高能级粒子是在1993年观测到的一颗能量为 3×10^{20} 电子伏特的宇宙射线粒子，当时，那颗粒子在观测照片上形成的整体轮廓甚至比当晚的月亮还明亮。而如果能量再高两到三个数量级的话，我们将可能创造出人类所知的宇宙间最高能量的粒子……"皮埃尔突然停住了。

"为什么不说了？"安琪问道。

"而这样的粒子也许就是我所说的上一个分岔口。因为我们现有所有的物理定律都是在它之后才开始有效的。"

"对不起，我好像有些糊涂了。"何麦有些不好意思地插话道。

"在今天，宇宙大爆炸理论已经算得上是常识了。我们常常说宇宙起源于130亿年前的一次壮丽爆发，是这次爆发产生了宇宙万物，其实也就是产生了时空以及物质。但是，有一个有趣的问题常常会被提出来，那就是在大爆炸之前的宇宙是什么样的。老实说即使到了今天，我们也只能回答说那是一种非物质状态，因为是非物质，所以这个问题是没有意义的。我曾经不止一次被问及这个问题，而我的回答也总是说这个问题没有意义。老实说，这样的问题是很容易打击一个物理学家的自信心的，但这的确是唯一的答案，我们的确永远无法知道在'零'秒之前发生的事情。但这是否意味着'零'秒之后的事情我们全部都能知道呢？答案仍然是否定的。因为根据研究发现，所有的物理学理论都只能在大爆炸发生 10^{-43} 秒之后才起作用。这个时间似乎是物质开始出现的时间，而这些专门表述物质性质的定律自然也只能在这个时间之后才发生作用。"

"那这和虚证主义有什么关系呢？"

"如果按照虚证主义的理解，这个时间点其实就是一个时空迷宫的分岔口，相对于我们的日常世界，不妨把它叫作超时点。我们现有定律的适用性只能回溯到此，就好比我们永远无法用流体力学定律去描述冰的性质一样。不过，物质并不是从这个时间点才产生的，而是从这个时间点起改变了性质。在这个时间点之前的物质适用于另外的定律。不仅如此，这个时间点可能并不是一条直线的中段那么简单，它更像是一根树枝的分支处。"

何麦和安琪面面相觑。

"可是这怎么证明呢？即使我们得到了那个时间点的物质形态，但它肯定会立即衰变成次生粒子，什么也说明不了啊。"

皮埃尔突然笑了："你不是已经说明证明的方法了吗？想想看，如果没有别的分路存在，所有回到超时点的物质都将无一例外地又衰变成我们可以观测到的次生粒子。但如果真的存在别的分路，我们将可能看不到任何衰变现象。也就是说，我们将看到物质一去不返。这是真正的物质消失，比黑洞更加彻底，因为黑洞只是无法看见，但通过引力等效应可以发现它的存在。而回溯到超时点的物质如果没能从原路返回，则将消失得无影无踪。因为它进入了另外的时空分路，在那里被另外的全然不同的定律所支配。我们的宇宙也许并非唯一，而只是众多独立宇宙泡泡中的一个。宇宙泡泡间并不是完全独立的，它们也许更像是一棵巨树的不同分支上结出的一颗颗葡萄。而联系这些宇宙葡萄之间的细小枝丫就是我们寻找的时空分岔口，我称它们为'时间之缝'。"

何麦的额上沁出一层汗珠，他觉得自己到现在才算是稍稍窥见了虚证主义的一丝门径。他完全没想到从当日课堂上的一番近于玩笑般的问答，竟然得出了今天这样不可思议的结论。

"别这样看着我。"皮埃尔竟然有些发窘，"我其实并不算是完全意义上的开创者，在我之前的某些学者给了我很多启发。比如，曾有人提出过物质世界的历史并不是唯一的，我们看到的只是所有可能历史的一次求和，另一些历史路径和我们所知的历史并存，只不过由于概率太小或是相互抵消等原因不为人知罢了。虽然这个观点长期不被人重视，不过我觉得有一个实验其实早就给了人们强烈的暗示，但却被人们长久地忽略了，那便是著名的双缝衍射实验。人们让光子一个一个地通过两道缝隙，结果发现每个光子竟然同时通过了两道缝隙并自己与自己发生干涉而形成了干涉条纹。一般的解释是光具有波动性，其实更深刻的原因在于，每个光子其实是从无数个途径同时向目的地前进的。而从出发点到目的地之间的直线是概率最大的路径，所以人们更容易观察到光以直线到达了目的地。当然，这和我们现在提到的宇宙分支概念关系不是一回事，但其中的观念却有共通之处。从经典学说出发，我们会发现一个有趣的现象，那就是时间空间存在一个所谓的最小值。也就是说，我们无法研究小于 10^{-43} 秒的时间段，也无法研究小于 10^{-33} 厘米的空间段——在那样的情况下，时间将变得没有先后，而空间也将变得没有方位之分。这其实就是因为在这样的时空范围内，我们已经受到了上一次宇宙分支的制约。我们的当前宇宙是在这个时空范围之后才衍生的，自然不可能用当前宇宙的定律来描述小于这个时空范围的现象。如果说我们现在生活的世界是'水'，那么小于那个最小量的时空段就是'冰'，我们是无法对其进行描述的。"

"我现在有些理解你为什么感到害怕了，因为我自己也开始有这种感觉了。"何麦擦拭了一下额头的汗水，"因为我们都不知道再做下去会发生什么。"

"我现在最担心的是怎么向比尔交代。"

"也许有一个办法能行。"何麦突然拍了拍自己的脑门，"让我去跟他谈谈。"

"你有把握吗?"皮埃尔担心地问。

"你不会怀疑我祖国语言的力量吧。"

13

"这么说你是想劝我放弃，对吧?"比尔慵懒地靠在椅背上，脸上挂着高深莫测的笑容，"我印象最深的是以前一位菲律宾政治家的夫人说过的话，她说如果你算得清自己有多少钱，就说明你还不够富有。忘了告诉你，我上个月才从俄罗斯的空间站上度假回来，老实说以我的年龄并不适应那里的生活，尤其是发射和返回地面的时候，我简直觉得自己快要死了。这已经是我第二次参加太空旅行了——请不要用这种眼神看着我，也不要以为我是有钱没处花，你应该知道我是世界上排名前五位的大慈善家，我很愿意为这个世界尽点力的。可是，有人为我想过吗?"

"但现在有很多条件还不具备。"何麦很诚恳地说，"如果实验对象只是一束粒子的话，还有成功的可能性，但如果是一个人就完全只是冒险了，也许那应该是很多年以后的事情。"

比尔询问地看了一眼旁边的皮埃尔，皮埃尔赶忙用力地点点头。

"可我已经没有那么久的将来了，年轻时的生活损害了我的健康，我很愿意用这具残躯作最后一次冒险。我已经否定了皮埃尔提出的用猴子先做实验的提议，一个原因是我担心实验失败后那只猴子的尸体可能会打击我的信心，但更重要的原因并不是这个。也许你们认为等各种条件都具备了再行动才是明智的，可是别忘了，第一个人登上火箭的时候也不具备什么条件，但现在月球上却有一座叫万户的环形山。怎么样，是不是觉得并非只有所谓的科学家才有那么一点精神吧？"

何麦有些发懵："我来只是想告诉您这实验非常危险，而且即使成功，结果也无法验证。我们最多只可能让您从这个宇宙消失，但并不能保证您可以到达另一个适宜生存的地方。也许那和死亡并没有多大区别。"

"哈哈哈！"比尔竟然笑了起来，"这已经足够了，孩子。假如你是我的话，就会明白我为什么这样做。在过去的几十年里，我的足迹遍布世界各地，我经历过人们所能想象到的任何事情。如果实验失败我会死，但我知道自己的身体状况，就算什么都不做也活不了多久了，那么既然我已经精彩地活过，又何妨精彩地死去？小的时候，我们都相信在这个世界之外还存在一个叫作天堂的世界，但后来我们长大了，现在，我的私人天文台可以看到银河系之外，但天堂消失了。我有时候真的很羡慕童年时代的人类，那时候他们相信天堂的存在，那时候死亡对他们来说并不是一种终结，而只是无尽轮回中的一次休息。可现在呢，一想到我即将变成一堆无知无觉的尘土，我就害怕到了极点，我愿意拿现在的一切去换取一个希望，哪怕这个希望近似于假设。也许皮埃尔送我去的地方就是天堂。"比尔的声音变得高亢起来，他的眼睛里放射出充满活力的光芒，完全不像是一个迟暮的老人，"我将在那里继续观赏整个世界的变迁，直到永远。我将可能是第一个见到另一个宇宙的人，这个理由还不够吗？"

"可是，这个实验可能会给我们的世界带来很大的危险。"皮埃尔终于忍不住插话，"我承认以前为了验证自己的成果，没有对你说实话，但现在是不得不说的时候了。"皮埃尔脸上的表情很无奈，"人类已经有了很多的玩具，但宇宙应该除外。"

"你在说什么？"比尔忽然咆哮道，他的脸涨得通红，眼珠几乎突了出来，"你知不知道我的全部希望都寄托在这个系统上？你们怎么敢欺骗我？现在谁也别想阻止我！"

"我们必须停下来。"说话的人是麦哲云，他不知何时从门外走了进来，"我听到了你们的谈话，我认为皮埃尔先生的意见是对的。"他敬佩地望着皮埃尔，"我已经看到了阶段实验的结果，说实话，你颠覆了我前半生的信念。"

比尔的怒气立刻朝麦哲云倾泻过去："你忘记了在和谁说话吗？难道我付给你几倍的薪水就是让你帮着别人对付我吗？别忘了，你母亲的病还没好，你还需要我的慷慨资助！"

"可是，我们现在的确已经深入到无法控制的领域了。"麦哲云有些为难地说，也许他意识到自己很可能是徒劳的，声音显得很低，"至少有十种理论告诫我们，当达到这种深度时就必须停下来了。"

"我说过要停吗？你做好自己的事情就行了。"比尔转过头来看着皮埃尔，"虽然是多余的，但我还是想问一句，你到底愿不愿意做下去？"

皮埃尔与何麦一起沉默着。过了几秒钟的时间，比尔突然笑起来，他垂垂老矣的脸庞在这一刻焕然一新："你们肯定以为只要不配合，我就一筹莫展了，看来我之前的安排真是有先见之明。"他转头看着麦哲云说，"我说得没错吧？"

麦哲云有些羞愧地埋下了头："从你们到来时起，每时每刻都有无数个摄像头隐藏在你们四周。现在比尔先生知道一切，知道纵波光的奥秘，知道'绿基'，也知道'时间之缝'……"

比尔还在大笑："你是我的哥哥，我不会太为难你的。'时间之缝'会让我如愿以偿的，我现在全身心地盼望那个美妙的时刻早日到来。麦哲云告诉我还需要再等待 20 天。天哪，我都等不及了。这种感觉就像……"比尔停顿了一下，"就像 17 岁那年秋天的早晨，我在笼罩着薄雾的小树林里等着恋人的到来。那是多么美好的时光啊。"

比尔挥了挥手，立刻有几名壮硕的男子上前来架住了何麦和皮埃尔。

"你要做什么？"何麦大叫道。

"没什么，只是送你们回俄城。"比尔不紧不慢地说，"不过，为了保证不会有人在这段时间来干扰我，你们的自由会有所限制。比方说，你们不能和外界联系。等到事情结束了会放你们离开的。你们还是为我祝福吧，哈哈哈！"

14

时间即使过得再慢，也终究是过去了。

何麦现在放弃了一切逃跑的念头，因为事实已经证明这根本没有用，以比尔的财力来说，要管住几个人太容易了。皮埃尔整天苦着脸四处瞎逛，口里念念有词，不知道在说些什么。安琪倒是显得很轻松，何麦有时候真是很羡慕她知道的事情没有自己这么多。

今天一开始，何麦就觉得有些不对劲儿，皮埃尔早上起来神色便显得有些紧张，何麦知道今天是他们被软禁的第20天，正是当时比尔预计的实验日期。皮埃尔总是神经兮兮地四下张望，长时间呆呆地盯着明媚的天空和苍翠的大地，仿佛这些司空见惯的景象他此前从未见过。

"刚才我眨眼了吗?"皮埃尔突然大声问道，他的眼睛瞪得溜圆，头发乱蓬蓬地在额角颤动。

"你说什么?"何麦吓了一跳。

"刚才我眨眼了吗? 你看到我眨眼了吗?"皮埃尔的声音愈发高亢起来，"告诉我啊!"他突然埋头闭眼，肩膀开始剧烈地抖动，"我知道，就是那件事了，是那件事情发生了……"

这时，安琪突然从拐角处钻了出来，手里还拿着几朵刚摘下的花，"真是奇怪，刚才我发现整个天空突然暗了一下，我敢肯定自己没眨眼。真是怪事。"

何麦惨然一笑，他抬头望了望，黄昏的天空虽然不再刺眼，但依然有些明亮，月亮的轮廓在半空显出了淡淡的影子。原来，三个人里只有他当时正好眨了下眼，错过了宇宙眨眼的一瞬。

外面的人群明显慌乱起来，守卫们神色紧张地窃窃私语，仿佛得到了什么消息。何麦急切地追问每一个目击者发生了什么事，但得到的只有沉默。

皮埃尔对身边的一切充耳不闻，他神色木然地呆立着，仿佛沉浸在另一个世界当中。

直到夜幕降临之后，才有一位神情严肃的老者走进房间，房间里的三个人不约而同地站起身，等待那未知的谜底。

"我是蓝江水，是比尔先生的助理，本来同三位有关的事情都是由别人经办的，但现在他们不能来了。是这样，发生了一些事，你们不是外人，我也不知该做些什么，我想还是请你们一起去看看吧。"

看到过深渊吗？看到过伤痕吗？看到过深渊一样的伤痕吗？

这就是何麦眼前的景象。在西达多金矿的腹心地带，曾经一望无际的平原上突兀地出现了一道深渊，深不可测，在冰冷的月光下像是一个亘古就存在了的神秘符号。

"已经探测过了，整个现场只有微弱的放射性，对人体没什么害处。"是蓝江水的声音，"事情发生的时候有多名目击者，但他们根本说不明白是怎么回事。比较一致的说法是，所有人都在那一刻同时眨了下眼，然后一切就变成眼前这样了。"

切面并不是垂直的，呈一个角度向地下延伸。切面很整齐，并不完全光滑，石头还是石头，沙还是沙，但绝对没有任何一丝物质突出到切面之外，切面上也没有任何挤压的痕迹。何麦用手摸了下切面，没有发热的感觉，他摇摇头，放弃了猜想是什么力量能够造成这样奇特的现象。

"已经用激光进行了测绘。"蓝江水拿出一张图纸，这是整个事故区的平面图，"这个坑的深度是 1800 米，平均长度 900 米，平均宽度 200 米，从底部到上面的形状完全一致。真希望谁能告诉我到底发生了什么。"

何麦一听到这几个数字，便知道整个"迷路"系统都不复存在了，由于不可知的原因，它消失在了这个巨大的空洞之中。他转过头，皮埃尔如他所料般沉默着，只不过目光不是望着地面而是投向穹窿，宛如一尊问天的雕像。何麦觉得自己完全理解皮埃尔此时的心境，他们从一个近于笑料的问题出发，一度逼近了造物主的底牌，但最终却以这样惨烈的局面收场。

"还有一件事，"蓝江水接着说，"是这样，在底部裸露出来的地表上发现了新的金矿床，以前从来没人能够发掘到这样的深度。"

看来这应该不是最坏的结果。虽然这个世界莫名其妙地失去了大约 30 亿吨的物质，虽然谁都不明白为什么宇宙会突然地眨了一下眼，虽然在西达多矿场上平添了一道奇异的沟壑，虽然还有无数个谜团，但除此之外，似乎并没有别的损失了。俄城还在，人们脚下这个直径 1.2 万公里的小石子还在，而且还有一个凭空而降的金矿床。看来这就是故事的结局了，一个还不算太坏的结局。

但是，这不是结局。

15

当一个人偶尔从纷繁的世事中获得一次仰望夜空的心情，他的目光肯定会被那些谜一般的星星吸引。这些恒星被固定在另外的球面上，远离地球而靠近上帝。皮埃尔已经保持仰望的姿势很久了，他完全沉浸到一个不可知的世界中去了。无垠的穹窿从正上方直垂到地，银河淡淡地划过半空，如同某个巨人的信手涂鸦。

何麦小心地开口："我现在最想知道的是那些人到哪里去了，包括你的弟弟，包括麦哲云，他们死了吗？"

皮埃尔迟疑了几秒钟，而后缓缓说道："我不知道，这不是我所能够回答的问题，也许应该说这不是我们这个世界上的人所能解答的问题。记者们已经在路上了，我们该走了。"

何麦理解地点点头，伸手扶住眼前这个突然变得软弱的老人，也就在这时，他听见了安琪发出的尖叫声。

安琪急速冲过来，她的嘴角哆嗦着，不知是因为月光还是别的什么原因，她的脸色苍白无比："我不知道怎么讲，刚才……刚才我只是随便看着玩的，但是……那里……你们还是自己看吧。"安琪将手里的单筒望远镜递给皮埃尔，然后指了指天空。

这是一幕恐怖的异象。

何麦和皮埃尔放下望远镜后都不约而同地盯着蓝江水，目光涣散而古怪。蓝江水不知所措地站着，何麦同皮埃尔一道冲到蓝江水身边，抢过他手里的那张图纸打开。几乎在同时，两人便如同身受雷击般僵立当场。

他们看到了同样一个东西，只不过一个在蓝江水的图纸上，另一个则在月亮上，仿佛月亮是一枚38万公里之外的邮戳，曾经在那张图纸上留下过印记。是的，与西达多矿场深沟相同的图景出现在了月球上，就像是被同一把匕首洞穿而过所形成的刀疤。

皮埃尔首先反应过来，他一把扔掉手里的望远镜奔向一旁的汽车。设备在最短时间里架设完毕，皮埃尔紧张地操作着，口里又是习惯性地念念有词，但此时看起来更像是在做一种祷告。

"现在我们终于可以确定有某种物质导致了这个坑的形成。"皮埃尔开口道，"之后它并没有消失，而是一直朝上前进，而后又轻而易举地穿透了月球。对于我们这个世界上的物质来说，它好像是一种超级溶液，所到之处万物成空。"

"它到底是什么东西？"何麦几乎能听到自己牙齿打架的声音。

"有一种解释不知是否行得通。它可能是来自另一个泡泡宇宙的物质，也许就是那个另类宇宙里的一束光，我猜想它很有可能是以光速前进的。"

"凿壁偷光？"何麦脱口而出。

"你说什么？"

"我只是想到了中国的一句成语，大意是一个人凿穿了墙壁，引入隔壁房间里的光线来看书。"

"意思差不多的，只是我们这次是无意的。比尔想要的是'时间之缝'，结果却将另一宇宙的物质引进来了。"

"后果会是什么？"

"从现象上看，它可以溶解我们这个宇宙的一切物质，但这是无法下结论的，因为它无须遵从我们所知的一切定律，也许那些我们认为消亡了的物质此刻依然在某个地方继续存在，只是我们永远无法感知罢了。不过有一点可以肯定，如果它真的来自另一宇宙，由于它不遵从我们的物质定律，它将会永不衰减地前进，直至世界的末日。"

何麦抬头仰望满天繁星，心中想象着一束漆黑的光线正如离弦之箭般渗透这茫茫无际的宇宙，逢仙诛仙、遇佛杀佛，吞噬行经的一切。灿烂的太阳系只是它漫长一生中的渺小插曲，辉煌无垠的银河也只是它偶然留驻的客驿。

"那这么说，它迟早有一天还会回到现在的位置的，因为宇宙是封闭的。"何麦加入一个自己的结论。

"不过那应该是很久之后的事情了，没人类什么事了，该虫族去操心。"皮埃尔难得地表现了一次幽默，"不过，看来蓝江水先生先前的测绘有一点问题。那个坑的底部和顶部并不是完全相同的，实际上，越往上，面积会变得稍大一点，是很微小的一点。但这不能怪他，这个差距很小，我也是通过测量月球上那个洞的面积才发现这一点的，也就是说，这束光发散的范围不大，随着距离增长，它的覆盖面将越来越大，这是一个简单的三角几何问题。"

"那要不了多久它就能吞掉一颗恒星了，然后甚至是整个星系。随着时间的推移，它就会变成一个巨大无比的无底洞。"何麦觉得这些话从自己嘴里说出来是件很费力气的事情，他甚至觉得有些滑稽，在一个好比尘埃的星球上生活着比尘埃更加渺小的某种生物，他们出于一种本能级别的欲望，居然就给至高无上的宇宙带来这样的后果。10万年后，银河系边缘将出现第一个被整体吞没的主恒星；25万年后，仙女大星云中将出现第一个被整体吞没的恒星系，而10亿年后呢？50亿年后呢？而等到它横越整个弯曲空间回到出发点的时候，甚至可能吞噬大半个宇宙。不过，那真的太遥远了，也许就像皮埃尔说的，应该是虫族操心的事情了。

何麦开始和皮埃尔一道收拾装备，他们的眼神偶尔交会，随后又急促地移开，这是一种非常奇怪的眼神，比头顶杂乱的星空更加迷茫。在混乱中，一本书突然掉落在地，是皮埃尔的惊世巨著《虚证主义导论》。仿佛有电光石火自脑海中滑过，何麦脱口而出："还有一种假设。"

尾声

虽然已经适应了很久，但"猎蚁号"飞船领航员威廉姆一直觉得眼前的影像只应该出现在梦境里。在荒寒的月球背面，巨大的环形山和正面一样比比皆是，只是不那么引人注目罢了。但让每个人感到最大震撼的永远是西达多海。月球上的地理命名要么是"山"，要么是"海"，这里只不过是依循惯例罢了，因为谁都知道它其实是一个贯穿了月球的巨洞。西达多海靠近月球的边缘，它的长度远小于月球直径，只有1200公里。通过这个巨洞，地球的蓝色光芒来到了月亮的背面。威廉姆知道，曾经有过一个时期，月球的背面是可以和地球见面的，但那是亿万年前的事情了，而现在威廉姆面对巨洞中来自地球的光线时心里却没有欣喜，更多的只是恐惧，因为如果不是亲眼所见，他即使在梦中也无法想象这样的事情。

半个月来的工作总算要告一段落了，作为最后一批宇航员，威廉姆和他的小组完成了整个工程的收尾工作。这段时间以来，威廉姆无数次地在西达多海中穿行，月球内部结构在他面前袒露无遗。西达多海内部的重力是斜向月心的，这给宇航员的工作带来了很多不便。不过计划总体来说还算顺利——当然，在几次意外中丧生的七名宇航员大概不会这么想。

那些在西达多海两端架设的复杂设备将测度出某些特殊粒子的放射性规律，可以认定这种放射性是由于那次事件引起的，只要能精确测出西达多海上下两端粒子放射规律的差异性，也就可以间接确定"黑光"的速度。"黑光速"是现在整个世界最为关注的物理常数，不过，只有少数人知道这是来自外宇宙的常数，而更只有寥寥几个

234

人才知道，这个常数的值居然决定了世界的真或假。

"既然这束光来自另外的世界，不受任何原有宇宙定律的束缚，那我们完全可以假设它的速度能够超过光速，那又会是怎样的一种结果？"何麦问。

"如果这样的话，它依然会横跨整个宇宙，并在封闭空间里回到出发时的位置，但是由于超光速带来的反因果律效应，它会在出发之前就已返回。这意味着，意味着……"

"意味着我们的宇宙可能早已被它溶解过了，而我们实际上就一直生活在一个早已被吞噬的世界里。哈哈哈，这才是终极假设，和庄周梦蝶的故事一样，既不能证明也不能否定。还有啊，说不定比尔和麦哲云现在反倒是又回到本来的世界去了，哈哈哈……这个连环套真有意思，原来世界真的可以是一个假设，哈哈哈。"

"休斯敦，'猎蚁号'请求返航。"威廉姆发出呼叫。

"我是休斯敦，同意'猎蚁号'返航。"

"猎蚁号"的腹下掀起两米多高的尘土，又急速落下，几分钟后，整艘飞船就像是一只巨大的蝼蛄般坠入了深不可测的西达多海。

极远的前方是一抹微茫的蓝色，在月心浓稠的黑暗包围下，一切宛如虚幻。

六道众生——平行世界正在进行时

引子

厨房闹鬼的说法是由何夕传出来的。

何夕当时才不过七八岁的样子，他们全家都住在檀木街十号的一幢老式房子里。那天夜里他懵懵懂懂地溜到厨房里想找点吃的东西，而就在这个时候他看见了鬼。准确地说是一个飘在半空中的忽隐忽现的人形影子，两腿一抬一抬地朝着天花板的角上走去，就像是在上楼梯。何夕当时简直不明白发生什么事情了，他的第一反应并不是害怕，而是认为自己在做梦。等他用力咬了咬舌头并很真切地感到了疼痛时，那个影子已经如同穿越了墙壁般消失不见了，于是何夕这才如梦初醒般地发出了惨叫。

家人们开始并不相信何夕的说法，他们认为这个孩子准是在搞什么恶作剧。但后来何夕不断说看到了类似的场景，就是那种看不清面目的人形影子，仿佛厨房里真有一架看不见的楼梯，而那些影子就在那里晃动着，两腿一抬一抬地走，有时是朝上，有时是朝下。

有时甚至会有不止一个影子悄无声息地出现在那并不存在的楼梯上。它们盘桓逗留的时间一般都不长，和人们通常在楼梯上停留的时间差不多。人们怜悯地看着这个可怜的孩子越来越深地陷入恐惧之中，他整天都用那种惊恐的眼神四处观望，就像是随时都准备着应付突如其来的灾难。尽管别的人从来就看不到何夕描述的怪事，但这样的日子使得每个人都感到难受。于是两个月后何夕全家就搬走了，他们一路走一路冒着被罚款的巨大危险燃放古老的鞭炮。

几年之后，何夕已经是 14 岁的少年，他觉得自己长大了。有一天傍晚，他出于某种无法说清的原因，又回到檀木街十号，来到他以前的家。但是他只驻足了几分钟便逃也似的离去——

何夕看到在厨房上方的虚空里有一些影子正顺着一个不存在的楼梯上上下下。

1

很普通的一天，很凉爽的天气，在这个季节里这是常有的事。大约在凌晨三点钟的时候，何夕就再也睡不着了，他走到窗前拉开窗帘，一股清新的空气透了进来。但是何夕的感觉并不像天气这么好，他感到隐隐的头痛，太阳穴一跳一跳的，就像是有人用绳子在牵扯。他想起了昨晚的梦境，那具奇怪的隐形楼梯，以及那些两腿一抬一抬地走动的影子。多少年了，也许有 20 年了吧，那个梦，还有梦里的影子就时常陪伴着他。他不管用了什么方法——比方说拼命大叫或者是用力打自己耳光，都不能从梦魇中挣脱出来。他只好充满恐惧地一遍又一遍地重复观赏影子们奇异的步态，并且很真切地感受自己咚咚的心跳声。

但是昨天的梦有点不同，何夕还看到了别的东西。当然，这肯定来自他当年所见，可能由于极度的害怕以及当初只是一瞥而过，以至于这么多年来他都没能想起这样东西，只是到了昨夜的梦里他才又重见到了这样东西，如同催眠能唤醒人们失去的记忆一样。当他在梦里重见到它的时候简直要大声叫起来，他立刻想到这个被他遗忘了的东西可能正是整个事件里唯一的线索。那是一个徽记，就像是T恤衫上的标记一样，印在曾经出现过的某个影子身上。徽记是一行黑色的具有书法韵味的汉字，看上去是黑色的，内容是一串带有书法意味的中国文字——枫叶刀市。这无疑是一个地名，但是何夕想不起有什么地方叫这个名字。

何夕打开电脑，用几分钟的时间对所有华语地区进行了地名检索。在做着这一切的时候何夕按捺不住地感到紧张。多年来由于那件事，在家人眼里何夕已不是一个很健康的人，尽管他们并没有因此而嫌弃他。何夕一直都认为自己是正常的，但他也不明白为什么只有自己才看得到那些影子。出于可以理解的原因，家人都非常小心地保守着这个秘密，但还是有一些传言从一个街区飘到另一个街区。当何夕走在大街上的时候，他会很真切地感到有一些手指在自己的背脊上爬来爬去，每当这种时候，何夕的心里就会升起莫名的伤悲，他甚至会猛地回过头去大声喊道："它们就在那儿，只是你们看不见。"一般来说，他的这个举动要么换回一片沉静，要么换回一片嘲笑。

当然，还有琴，那个眼睛很大、额前梳着宽宽的刘海儿的姑娘。想到这个名字的时候何夕的心里滚过一阵绞痛。她离开了，何夕想，她说她并不在乎他的那些奇怪的想象，但却无法漠视旁人的那种目光，她是这么说的吧……那天的天气好极了，秋天的树叶漫空飘洒，真是一个适合离别的日子。有一片黄叶沾在了琴穿的紫色毛衣上，看上去就像是特意别上的一件装饰品。她转身离去的背影美极了，令人一生难忘。

检索结束了，但是结果令人失望，电脑显示这个地名是不存在的。不仅没有什么"枫叶刀市"，就连与它名称相似的城市也是不存在的。

何夕点燃一支烟，然后非常急促地把它吸完。他不明白发生什么事情了，那个城市应该存在，他明明看到了它的名字。它肯定就在世界的某个地方，由于海市蜃楼或是别的什么很普通的原因，使得何夕看到了在这座城市里生活的人，一定是的，何夕有些发狠地想：我是正常的，和别人一样正常，我会证明给所有人看。但是，那座城市究竟在什么地方呢？那座枫叶刀市。

2

天亮之后，何夕没有去上班，他开始在电脑上写一封信，大意是向每一位收到这封信的人询问关于枫叶刀市的任何线索，同时希望他们能够把这封信发给另外一些他们认识的人，同时何夕还在多处电子公告牌上发出了询问信息。做完这些事情之后，何夕有种如释重负的感觉，他坚信自己能够达到目的。

何夕曾经设想过发出那封信会招致的各种后果，但他从没有想到那封信竟然会招来警察。发信后的第二天下午，有20名武装到牙齿根部的警察冲进了何夕的办公室，以涉嫌危害公共安全的罪名带走了他。当何夕眼前蒙着的黑布被除去的时候，他发现自己处在了一个完全陌生的环境之中。这是一间很大的屋子，装饰相当豪华，同时也相当有品位。何夕正想仔细探究一番的时候，门突然开了。

来人是一位四十出头的男子，衣着样式考究，做工精良，目光中显露出只有地位尊贵者才具有的非凡气度，整个人都给人一种高高在上的感觉。"下午好，何夕先生。"来人彬彬有礼地点点头，"我是郝南村博士。是我请你来的。"

"你找我有事？"何夕小心地问。

"是为你发布的消息。我在互联网上的公告牌里看到了那则消息。"郝南村眯缝着的双眼给人的感觉像是两把锋利的刀，"你在找一座城市。"

何夕来了精神，他甚至忘了自己当前的处境，"难道你有那个地方的线索？"

"你还是先说说你为什么会想到去找这个地方？"

对真相的渴望压倒了一切，何夕把整件事情的前因后果交代了一个透彻。说到兴头上的时候，就连那个离他而去的姑娘也抖落了出来，他实在是太想知道这一切都是为什么了。

"从小时候……"郝南村喃喃地说，"只有你能看到那些影像？"

"那些影像从来就没有消失过，它们一直在那儿，只不过别人看不到而已。"何夕说着话有些出神，"我觉得它们仿佛就生活在那里，那座叫枫叶刀的城市。"

"是吗？"郝南村笑了笑，"可是并没有那样一座城市。"

何夕没想到对方会这样说，"这不是真话，一定有那么一个地方的。"

"这只是你的想法。"郝南村摇摇头，"世界上并不存在那样一座城市，不信的话你可以去周游世界来求证。你的古怪念头是出于幻觉。忘了告诉你，这里是一所医院，负责治疗有精神障碍的病人。不过，我们愿意为你支付治疗费用。"

"你的意思是……"何夕倒吸一口凉气，"我是个病人。"

"而且病情相当严重。"郝南村点头，"你需要立刻治疗。我们已经通知了你的家人，他们听说有人愿意出钱给你治疗都很高兴，并且他们也认为这是很有必要的。喏，"郝南村抖动着手上的纸页，"这是你家人的签字。"郝南村摁下了桌上的按钮，几秒钟后便进来了四名体形彪悍的身着白大褂的男人。

"带他到第三病区。他属于重症病人。"郝南村指着何夕说。

何夕看着这一切，他简直不知道发生什么事情了。自己转眼间成为一名精神病人，他感觉像是在做梦。直到那四个男人过来抓住他的胳膊朝外面走去时，他才如梦初醒般地大叫道："我没有病，我真的能看到那些影子，它们在上楼梯。它们就住在那里，住在枫叶刀市。我没有病。"

但是何夕越是这样说那四个男人的手就握得越紧。走廊上有另外几名医生探头看着这一幕，一副见惯不惊的模样。郝南村笑着耸耸肩做了一个表示无奈的动作，然后他回身进屋关上了门。几乎与此同时，他脸上的笑容立刻便消失了，代之以阴鸷的神色。

3

牧野静出门的时候显得很慌张，她几乎是一路小跑着冲到地下停车场的。进到车子里后她立即拨通了可视电话，屏幕上欧文局长的脸色相当紧张。

"第36街区148号，华吉士议员府邸。知道了。"牧野静大声重复着欧文的话，"我立刻赶过去。还有别的人吗？"

"这件案子暂时由你一个人负责。"欧文强调一句，"根据初步情况判断，这件案子可能与'自由天堂'有关。"

牧野静悚然一惊。自由天堂——新近崛起的神秘组织。与别的一些组织不同，这个组织简直就像是警方的盟友，因为它只干一件事情，那就是铲除别的恐怖组织。在不到一年的时间里，它接连不断地颠覆了不下十个警方也一直束手无策的组织，但是谁也不知道它用的什么办法。总之在这一年里警方的日子真是好过得很，每天都有好消息传来。但是这样的情形没有永远持续下去，警方很快发现这个神秘组织的势力越来越大，那些被颠覆的组织实际上是被它吞并了，而它后来的几次行动更是让警方意识到真正可怕的对手要出现了。

应该说这些都只是警方的猜测，因为没有任何证据能够证明这个组织与近来发生的几起恐怖事件有关。人们只是发觉，凡是与自由天堂作对的人或组织最终都莫名其妙地遭到打击——两个月前的一个雨夜，主张对所有非法组织采取更强硬态度的刘汉威议员突然死于家中，一个月前与刘汉威持相同观点的另一位议员也暴毙街头，而现在轮到了华吉士议员。

"那我原先负责的那些 CASE 怎么办？"牧野静问道，"尤其是我最关心的那件。"

欧文皱了下眉，"你是说撒哈拉沙漠发生雪崩的谣传？"

牧野静忍不住插言道："我不认为那是谣传。我相信那些当地人的说法，他们不像是在编故事。我已经花了几个月的时间来调查这件事情了，现在可不想半途而废。"

欧文淡淡一笑，"还有比热带沙漠雪崩更离奇的故事吗？"

"可我当初去过现场。我亲眼看到在沙漠里有大面积的水渍，而且当时那里冷得让人打哆嗦，这肯定是冰雪融化造成的。"牧野静几乎是在喊叫了，"雪崩还压死了两个当地人。"

欧文皱眉道："我不想同你争。这样吧，你自己选择，要么负责调查眼下这件事情，要么继续调查神奇雪崩。"

牧野静懂事地闭上嘴，露出无奈的表情。过了一会儿她点点头说："那好吧，雪崩的事情以后就算是我的业余爱好。我现在就去36街区。"

36街区是一片环境优美的居住区，有不少成功人士都住在这里。整个街区都笼罩在翠绿的树影里，显得幽静而舒适。

"请让我进去。"牧野静一边举起自己的证件一边往里挤。

这时一名体形彪悍的警察走过来非常负责地查看她的证件，他有些迟疑地看着牧野静的脸说："好吧，你可以进来。不过里面可能有危险。"

"什么危险？"牧野静问道。

"我们接到华吉士议员家人报警，称华吉士议员被劫持了，我们立即赶过来。现在我们正在想办法和对方谈判。"

"是什么人干的？"

"不知道。"警员指着不远处的一扇门说，"那是卫生间。华吉士议员就在里面。我们已经封锁了所有出口。"

牧野静朝门的方向走过去。有几名警员正用枪指着门，大声地朝里面喊话。从门缝儿里可以看到灯光的闪动，说明里面还有动静。同时可以听到一些沉闷的声响不时从门里传出来，像是有人在挣扎。

"你们已经被包围了。"有一名身材高大的警员一遍接一遍地喊道，"立即放下武器出来投降！"

这时突然从门里传来一阵很大的响动，之后便再没有了丝毫动静。牧野静心里暗暗叫了一声糟糕。几乎与此同时，警员们立刻开始了行动。他们开枪打掉锁冲了进去，但立刻僵立在了当场。

牧野静紧跟上前，她立即明白警员们何以会呆若木鸡了。因为里面居然只有华吉士议员一个人。窗户紧闭着，其实就算窗户打开也不可能有人能够从那里逃逸，因为窗户上钉着钢条。华吉士议员面朝上倒在血泊中，身上穿着睡衣，一柄样式古怪的小刀贯穿了他的右胸。牧野静冷静地看了眼华吉士议员的伤势，然后摇了摇头。很显然，他的伤已经不能治了。这时华吉士议员的嘴唇突然翕动了一下，牧野静急忙将头埋下去想听清楚他最后的遗言。

"……那个男人……朝那儿走了……"华吉士一边说一边将目光扫过卫生间，牧野静知道这就是那个人离去时的路线。但是华吉士的目光斜向了卫生间的上方，最后停在了天花板左上角。华吉士的目光渐渐迷离，"……他两腿一抬一抬地……走上去了。"

"然后呢？"牧野静大声问道，她感到自己正在止不住地冒汗。

"然后……"华吉士议员的嘴里冒出了带血的浮沫，"然后……不见了。"他的头猛地一低，声音戛然而止。

4

"2074，来拿药。"胖乎乎的格林小姐扯着大嗓门叫道，她推着一辆装满药品的小车。躺在床上的男人立时条件反射地弹起，伸出瘦得像鸡爪一样的手接过格林小姐手中的小口袋。

格林满意地点点头，在她的印象里2074还算进步得比较快，刚来时他不仅拒绝吃药，并且和每一位医务人员都像是仇人一样。第一次给他喂药还是凭着几个壮汉才成功的。

"把药吃了。"格林柔声道。其实格林也并不清楚2074到底吃的是些什么药，感觉都是些没有见过的奇怪的小丸子。

2074把药倒进嘴里，然后接过格林手上的水杯。他吞下药丸之后以一种讨好的表情指着自己的腹部对格林小姐露出笑脸。"吃了。"他说，"都在这里了。"

格林小姐心里滚过一阵柔柔的感情，相比之下2074算是那种比较好侍候的病人，用非专业的话来说他是一个"文"疯子。一般说来像这种病人都是住在集体病房的，但2074却一直一个人住，并且严格禁止他与别的病人交谈。

"乖。"格林很少有地拍拍2074的手说，"吃了就好。"

2074受了表扬之后有些脸红，露出几分害羞的神色，憨憨地低下了头，一缕口涎顺着他的嘴角流到了被子上，与原先的那些污迹混在了一起。他对口涎拉出的亮线显然有了兴趣，伸手揽住那道悬在空中的黏液，一牵一牵地把玩着，两眼笑得发痴。

格林小姐看到2074一边玩一边在念叨着什么，她注意地听了几秒钟，那好像是一个词。

"楼梯……那儿有个楼梯……"

格林小姐叹口气，楼梯，又是楼梯，从2074入院开始他就不停地在告诉每个人有一个楼梯。格林小姐撑起身，推着小车正准备出门到下一个房间去。这时突然有一个男人拿着一页纸冲了进来，他一边走一边大声地喊："何夕，谁是何夕？"

格林拦住来人，"马瑞大夫，你找谁？"

来人没有回答，他的目光四下里搜索着，然后像是有大发现般地叫道："2074，对啦，就是你。"他冲到床前对着那个正在玩口水的男人说，"恭喜阁下，你的病全好了，可以出院啦。来，签个字吧。"

何夕一脸茫然地看着这个突然闯入的男人，有些害怕地往格林小姐身后躲去。"吃了。"他露出讨好的笑容指着腹部说，"我吃过药了。"

马瑞不耐烦地把一支笔朝何夕手里塞去，"你已经病愈了，该出院了。"他厌恶地皱了下眉，"我就知道免费治疗只会养出你们这些懒东西，好吃好喝又有人侍候，这一年多可真是过的好日子呢。别装蒜了，检验报告可是最公正的。"

何夕不知所措地看着手里的笔和面前这个嗓门粗大的男人，像是急得要哭。过一会儿他突然调转笔尖朝嘴里塞去。

"这不是药。"格林小姐急忙制止了何夕，她转头对着马瑞说，"你是不是弄错了，虽然我只是一个护士，但我一直负责看护这个病人。我能够确信他还不到出院的时候。"

"那我可不管。"马瑞摆出公事公办的样子，"反正上面安排这个病人出院。如果是病人自己出钱的话他愿住多久就住多久，不过这可是免费治疗。现在上边让他出院，以后也不会给他拨钱了，你叫我怎么办？"

"可是他的病真的没好。"格林看着何夕，"他这个样子出去只能是一个废物。"

"这不是我管得了的。给他收拾一下吧，病人的家属还等在外边呢，以后自然由他们来管他，可没咱们什么事。"

格林小姐不再有话，马瑞说得对，这不是她管得了的事情。格林将何夕的手放到马瑞的手里说："你跟着他去。"

　　何夕害怕得想要挣脱马瑞的手，但是格林小姐用严厉的目光制止了他。片刻之后这间狭小的病房里便只剩下了格林小姐一个人。她低头理着床褥，但是却静不下心来。走了，那个病人。格林有些神思恍惚地想，他还是一个病人，谁都能一眼看出来。可我们居然逼迫一个根本没有痊愈的病人出院，谁来告诉我这到底是怎么一回事。

5

　　牧野静刚刚走进会议室就感受到了巨大的压抑。在这间足以容纳100人的房间里只坐了不到10个人，但是他们中的每一位都是令人无法轻松面对的人物。此次她受命将华吉士议员遇刺案向国际刑警总部专程前来的高级官员汇报。

　　牧野静注意到她的听众都很认真，其中大多数是她的同行，只不过他们之中每个人肩上的徽章都令她不敢喘口大气。另外有几个看不出身份的身着便装的老人，但从另外那些人对待他们的态度上看，他们的地位似乎极为尊崇。面对他们，牧野静心里有种奇怪的感觉，怎么说呢，他们举手投足间都有种令人无法漠视的威严，就像是——法老。法老？牧野静愣了一下，为自己心里突然冒出的这个词。

　　"等等。"这时，一位头发雪白的老人打断了牧野静的发言，"我是江哲心博士，我想问一句，那个叫华吉士的议员真是那样说的吗？他当时的神情是否清醒？"

　　牧野静点点头，"他的确是那样说的。至于说他是否清醒我很难判断。从我的感觉出发我认为他的话是可信的，因为当时他简直是拼尽了全身的力量来告诉我那些话。我觉得他正是为了说出这几句话才硬撑着没有立刻死去。"

会议室里的几位老人交换了一下眼色，似乎接受了牧野静的说法，但是他们脸上的神色变得更加凝重了。

另一位相貌慈祥的老人开口道："我是崔则元博士，我想知道华吉士议员是否提到那个人的性别。"

牧野静想了一下，"我记得他说那是一个男人。"

"看来出现了一个奇怪的人。"江哲心博士小声地对旁边的几个人说，"可怕的概率，我们有大麻烦了。"

牧野静迷惑不解地看这群人脸色严肃地议论，她不明白发生什么事情了，不过从直觉上她能感到这是一件非同小可的事情。她忍了一下但还是开口问道："你们可不可以告诉我这是怎么回事？"

正在讨论的人们停了下来，注视着牧野静。过了一会儿江哲心博士说道："对不起，这件事涉及政府高级机密，我们不能对你说明。"

牧野静不再有话，这里每一个人的级别都能够叫她乖乖闭嘴。她左右看了一眼，然后便知趣地退出了会议室，不过还是有一些低低的絮语钻进了她的耳孔。

"以前的那个人现在什么地方？"一个嘶哑的声音问道。

"让我查查……唔，就在本市。47 街区 61 号。"

"能否与其联系上。"

"这……恐怕没有什么意义。"

"为什么？"

"因为当时按照'五人委员会'的指示已经做了常规处理。"

牧野静只听到了这些，因为当她刚刚退出会议室，会议室的门就关上了。但是这几句话已经在她的心里埋下了一个很大的结。她回到办公室，想要稍微整理一下近来这个案子的进展情况，但是电话响了，是欧文局长打来的。

"什么？"牧野静大叫，"要我交出这件案子。现在一点眉目都没有就让我交出来可不行。"

"这件案子以后不归我们管了，上边另有安排。你把卷宗整理一下，准备移交。"

牧野静放下电话，咬住下唇怔怔地站立了半晌。"这件案子是我先接手的，我不能就这样交出去。"牧野静突然说出了声，她自己也被吓了一跳。但是她的决心就在这一刻下定了。

6

牧野静花了好几个小时才找到了 47 街区 61 号在什么地方。那是一片行将拆除的老式院落。牧野静打听到这里有一个叫何夕的人患有精神疾病，曾经有不明身份的人出资给他治疗过，但是没能治好。当时牧野静立刻就感到自己要找的就是这个人。

牧野静推开没有上锁的门走进院子。院子左方的墙边坐着一个满脸络腮胡的男人，他正半眯着眼惬意地晒着太阳，一丝亮晶晶的口涎从他的嘴角直拖到显然已经很久没有洗过的衣领上，在那里濡湿出一团深色的斑块。有一些散乱的硬纸板摆在他面前的地上，旁边还有半桶糨糊和一些糊好的纸盒。

这时一个老妇人突然从一旁的屋子里走了出来，猛地朝那个正在打瞌睡的男人肩上搡了一拳，"死东西，就知道吃饭睡觉，干一点活就晓得偷懒。"老妇人说着话不觉悲从中来，眼睛红红的，用力搌着鼻子，"30多岁的人了，就像个废物。不知道上辈子造了什么孽，老天爷叫你来折磨我。"那个男人从睡梦里惊醒，万分紧张地看着老妇人挥动的手，一旦她的手靠近自己的身体他就会惊惧地尖叫。过了一会儿他确信老妇人可能不会再打自己了，于是便慌忙地拾起地上的家什开始糊纸盒，但眼睛却一直紧盯着老妇人的手，丝毫不敢放松。

"请问……"牧野静小声地开口，"这里有没有一个叫何夕的人？"

老妇人露出疑惑的神情看着牧野静，"你找他有什么事情？"

牧野静一滞，她其实也不知道自己找到何夕又该怎么办。

"何夕。"老妇人念叨着这个名字，仿佛在咀嚼一样年代久远的事物。一些柔软的东西自她眼里泛起，她的目光投向那个被她称作"死东西"的男人。"何夕。"她轻声地呼唤了一声，然后转头看着牧野静说，"他就是何夕，他是我的儿子。他本来是很好的，最多只算是有点小毛病……"老妇人悲伤地揉了揉眼睛，"可现在却成了这个样子。"

院外突然传来一片嘈杂声，像是有大群人在朝这边走来。"就是这里。"有人高声叫嚷着。过了一会儿，院子的门被推开了，不下20个人一拥而进。牧野静惊奇地发现这些人她居然认得一些，比如江哲心博士，还有国际刑警总部的几名高级官员。另外一些人居然是荷枪实弹的士兵。

"你怎么在这儿？"江哲心博士意外地看着牧野静，"你知道些什么？"江哲心博士冲口而出，但他立刻意识到这样问反而显得事情复杂，"我是说你来这里做什么？"

牧野静心念一动，她有一种直觉，这件事会跟自由天堂的案子有关。"我只是在同何夕聊天。"

"聊天……"江哲心博士狐疑地看着牧野静的脸，"那我不得不打断你们了。现在我必须带走这个人。"

牧野静紧张地在心里打着主意，"刚才我们正谈到关键地方，这件事情可能会和自由天堂有关。"

江哲心博士愣了一下，看上去有些无奈，"好吧，看来我们还必须连你也一块带走。"他做了个手势，然后那些全副武装的士兵围拢过来。站在一旁的老妇人这时才明白发生了什么事，她挡在儿子面前说："你们不能带走他。"士兵们不知所措地回头看着江哲心，等他下命令。

江哲心博士放低了声音说："我们只是带他去治疗。"

老妇人警惕地看着那些士兵，眼里是不相信的神情。她的态度影响了何夕，他站起身，不信任地看着每一个人。这时牧野静才发现何夕的身材相当高大，如果要强行带走他肯定会费上一番周折。

江哲心博士想了一下，然后回头拿出对讲机低声说了句什么。过了十来分钟，一个胖乎乎的妇人从门口进来，她的目光一下子就盯在了那个仍在糊纸盒的男人身上。

"2074。"她说。

何夕稍微愣了一下，然后便露出讨好的笑容摊开手。

7

这是格林小姐见到过的最为漂亮的病房，超过 500 平方米的面积，设施齐全应有尽有，整间病房只住着一个病人。何夕正在吃药，品种花色相当复杂。他现在变得越来越烦躁，有时却又长时间地沉默着发呆，像是在想什么问题。现在的何夕已经与一个月前判若两人，格林小姐如果不是一直陪着他的话，肯定认不出现在这个时时眉头紧锁、眼睛里含着深意的英俊男人竟会是当初的那个白痴。今天何夕并没有像往常一样在吃完药之后立刻休息，而是点起了一支烟。过了一会儿他像是下了决心般地对着面前的空气说了句"叫他们来"。

"你是说……"江哲心博士擦拭着额上的薄汗，房间里只有他和何夕两个人，"你完全想起来了。"

何夕冷冷地看着面前的这个老人，"是的，我想起来你们是怎样把我抓走，又是怎样宣布我是一个疯子。"他的声音渐渐变低，"当然，我后来的确成了疯子和白痴……"

江哲心博士沉默着坐下，他的腿有些软，"我知道这件事伤害了你，但是你现在必须帮助我们……"

"帮助你们?"何夕打断了他的话，"我为什么要帮助你们?"他大声吼道，"你们毁了我，是你们把我变成了一个废物。我的天……"泪水漫出了何夕的眼睑，"而现在你居然要我帮助你们。"

江哲心尴尬地笑笑，"我只能说抱歉。我知道没有什么能够弥补你的损失，但是你真的要帮助我们。"

何夕平静了些，"这样吧。如果你们对我做的一切能够说出正当的理由的话，我会考虑这个问题。"

"这件事情不是我一个人能够做主的，同时这个地方也不安全。除非五人委员会集体同意，否则我不能告诉你真相。"

"那好吧，我跟你走。"何夕点点头，"还有件事，我希望见到那天比你们早几分钟找到我的那个女警官。"

"为什么?"

何夕叹口气，"因为我实在不想那么漂亮的一个女孩变成白痴。"

8

五人委员会是一个充满神秘色彩的机构。它的成员是五名年龄从四十几岁到八十有余的著名的专家。它实行的是终身制，如果某一位委员去世了才会由另几名委员推选新的成员。谁也不知道这个机构到底是干什么事情的，同时谁也没有听说这个委员会隶属哪个部门。

何夕一直不肯走进密室，直到他见到了江哲心带来的牧野静。密室的门在人们身后缓缓关闭。任何一个进入密室的人第一眼便会看到大厅正中那个直径超过十米、由三维成像技术制造出来的半透明地球影像，它缓慢而静谧地转动着，如果仔细分辨的话，甚至能看到海洋巨浪掀起的小小波纹，淡淡的经纬线标志在球体的表面浮动着。屋子里只有七个人——何夕与牧野静以及五人委员会。这些人里何夕认识两个人——江哲心和郝南村。当何夕的目光落到郝南村脸上时久久都没有移动，弄得郝南村有些不自在地左右四顾。

"我知道你的感受。"江哲心用规劝的口吻对何夕说，"当年郝南村博士只是恪尽职守，有些事我们也是迫不得已。"

这时坐在左首的一位满头银色鬓发的老妇人开口道："何夕先生，我是五人委员会的凯瑟琳博士。"她又指着坐在她旁边的两位身着黑色西装的瘦高个男子说，"这是蓝江水博士和崔则元博士。出于安全原则，我们五人以前从未像今天这样同时出现在一个地方。现在由我来解答你的问题。当然，如果你愿意的话也可以向别的委员提问。"

何夕想也没想地就开口说："我想知道枫叶刀市在什么地方。你们谁来答都行，喏，"他指着蓝江水说，"就是你吧。"

蓝江水没有立即回答，并且反过来提问道："我想问你知不知道

'新蓝星大移民'？"

何夕想了想，说："那好像是100多年前的事情了。当时人类已经发现了宇宙中有众多适宜生命存在的行星。于是他们挑选了一颗和地球情形差不多的，让许多人接受了冷冻，出发移民到那颗新行星上去了。我记得那颗行星同地球的距离是40光年，以光子飞船的速度算起来，第一批上路的人已经到达很久了。"

蓝江水博士摇头苦笑道："我不得不佩服政府高超的保密手段，这么多年过去了居然还能让人不起一点疑心。天知道我们哪里来的什么光子飞船，就算是有什么新蓝星，又有谁能保证上面没有被其他生物所占据，难道准备去打星球大战吗？"

何夕忍不住插言："你说什么，你不会是在告诉我那只是一次骗局吧？这可是载入了史册的伟大事件。"

凯瑟琳插话道："如果说那是一次骗局的话它也不是出于恶意，最多算是一种手段而已。政府花了大力气把某个蛮荒星球描绘成一片充满生机的新大陆，以此来吸引人们自愿移民。说实话，当时的地球确实已经相当糟糕了，超过200亿人居住在这颗最多只适宜居住100亿人的星球上。"

"如果这是骗局的话，那么那些人都到哪里去了？"何夕倒吸一口凉气，"难道……"

江哲心博士在一旁摆摆手说："'新蓝星大移民'计划虽然是场骗局，但不至于那么恐怖。至于说那些人……"他的目光投向了面前地球上深黄的一隅，"他们就生活在类似于枫叶刀市的城市里，和我们生活的城市并无什么不同。"

"枫叶刀市。"何夕念叨着这个名字，这个城市已经与他有着千丝万缕的关系，甚至于改变了他的人生。但是他又的的确确对这个地方一无所知。

"他们生活在许多像枫叶刀市那样的城市里。"蓝江水的语气像是在宣读着什么，"他们一样地呼吸空气，一样地新陈代谢，一样地出生并且死亡，和我们没有什么两样。只除了一点。"蓝江水直视着何夕的脸，不放过他的任何一丝情绪变化，"——组成他们那个世界的'砖'和我们不同。"

9

何夕觉得自己越听越糊涂，他打断蓝江水的话："你还是没告诉我枫叶刀市到底是个什么地方。"

凯瑟琳博士笑了笑，"我来告诉你吧。枫叶刀市是海滨的一座中型城市，人口约 90 万，大部分是华人。"

何夕有些恼怒地补充道："我没问这个，我是问它的地理位置。"

凯瑟琳的神色变得严肃起来，"它大约位于东经 105 度、北纬 30 度。"

"等等。"何夕打断她的话，他的目光在地球上搜索，"这不可能，那个地方是内陆，而且，"他倒吸一口气，"就在我老家附近。"

"不对。"凯瑟琳执着地说，"枫叶刀市位于枫叶半岛南端，面临枫叶海湾。"

何夕有些头晕地看着凯瑟琳博士一张一合的嘴唇，有气无力地说："我们两个要么是你疯了要么是我疯了。"

"你们都很正常。"是郝南村的声音，"凯瑟琳博士说那里是海滨，这是对的；你说那里是内陆丘陵，这也是对的；你甚至还可以说那里是雪山或是负海拔的盆地。这全对。"

"你……你说什么?"何夕扶住自己的额头,他看不出郝南村有开玩笑的意思,"你知道自己在说什么吗?"与他同样吃惊的还有牧野静。

"我当然知道自己在说什么。"郝南村毫不迟疑地点头,"你们只要听完其中的原因就会明白我为什么这样讲了。"

"知道什么是普朗克恒量吗?"凯瑟琳博士轻声问道。

何夕在自己的脑海里搜寻着,"以前学过,那大概是一个常数,所有物体具备的能量都是它的整倍数。"

凯瑟琳颔首说道:"你说得不算离谱。那的确是一个常数,具体数值是 6.626×10^{-34},单位是焦耳·秒。按照量子力学的基本观点,世界并不是连续存在的,而是以这个最基本的值为间隔断续存在。这个世界上所有物质的能量和质量——按照质能方程这两者其实是一回事,都是这个值的整倍数。如果我们把这个常数看成整数 1,那么这个世界上任何物体所具备的能量值都是一个很大的整数。比方说是 15000,或者是 940000076。这些都可以,但是绝没有一个物体会具有诸如 8.54 这种能量值。从这个意义上讲我们不妨把普朗克常数看作一块最基本的'砖',整个世界正是由无数这种'砖'堆砌而成。"

何夕很认真地听着,他的嘴微微翕开,样子有些傻。应该说凯瑟琳讲得很明白,但何夕不明白的是她为何要讲这些,何夕看不出这些高深莫测的理论和眼前的问题会扯上什么关系。

"等等。"何夕终于忍不住打断了凯瑟琳博士的话,"我只想知道枫叶刀市在什么地方。你不用绕那么多圈子,我对无关的事情不感兴趣。"

凯瑟琳博士叹口气,"我说这些正是为了告诉你枫叶刀市在什么地方。"她的目光环视着另外的几个人，似乎在做最后的确认，"枫叶刀市的确就位于我说的那个位置。"

"这不可能。"何夕与牧野静几乎同时叫出声。

"这是真的。"江哲心博士肯定地答复。

"你是说它是一座建在地底的城市？你们在地底又造了一座城市，甚至——还造出了地下海洋？"何夕有些迟疑地问，也许连他自己都觉得这个推测过于荒谬，他的声音很低。

凯瑟琳摇头，"我说了那么多你应该想得到了。我看得出你很聪明。"

何夕心中一凛，凯瑟琳的话让他想起了一件事。是的，还有一种可能……但那实在是——太疯狂了。

"不可能的。"何夕喃喃道，他的额上沁出了汗水。

凯瑟琳的表情变得有些幽微，她的心思像是已经飞到了很远的地方，银白的头发在她的额头上颤巍巍地飘动。她的目光停在了地球上的某处，那里是一片深黄色。"枫叶刀市就在那里，一座很平常的城市。但是……"凯瑟琳顿了一下，"它是由另一种'砖'砌成的。"

10

"量子力学的基本原理给了我们一个强烈的暗示，那就是我们并不像自己通常认为的那样占满了全部空间。实际上即使这个星球上已经看不到一丝缝隙了，它仍然是极度空旷的，因为在普朗克恒量的间隙里还可以有无数的取值，就好比在'1'到'2'之间还有无数的小数一样。"凯瑟琳博士露出神秘的微笑，"你明白我的意思吗？"

"在枫叶刀市所在的那个世界里普朗克常数有另外的起点。如果把我们的普朗克常数看做整数 1 的话，枫叶刀市的普朗克常数的起点大约是 1.16。"江哲心语气艰难地开口道，看得出他每说出一个字都费了不少劲，"这就是答案。"

"另外的……起点。"何夕仍然如坠迷雾，"这意味着什么？"

"你不妨想象一下一队奇数和一队偶数相遇会发生什么事情。"江哲心像是在启发，他注视着何夕的神情，"你应该想到那其实不会发生任何事情，因为它们都将毫无察觉地穿过对方的队伍。而我们与枫叶刀市之间正好相当于这种关系。如果你和生活在枫叶刀市的一个人相遇了的话……"江哲心做了一个停顿，"你认为会发生什么事情？"

何夕的表情有些发傻，"发生……什么事情？"他用力思索着，"我是不是会看到他身上有很多小洞？"

江哲心博士缓缓摇头，"答案是你根本就感知不到他。他在你面前只是一团虚空。"

"可是他总会反射光线吧。"何夕插话道。

"问题是他所在的世界的所有物质都和他具有同样的普朗克常数偏移量，光也不会例外。"江哲心指指头上的灯，"我举个例子。红色光的波长大约是 0.0000006 米。一个光子具有的能量值是普朗克恒量乘以光速再除以光的波长。在我们的世界里，一个红色光光子的能量大约是 3.31×10^{-19}，由这样的光子组成的光束能够被你的感官所感知，只是因为你的身体处于与之相同的能量序列之内。而来自枫叶刀市的光线则不然，它们具有完全不同的能量序列，同样波长的一个光子的能量将是 3.86×10^{-19}，而这个能量值对我们这个世界来说根本是不可能存在的。包括光线在内的那个世界的所有物体都可以毫无阻碍地穿越你的身躯，对它们来说你也只是一团虚空。你们之间的关系就像是数学里的平行线，永远延伸但却永远不能相交。"

"你的意思是想告诉我，就在我身体的周围还生活着另外一些奇怪的东西。"何夕神经质地伸手在空中抓挠着，"它们可以任意穿过我的身体，就像是我并不存在。"汗水自何夕的额头上沁出来，他颓然地扶住墙壁，防止自己倒下去。牧野静的情形也不比他好到哪儿去。何夕呼出口气，"好吧，我相信你们了。虽然从理智上讲我难以接受这一切。"他转头环视着屋子里的另一些人，"我想你们花这么多工夫告诉我这些不是为了让我长见识吧。说实话，你们要我做什么。"

江哲心博士没有直接回答这个问题，而是自顾自地往下说："有件事情我还要告诉你，记得郝南村博士说过在枫叶刀市所在的位置上还有高山和盆地吗？"他停下来，"你应该明白我的意思。"

何夕想了一下，"难道说还有另外的世界存在？"

"在 200 多年前的那个动荡不安的年代里，由于人口问题以及对自然的过度开发，我们的地球已经不堪重负。"江哲心的语气变得沉重，"不知道在你心中是怎样看待我们这些以科学为职业的人，不过我倒是觉得我们之中的大多数人都是良知的奴隶。当我们目睹人类的苦难时内心里总会感到极大的不安——哪怕这种处境根本就是咎由自取。就在这时候我们的一位伟大的同行出现了，他是一名华裔物理学家，他叫金夕。金夕博士找到了一种他称作'非法跃迁'的方法，可以将物质跃迁到另一层本来不可能存在的能级上。在他的方程式里总共找到了六个可能的稳定解，我们原有的世界只是其中的一个解。"

"那另外的五个解呢？"何夕插话道。

"当时的世界已经无法承载人类的重负，金夕博士唯一的选择是立即把所有的解都用上了，政府全力支持了这项计划。枫叶刀市所在的世界也只是其中的一个解,而从某种意义上讲,我们现在的世界其实是由六重世界构成的。"

"六重。"何夕喃喃而语,似乎有所触动。

"的确有点巧合。"江哲心仿佛看透了何夕的心思,他的目光停在虚空中。那个孤独的地球开始闪烁起来。浩瀚的太平洋的腹心突然涌现出深黄的陆地。北美洲眨眼间消失得无影无踪,就像是被一场灾难吞没。北冰洋成为北极洲,而南极大陆则成为一片汪洋。这一幅新的版图并未保持得太久,十几秒钟之后,另一幅完全不同的地球景象又出现了……

江哲心理解地望着何夕,他尽量使自己的声音平稳,"当年佛陀把欲世界分成包括地狱道、饿鬼道、畜生道、阿修罗道、人道、天道在内的六道,它们在业力的果报下永无止境地流转轮回。"他稍停一下,语气变得像是宣判,"此所谓六道众生。"

11

"众生门"国家实验室位于南太平洋的一座孤岛上。从外表看这只是一座平常的热带岛屿,但是附近的渔民都知道这里不能随便靠近,每天都有一些行踪不定的神秘船只和直升机从岛上驶向外界。

"我们已经很久没有启用过'众生门'了。"江哲心走到何夕的身后,他的思绪显然已经飞到了往昔的年代,"我的前辈们设置了这个装置,用来将当时过多的人口发送到另外五个新创的世界去。它的原理并不复杂,你应该知道,如果一个电子吸收了光子的话,它就会跃迁到某个新的能级轨道上去。在'众生门'里有一种可控的特殊能级的粒子将会辐射你的躯体,其能级不到普朗克常量的十分之一,

260

在我们的自然界中是不存在这种能级的。通过这种辐射，我们可以让你到达其余五个新创世界去。"说完话江哲心急匆匆地朝忙碌的人群走去。

牧野静若有所思地看着江哲心的背影，"我觉得有地方不对。"

"你说什么？"何夕吃了一惊。

牧野静小心地看了眼四周，同时压低了声音，"你不觉得这里有些事情不能解释吗？"

"解释？解释什么？"

"你知道我是个警员，我是因为调查自由天堂的案子才牵涉到这件事情里来的。"牧野静说得很认真，"如果把这些事情同那件案子联系起来想的话……"

何夕愣了一下，他是从牧野静口中知道了整个案子的详情的。当他听到华吉士议员死前描述的场景时很自然地想到了自己以前目睹的怪事，但他并未从中悟出什么来。现在牧野静突然提到这一层倒是让他心中一动。

"我甚至还有个更大胆的想法。"牧野静兴奋地说，"大约在一年前我调查过一件发生在撒哈拉沙漠的离奇雪崩事件。你想想看，这里边会不会有联系。"

"你不会是在说……"何夕欲言又止，他觉得这个想法太荒唐了。

牧野静却点头道，"也许那就是真相。"

"我还没说呢，你怎么知道我说的是什么。"何夕禁不住笑了。

"这就叫身无彩凤双飞翼，心有灵犀一点通嘛。"牧野静得意地跟着笑，以何夕的眼光来看她这副自鸣得意的笑靥真是动人极了。"哎。"她突然轻叫一声，双颊泛起红晕。

"怎么啦?"何夕问,但他立刻知道是怎么回事了,因为他想起了牧野静刚才的那句话里可以包含的另一种意思。这样想着何夕也不禁有些讪讪。"你别多心嘛,说错了就说错了,我们不是没事嘛。"话一出口他就知道自己又错了,遇上这种场面只能装糊涂,哪能有意卖弄明白呢。

"谁说错了?"果不其然,牧野静当即白了何夕一眼,"就你对。"

"还是说正事吧。"何夕换了话题,"如果把雪崩看作是位于另一层世界的物质由于某种原因突然进入了我们这层世界的话也就好解释了。同样地,如果把那个人的突然消失解释为进入了另外一层世界的话也就没有什么奇怪了。"何夕的眼中放着光,"可是那个人根本没有凭借什么'众生门'之类的装置,难道,"何夕的脸色有些变了,"他能够在六个世界里自由往来。"

牧野静的声音有些发抖,"而这个人居然还是个——杀人凶手。"

何夕倒是很平静,他重复着牧野静的话,他觉得这一切简直令人发疯,"是的,他是个凶手,来无影去无踪执掌六道众生生杀大权的自由的凶手。"

12

江哲心博士颓然坐下,过了好半天才幽幽开口:"你们终于还是想到了。不错,这就是我们眼下的处境。我们刚刚听到自由天堂的案子时就知道什么事情发生了,因为除此之外没有别的解释。五人委员会本来就是一个管理层叠空间的组织。"江哲心注意到了他的听众的茫然,"层叠空间就是指包括我们这个世界在内的六层空间。五人委员会成立于200多年前,当时世界刚刚凭借人类智慧的伟大力量分化为六层平行的物质空间，其后又花了近100年的时间使得另外五层世界变得适宜人类居住。我想强调一点，我们说到空间分层的时候其实是指物质与能量分层。站在我的观点上看，空间和时间都是并不存在的抽象概念，空间只是对应着物质的存在，而时间则对应着物质的运动。当物质世界分层的时候空间也就自然分层了。我们的这个世界看上去并无变化，而另外五个世界则是全新的。整个空间范围是以地球为中心半径约6500公里的球体，包容着整个地球生物圈。如果区域之外的物质进入该区域的话也将被分层。比如说太阳光照射进这个区域时将分化为六层，并分别被每一层世界所感知。在这个空间范围内的所有物质元素都被分出了新的五层。新的物质元素层次在新的空间里组合出另一层世界。那些世界和我们这层世界相当类似，它们在初创之时拥有除生命之外的一切，比如水和空气，适宜的温度，以及土壤——虽然相当贫瘠。不过这已经足够了，因为它们是行星，是和地球同样规模的超巨系统。对于一颗行星级别的系统来说，这些条件已经足以承载宇宙间无与伦比的奇迹，那便是生命。由于出自同一原始物质，所以这六层世界在位置上始终是大致重合的，但效果上却是我们仿佛有了六个地球。当时成立五人委员会是为了应付可能出现的异常情况，应该说在200年来这个组织虽然地位崇高但却是无事可干。不过金夕博士倒是预言，由于按照量子力学的观点，这个世界本质上是按概率存在的，故而任何事情都可能发生，只是概率大小不同。所以不排除可能存在某些可以穿梭于不同能级空间的自由物质，比如说某一个质子，或是某一个光子，其概率按方程式解出的值都小于十亿分之一。"

何夕心念一动，"如果是一个大的物体呢，比如是某个人？"

江哲心的身躯颤抖了一下，"以人这样大小的物体来说，出现某个可以自由穿梭层叠空间的人的概率不到十万亿分之一。你知道，六重世界的总人口也不过 700 亿，所以这种概率可以认为是不可能。但是……"江哲心露出痛苦的神色，"我们中彩了。事实上出现了这样的人，而且是两个。当然，我想也不可能再多了。其中一个是那个可怕的凶手，而另一个人就是——"江哲心的声音颤抖了一下，"你。"

13

"我?"何夕惊奇地反问，尽管他心有预感，但还是受到了巨大的触动，"你是说我是那种可以自由穿梭层叠空间的人?"

江哲心郑重地点头，"不到十万亿分之一的概率让你遇上了。"他补充道，"你可以将自己连同周围小范围的空间一起跃迁到另一层世界去，比方说你自己连同身上的衣服以及一些小的东西。"

"如果我是那种人，你们又何必花这么多精力来启用'众生门'?"

"通过'众生门'你可以尽快发现自己的全部潜力，'众生门'起引导作用，过不了多久你就能够凭自己的力量自由来往于层叠空间了。"

这时凯瑟琳博士在不远处招手道："可以开始了。"随着她的话音，大厅中响起一阵奇异的声音，半分钟之后一个巨大的深不可测的黑色圆洞突兀地浮现在了大厅正中。四周安静下来，所有人都目不转睛地注视着黑洞。它是人类智慧最伟大的发现，它是奇迹，它是通向宇宙中原本不存在的物质区域。

何夕突然露出一个奇怪的笑容，他对江哲心说："你们很自信嘛。凭什么就认为我会愿意做这个实验呢?"

江哲心吃了一惊，他看着何夕的目光就像是看一个陌生人，"这是什么意思。我们不是有约定吗？"

何夕脸上仍然是那种奇怪的笑容，"你不妨回忆一下，从头至尾我何曾说过一句同意的话。我只不过想知道真相罢了。正是因为你们的研究，我从小就被认为是一个怪人，一个神经病。我失去了正常人应有的生活，失去了一切。当我想要弄明白这是为什么的时候，你们甚至真的让我变成了一个白痴。"何夕的脸变得扭曲了，看上去有些狰狞，"我看过自己病中的照片，我像是一块面团似的靠在肮脏的床头，嘴里扯出几尺长的口水，脸上却挂着满足的笑。我的天——"何夕闭上眼睛，"那是什么样的笑容啊，就像是一头吃饱了的猪。可那就是我，的的确确就是我啊。如果不是因为现在你们有了麻烦，需要我的帮助的话，我的一生都将那样度过。这就是你们对我所做的一切，而你们全部都心安理得。"这时何夕的目光落到牧野静的脸上，她的眼里有莹莹的泪光闪动，"还有她，你们当初是不是也打算让她成为那样的白痴？"

江哲心的语气变得很低，"我只能说抱歉，为了保守秘密我们没有别的办法。"

何夕粗暴地打断他，"那是你们的事。自始至终我有什么过错吗？我根本是无辜的。如果现在要我去选择的话，我宁愿去做另外那个人。"何夕捉弄地看着江哲心，就像是一只猫看着一只老鼠，"你不觉得那个人比我聪明得多吗？他没有像我一样傻乎乎地到处去寻找答案，也没有寄希望于别人。现在他能够自由往来于六道众生之间，在每一层世界里他都是一个不受拘束的人，而这在实际上就相当于——神。"何夕注意观察着江哲心的脸，对方的表情让他的心里涌起阵阵

265

快意，"他掌握了对六道众生生杀予夺的无上权力，他可以随心所欲地主宰这个世界。而这一切都是你们造成的。"何夕大笑起来，"如果说他是魔鬼的话，那么你们就是造就并且放出魔鬼的人。"

何夕咧咧嘴，"还有件事。我想清楚了，发生在赤道沙漠的离奇雪崩也是你们造成的，来自另一层世界的冰雪——对了，你们管这叫自由物质吧——压死了两个人。"他残酷地笑了笑，"那次你们运气好，如果雪崩发生在某个上千万人的大城市的话，比如说纽约——"何夕凝视着江哲心的眼睛，"是的，这种概率很小，可是别忘了，你说的概率里没有考虑时间。随着时间推移，这种机会将越来越多，直到成为一种必然。就好比某一地方在某一时刻发生地震的概率很小，但若干年之中却终究会发生地震一样。"

江哲心的脸已经变得苍白如纸，何夕说的每一个字都像是一把锋利的刀割在他的内心。何夕说的每一句话都是实情，"你是帮凶"，有一个声音在他耳边萦绕着，"是你放出了魔鬼"。江哲心博士再也站立不稳，他缓缓地瘫倒在地。而与他的身躯同时倒塌的还有他自己全部的世界。

14

郝南村愤怒地瞪着何夕的脸，他的语气冷得像冰，"按照章程，现在由我接替江哲心博士执行委员的职务。他是我的老师，如果他有什么不测的话我绝对不会放过你。我说到做到。"

何夕满不在乎地看着面前这个面色阴沉的中年人，"我是不会合作的。"

"也许你对我有成见。"郝南村不紧不慢地开口，"老实说我并不想为自己辩解，谁让我当年是一个执行者呢。你要是恨我尽管恨好了，但是我不希望你因此而违背自己的意愿。"

"违背自己的意愿？"何夕重复着这句话，"我不知道你在说什么。"

郝南村洞若观火地笑笑，"何苦强撑。我知道你的性格。你和江哲心博士根本就是同一种人，"他稍稍停顿了一下，"也就是那种对世界的关心胜过对自己的关心的那种人。我知道你会同意的，只是时间迟早的问题。"

何夕的表情有些发呆，郝南村的话让他有异样的感觉，就像是突然被人击中了要害。

"这次反复只是你内心不满的表现，你只是记恨当年我们那样对你。"郝南村悠然开口，"实际上你早就已经妥协了。不过我觉得与其说是向我们妥协，倒不如说是你向自己内心深处潜藏的某些东西妥协了更为恰当。我说的对不对你自己知道。"

何夕有些惊恐地看着郝南村，在这个人面前他有种被人剥光了衣服的感觉。妥协，他回味着这个词，然后他极不情愿地发现郝南村说的居然是对的，对方的目光竟然完全看透了他的内心世界。

"老实说我从不认为科学家们应该为这个事件负什么责任。"郝南村用目光制止了何夕想要反驳的举动，"你先听我说完。我知道你想说这是我在为自己开脱。但这是我内心真实的想法。人类缺乏能源，于是我们找到了原子能；人类缺乏粮食，于是我们找到了转基因作物；人类缺乏生存空间，于是我们又找到了层叠空间。我们身许科学以求造福人类，难道能够对人类的苦难不予理睬？不错，我们同时给人类带来了核爆炸，带来了新变异的可怕物种，带来了自由物质和自由天堂，可是这难道是我们愿意的吗？我们就像是一头在麦田里拉磨的驴，为了给人们磨面而转着永无止境的圆圈。同时因为踩坏了脚下的麦苗还必须不时停下来想办法扶正它们。这就是我们的处境。"

何夕叹口气，"好啦，我认输了。我们出去吧，他们可能等不及了。"

......

"众生门"再次开启，如同一只怪兽大张的嘴。何夕朝黑洞走去，他突然觉得一阵心慌，仿佛有什么地方让他觉得不放心。别紧张，他安慰自己说，这个玩意儿传送过上百亿人呢。但是那种感觉越来越强烈，他觉得浑身都不舒服起来，就像是一把很钝的锯子在他的耳边锯钢条，让他起鸡皮疙瘩。

何夕突然逃也似的退回来，脚步踉跄，险些摔倒。

直到面对凯瑟琳博士的眼睛时，何夕才醒悟到这件事多么难以交代，他讪讪地笑着说："可能是里面有些热。"

郝南村倒是没有说什么，他看着何夕只是摇了摇头，然后对其他人摆手示意行动取消。"等等。"何夕突然说，"可能是因为我没有经验，心里有点不踏实。"何夕脱下身上的外套扔进黑洞，它立即消失在了那片神秘区域中。"不如先拿它做个实验。"何夕说。

郝南村轻蔑地哼了一声，不知道是针对这个想法还是针对何夕刚才的举动。"你知不知道做一次跃迁要花多少精力和费用？请不要总是用'实验'这个词，在200年前可以这么说，而现在已经不是实验而是实用了。"他转头对着另外几个人说："关闭能源。"

何夕拦住他："我只是一个俗人，不敢相信自己没见过的东西。就当是给我点信心。"

"我看就依他吧。"蓝江水没好气地说，"否则他是不肯合作的。"

黑洞的方向发出低沉的声音，控制台上的指示灯开始急促地闪烁。十几秒钟之后，一切静止下来，黑洞消失了。何夕第一个冲上前去。身后传来凯瑟琳平静的话语，"里面什么都不会有的，你的衣服已经不在这个世界上了。"

但是何夕转过身来，他的手里拿着一样东西——是他的外套，只不过上面已经是千疮百孔。"看来——"何夕古怪地笑笑，"实验是部分成功。"

"我的上帝，有人破坏了'众生门'！"凯瑟琳博士低声惊叹。郝南村警惕地环视着四周，他的目光停在了大厅左角，那里堆放着一些很大的仪器。这时从那里突然传来一声响动，郝南村立刻冲了过去，蓝江水紧随其后。

枪声。

人们这才反应过来，乱糟糟地朝着那边赶去。但是一个奇景出现了，有一个影子凌空朝着大厅的天花板走去，两脚一抬一抬的，就像是在上楼梯。人们驻足观望，警卫们朝这个影子开枪射击，但那个影子越来越淡，然后消失在了天花板的一隅。

人群愣立着，枪声还在回响着。何夕这才猛地想到郝南村和蓝江水，他急步朝前走去。郝南村倒在一台仪器的背后，他的肩上中了一枪，人已经昏迷。蓝江水倒在几米之外，子弹穿过了他的头颅。

15

清晨的太阳从东方升起，慷慨地将喷薄万丈的光芒倾泻在大地上。云彩被阳光染成了火红的颜色，幻化出无尽的变迁。

何夕走在一条已经废弃不用的道路上，道路两边是坡度低缓的原野。在他的正前方已经可以隐隐看到一些高大建筑的身影，这使得他受到了鼓舞。

这时旁边的一块路牌吸引了何夕的目光，他停下来注视着这块朽烂不堪的牌子，并且点燃了一支烟。何夕一直等到这支烟燃完，他的两指间产生剧烈的灼烧感时才如梦初醒般地扔掉它，他重新把手抄到裤包里，朝前走去。

何夕的身影渐行渐远，只留下一块朽烂的路牌在风中颤抖。这时一阵风将路牌吹得变换了方向，阳光照在了上面，显出一行已经不太清晰的字迹：

四公里，枫叶刀市。

……

"实验对象没有按期返回。"凯瑟琳博士注视着"众生门"，时间显示何夕离应该返回的时间已经超出了近六个小时。

牧野静坐在旁边的椅子上，她咬着下唇一言不发，但眼睛里的焦急却是人人都看在眼里。她想知道何夕会不会出事，但却不知道该问谁。而且周围的人好像全知道她的心事一般，有人还促狭般地朝她笑。

江哲心博士坐在轮椅上，才短短几天他看上去苍老多了。那天与何夕的争论引发了他的心脏病，如果不是因为郝南村正在治疗人手不足的话，他本是不用来的。"有没有重点观测枫叶刀市所在地区？"江哲心博士轻声问道，"我认为何夕是足以信赖的，他的晚归一定是因为到那座城市里去了，如果换成我也会这样做的。"

但是何夕突然出现在了"众生门"里，"我回来啦。"他富有深意地看了一眼轮椅上的江哲心，显然他听到了他们的对话。

江哲心博士直视着何夕的脸说："你感觉怎么样，现在如果没有'众生门'，你能不能穿梭层叠空间？"

何夕迟疑了一下说："还没那么快。我想起码还需要两三次实验吧。"

江哲心竟然笑起来，"你不要想骗我，我是相信理论的人，通过'众生门'获取经验一次就足够了。"

何夕有些尴尬地点点头，"看来瞒不过你。我只是不愿意看着你们高兴的样子。"

江哲心叹口气，"如果我是你的话也不愿意看着我们这些人高兴，我甚至还巴不得这些人撞得头破血流整天哭丧着脸才好。"

何夕也学着叹口气说："你比我想象的要聪明得多。"

江哲心笑笑，这使得他脸上的皱纹越发地沟壑纵横，"这不关聪明的事，而是近不近人情的问题。我站在你的立场上自然就能够猜度到你的心思。"

何夕稍愣，过了一会儿他幽幽地说："看来你真的是一个好人。"他环视了一眼四周，"有件事情我想单独同你谈。"

密室的门关上了。

"我这次实际上去了两层空间。"

"为什么？"

"因为我在枫叶刀市看到了很不寻常的事情。你知道自由天堂吧，在我们这里它还是一个没有被正式承认的非法组织，但是在枫叶刀市的那个世界里它已经合法化。"

江哲心的脸色阴沉了，他望着墙角一语不发。

何夕继续说道："在那一层世界里有近百分之三十的人成为会众，而且人数还在急速增长之中。我同其中的一些人谈过，据他们说，'圣主'是受命拯救世界，力量无边，可以操纵世间众生的生死祸福。他们中的一些人还目睹过圣主显灵。"何夕叹口气，"你不知道他们有多么虔诚，我觉得即使圣主要他们马上去死，他们也肯定不会有丝毫的犹豫，因为他们相信圣主将令他们永生。自由天堂主宰那一层世界只是迟早的事情了。"

"你不是说你还去过另一层世界吗？"江哲心插话道。

何夕艰难地笑笑，"情况更糟。自由天堂在那个世界里的影响更大，几乎所有人都陷于狂热了，站在教堂的神坛上接受礼拜的已经不是上帝，而是一个影子一般的雕像，他们说那是圣主。我觉得并不是那些人愚昧，因为他们目睹的的确是超出了他们想象的事物，不由得他们不陷入狂热。"

"还有别的事情吗？这次你还有没有别的收获？"

何夕的身体抖动了一下，江哲心的问询触动了他。这次他违反了计划私自到枫叶刀市只是顺应了内心的一个声音。当何夕面对着枫叶刀市那宏伟壮观的城市风景时，当他看到巨大的玻璃幕墙反射出万丈阳光时，当他的手真切地在粗糙的建筑物表面划过时，当他的眼睛被滚滚红尘带起的喧嚣所灼痛时，他清楚地听到自己内心有一个声音在大声地说：我看到枫叶刀市了，我亲眼看到枫叶刀市了，我不是疯子。他的心思飞回了檀木街十号那幢老式的建筑，耳边回响着母亲的叹息，眼前飘过漫天黄叶和黄叶里大眼睛姑娘离去的背影。两行滚烫的泪水顺着何夕的脸庞滑下来，滴落在异域的土地上发出清脆的声音……

……

"你怎么了?"江哲心关心地询问惊醒了何夕。

何夕摆摆手说:"没什么,我只是想起了一些事情。"他顿一下,平静了一下心绪,"你有没有发觉事情不对?我是说关于上次'众生门'被人破坏那件事。"

"我知道的,看来自由天堂的确势力庞大,我觉得那个影子——他们就是这样告诉我的,就是我们要找的人。"

"问题是他怎么会进来的。"

"你这样问反倒让我奇怪。对能够穿梭层叠空间的人来说整个世界都是透明的,他可以天马行空往来无碍。"

"问题是他怎么知道我们那天刚好要进行跃迁实验?事先只有最核心的几个人知道这件事。他还不至于能跑到别人的脑子里去吧。"

"你就直说怀疑谁吧。"

何夕迟疑了一下,"跃迁实验那天崔则元博士为什么没有来?"

江哲心悚然一惊,"你怀疑他?"

16

送走客人之后崔则元独自走进书房,他的神情显得很疲惫,自从三年前过了70岁生日之后,他自感精力已经大不如前。他没有注意到有一个人已经站在他的背后很久了。

"你好。"何夕大方地打了声招呼。

"你来做什么?"

"我想弄清楚一件事。现在我怀疑五人委员会里有自由天堂的人。"

273

"这么说你怀疑我。"崔则元环顾四周,"这没别人了,你直说吧。"

"我觉得只有做这个假设才能解释一些事情。"

崔则元博士叹口气,"你是不是因为实验那天我不在场所以才做出这种推断的?"他指着桌上一沓厚厚的文件说,"两个月前我因为身体原因正式提出退出五人委员会。你知道以前我们一直是终身制,所以这次的变化应该算是很大的。这段时间我一直忙于这事情,不想反而惹得你怀疑。江哲心博士知道这件事的,他没有告诉你吗?"

"江哲心博士?他没有说过。"何夕苦恼地回忆着,他脑子里突然闪过一个念头,一时间他几乎站立不稳。

……

何夕驾着小车一路狂奔,窗外的景物飞一样地朝后退去。走过两个街区突然道路被阻断了,一些拉着横幅的游行队伍鱼贯而过。所有的横幅上都写满了自由天堂这几个字,横幅下边是无数表情狂热的人。他们喊着口号喧哗而过,更多的路人加入其中。何夕知道近段时间以来自由天堂的活动已经日趋公开,在政府里也有不少人支持。这个日益庞大的组织取得合法地位只是迟早的事情。

游行队伍好不容易才过去了,何夕急不可耐地踩下了油门。现在一切都清楚了,五人委员会里很可能有自由天堂的人。因为"众生门"计划从设计之初就只有一个单程路线,在另五个新创空间里根本没有"众生门",而如果没有"众生门"做引导的话,没有人能够达到自由穿梭层叠空间的境界,所以这个人一定来自这一层世界。更为关键的一点是,如果有这么一个人,那么他一定也会同何夕一样曾经目睹到一些奇怪的现象。从人之常情出发他也一定会发出询问,想要找到答案。但是他却没有这么做,而是采取了另外一种完全不同地利用这种能力的方式。这就说明他很可能是一个知道内情的人，而且很可能知道何夕的悲惨遭遇。除了五人委员会之外还有谁能具备这些条件？五人中蓝江水已死，而何夕是怎么也想不到江哲心头上去的。凯瑟琳在实验出事时一直没有走出过何夕的视线。现在如果崔则元没有嫌疑，那么就只剩下一个人。当天在实验室他第一个朝大厅左角跑去的，他和蓝江水到底看到了什么事情已是死无对证。他那天如果不那样做的话人们很容易会想到"众生门"被破坏是内部出了问题，他那样做便可以引开人们的视线。他可以先打死蓝江水，之后再故意显出一个模糊的影子来吸引人们的注意力，然后从另一层空间里迅速返回原地，再给自己补上一枪。当时场面混乱，警卫们一直在外面开枪，枪声是根本无法区分的。何夕感到一阵阵的心悸，郝南村阴骛的脸在他眼前晃呀晃的。

17

江哲心博士微微喘息着，他感到自己的心脏一阵阵地紧缩。自从何夕同他谈过对五人委员会内部的怀疑之后他就知道什么事情发生了，他几乎是直觉地想到了郝南村。但是他怎么能正视这一点？郝南村是他最得意也是最心爱的学生呀。

"这么说你承认了？"江哲心低声问，他脸上的肌肉止不住地哆嗦。

郝南村面无表情地看着自己的脚，江哲心的询问让他心烦意乱。什么地方出了差错，他仔细地回想着。他并不怕江哲心发现这个秘密，实际上这也只是迟早的事，在他的计划里他迟早会露面的，因为他将主宰六道众生。问题是他不想这么快就和江哲心摊牌，毕竟他是自己恩重如山的老师。

"你不会明白的。一个人从小就被迫目睹无数说不清来处的奇怪的影子，它们无时无刻不在你的眼前飞舞。我不敢对任何人讲自己亲眼看到的东西，我怕他们把我关进疯人院去，我怕极了。"郝南村捂住了头，他的眼睛里充满痛苦，"你不会明白的。"

江哲心的神色平静了些，他轻抚着郝南村的肩头，"我知道你受过很多苦。在整件事情里我们都是有责任的。只要你解散自由天堂，放弃那些荒唐的做法，你的前程是不可限量的。"

"前程？"郝南村仿佛有所触动，他直愣愣地望着墙，目光像是痴了。叫他怎么给江哲心说得清楚，江哲心知道站在神坛之上享受亿万人的顶礼膜拜是什么滋味吗？知道自己脚下的尘土被人亲吻的滋味吗？可他知道，那种感觉真是令人永远难忘。如今在六道众生的世界里已经到处都建起了自由天堂的神坛，当他降临其上的时候四周狂热的欢呼声响彻云霄。他的一笑一颦一喜一怒都可以左右亿万人，他们愿意为他生为他死，无数人愿意为他奉献金钱，无数少女愿意为他奉献贞操。在自由天堂的世界里他的话就是圣典就是金科玉律，那个时刻他就是世界的中心，就是亿万人的主宰——而现在江哲心居然要他放弃这一切。

江哲心的神情有些恍惚，"这些日子以来我一直在想，也许我们和金夕博士都错了。我们实在是过于迁就人类的意愿，总是想尽办法满足他们。六道众生，"江哲心悲叹一声，"佛陀本来就只给人类准备了'人道'这一层世界，我们挖空心思做的这一切根本就是逆天而行，只能是饮鸩止渴。何夕说得对，随着时间的推移，自由物质出现的总体可能性将越来越大，如果那次雪崩或是某一次火山爆发发生在某个大城市的话后果真是不堪设想。"江哲心闭上双眼，显出痛苦的神情，"倘若如此，我们的灵魂将永坠阿鼻地狱的底层。所以，我决定了一件事。"

"什么事？"郝南村有些紧张地问。

"我决定由我们这一届委员会来终止'众生门'计划。我已经和凯瑟琳博士及崔则元博士谈过，他们已经同意了。"江哲心凝视着郝南村，"现在，就差你的一票。"

"如果我不同意呢？"郝南村幽幽地说。

江哲心脸上显出决绝的神色，一丝痛苦的表情在他苍老的眼睛里浮动着，"那我们只能恩断义绝。"他拿起桌上的电话。

但是江哲心立刻捂住了胸口，一柄样式古怪的刀子贯穿了他的胸口。他看着殷红下滴的鲜血，苍老的嘴角止不住地哆嗦，脸上的表情像是面对一件无法想象的事情。

"不——"何夕突然从墙角现身出来，刚好目睹了弑师的一幕。郝南村的脸一下子变得惨白，他惊恐地朝后退去。

何夕看了眼江哲心的伤势，他愤怒地瞪着郝南村。"你还算是人吗？"他悲愤地问，"他是你的老师！"

郝南村镇定了一些，他神经质地叫喊着："他要阻止我。无论谁要阻止我都是死路一条。我是神，是至高无上的神——"

"你是魔鬼。"何夕狂怒地打断他，与此同时他的手里多出了一把枪，"你该下地狱。"

郝南村突然笑了，他满不在乎地盯着何夕手里的枪，"你应该知道这没有用。我俩都是上天凭借概率之手选中的人。世界上没有什么东西能够伤害我们。等你的子弹打过来时我早就到另一层空间里去了。"

"我相信报应，报应啊——"何夕虔诚地大喊，似乎想借上天的力量帮助自己除去这个恶魔，几乎就在同时，他手里的枪喷出了长长的火舌，震耳欲聋的枪声充斥了整个密室。

硝烟散尽，对面的墙上布满了弹孔，但是郝南村不见了。没有报应，也没有上天的力量，什么也没有。何夕扔掉枪绝望地跪倒在地，掩面长泣。

"你是——谁?"是江哲心的声音。他苏醒过来，迷茫地看着何夕。

何夕急忙迎上去，"是我，何夕。"他握住江哲心的手，感觉生命正一点点地从这个老人身上消失。"我该怎么办?"何夕痛苦地呻吟，"他是超出六道众生的恶魔，任何力量都奈何不了他。告诉我，我该怎么做? 还有什么能阻止他? 还有什么? 告诉我——"

一丝淡然的近于彻悟的神色自江哲心苍老的脸上漾开，他低垂着眼睛一字一顿地说:"天——网——恢——恢——疏——而——不——漏——"他的头猛地一低。

何夕一动不动地跪在原地，他的心中麻木得没有一丝感觉。没有人进来，密室向外隔绝了刚才的一切。不知过了多久之后，一阵急促的电话铃声突然响起，何夕抓起听筒。

"江哲心博士，"听筒里传出一个焦急的声音，"几分钟前凯瑟琳博士和崔则元博士在实验室里遇刺身亡。据郝南村博士分析，这很可能是一名叫何夕的恐怖分子所为，政府已经发出了通缉令……"

何夕不禁哈哈大笑，这太荒唐了，自己居然成了通缉犯，而真正的恶魔却依然正人君子般高高在上。他大笑着对着听筒说:"我就是何夕，江哲心博士就在我旁边，他已经死了，来抓我吧。哈哈哈……"

何夕扔掉听筒，继续放声大笑。密室的门打开了，荷枪实弹的警卫冲了进来。但是何夕的身躯渐渐变淡变空，最终消失不见，只有凄厉的绝望到极点的笑声还在四处回荡……

18

牧野静穿过拥挤的人群，她的目光须臾都不敢从前方那个身影上滑落。四周充满了男人的汗臭与女人的香水混合而成的刺鼻气味，让人呼吸不畅。天知道这么多人怎么会突然聚拢来，看上去也许超过十万。所有人的精神都健旺之极，一个个红光满面就像是过足了瘾的吸毒者。四下里的火堆照亮了天空，噼噼啪啪的木头爆裂声清晰入耳。松枝燃烧析出的油脂"滋滋"地往下淌，恰如人们高涨到极点的情绪。在广场的前方搭有几米高的高台，台子正中是一具十字架。在十字架的中心处悬空挂着一张座椅。激光在高台四周的半空中投放出血红的大字——自由天堂。

牧野静不知道何夕为什么一到晚上就到这里来，十天前他突然失魂落魄地找到自己。当时何夕的样子就像是刚刚走了几十里路似的，人一倒在床上便人事不省了。那一觉足足睡了将近20个小时，醒来后的何夕像是换了一个人，脸上是一种大彻大悟的神情。牧野静问他到底发生了什么事，为什么政府现在要通缉他，他是不是真的杀了人。对于这些问题，何夕的回答只是一个，那就是一语不发。不过他每天都会消失一段不算短的时间，回来的时候总是面色苍白，疲倦得像是散了架，有时身上还带着青紫的伤痕。

人群中突然爆发出一阵巨大的欢呼声，牧野静知道准是快到那个时刻了。往日里也是每到这个时候，人群都会像炸锅一般地掀起震耳欲聋的狂喊，直到那个什么"神"突然出现在高台上的椅子上，却又立刻静得连一根针掉在地上都能听见，而接下来便是更加狂热的声嘶力竭的呼喊和掌声。那时的人群就像是要疯了一般且歌且舞，无数人朝那个高台冲过去，口里嘶吼着"带我走吧""你与我同在""我愿意为你死"。片刻之后"神"却悄然逝去，就如同他的出现一样神秘。牧野静感到这里的人一天比一天多，她记得十来天前只有几百人而已。听别人说以前这里的"神"是极少显身的，但是近段时间以来却从未让人失望过。

牧野静心里有一个猜想，虽然她实在不愿相信这是真的。因为每当"神"显身的时候她就会发现何夕不知上哪儿去了，而当"神"离去之后何夕却又会悄无声息地突然出现，脸上是一种极度满足的神情。那种神情让牧野静没来由地感到恐惧，她疑心如果何夕真的想要去当一个"神"的话自己应该怎么办。她知道何夕不是常人，甚至他本身就可以说是一个神。这样想着的时候牧野静觉得何夕就像是一个令人不安的陌生人。

牧野静咬咬牙，她快步向前几步，拽住了何夕的手。她轻声叹口气说："你今晚一直陪着我好吗？"

何夕怔了一下，他低头看表，"等一会儿吧。我办完事情就回来陪你。"

牧野静盯着何夕的眼睛，"什么事情？是不是比我重要。"

有一丝亮光自何夕的眼睛里闪过，但立即就变暗了，他缓缓地将手从牧野静手里挣脱，"比什么都重要。"他停一下，眼里滑过一丝无奈，"包括你。"

何夕说完这句话就无声无息地从牧野静面前消失了。周围的人群都狂热地盯着高台的方向，没有人注意到这奇怪的一幕。

但是人群突然安静了下来，所有的人都拼命地伸长脖子，朝着高台的方向望去。牧野静擦干顺着脸庞流下的泪水，她的心已经碎了，她终于知道一个女人的柔情在男人的所谓理想面前是多么的渺小可笑。她真想一走了之，离开这个伤心的地方。但是她还是本能地望向了高台的方向，她知道"神"就在那里，不，应该说是何夕就在那里，享受着万众的膜拜。

但是事情变得有些古怪了，因为高台上突然凭空出现了两个身影——两个"神"？！他们居然还在说着什么，只是无人能够听清他们的话。其实就算听得见也没有人听得懂他们在说些什么，因为那是"神"与"神"的对话。

19

"怎么你会在这儿？"郝南村坐在高台上的椅子上，一条长长的披风斜拖在地。他居然化过妆，使得他的面容看上去更加威严和神圣，如果不仔细看的话几乎认不出他是郝南村。他突然笑了，"我听说每天都有神在这个盛大的聚会上现身，原来是你。你终于想通了。其实你何必冒我的名来偷偷享受这种无上之福呢？"郝南村陶醉地聆听着震耳欲聋的欢呼声，"想想看，造物主待你我不薄。世界就在我们的掌中，六道众生也在我们的掌中。这真是妙不可言的感觉。"

"我不大懂你的意思。"何夕淡淡地说。

"这有什么难懂的？"郝南村轻慢地指着黑压压的人群，"我和你属于另类，相对于这些人来说我们是神。人生短促如朝露，何不利用上苍的恩赐享受。"他志得意满地大笑，"我和你都将有精彩的人生。

这些人心甘情愿地供我们驱使，这个世界上的一切都将属于我们。"

"可是你想过没有，这个世界是不稳定的。"何夕插话道，"随着时间的推移，六层空间的世界将面临越来越多的问题，也许就在下一个时刻灾难就会降临。"何夕指着狂热的人群，"这里有十万人，如果地下突然冒出火热的岩浆会是怎样一种情形？"何夕盯着郝南村的眼睛，"就算是炼狱也不过如此吧。"

郝南村稍稍愣了一下，也许何夕描述的情形让他有些害怕，但只一瞬间之后他即恢复了常态，"这对你我都是没有影响的，我们可以马上穿梭到另一层安全的世界去。"

"可他们呢？这里有几万人，你就看着几万人在火海里挣扎着死去吗？"何夕激动得大叫，他的脸涨得通红。过了几秒钟后他平静下来，用同样平静的口吻说："不过我倒是很满意你的回答，简直可说是满意透顶。"他的脸上露出奇怪的笑容。

"满意？为什么？"郝南村问道，他隐隐觉得什么地方有些不妥。

"因为这使我永远都不必为自己将要做的事情感到后悔。"何夕的手指微微一动。一道亮闪闪的金属圈从椅子上弹出来，箍住了郝南村的身体。

"你这是为何？"郝南村迷惑不解地看着何夕，"你要做什么？"

何夕的手上多出了两样东西，那是一根足有两尺长的锈迹斑斑的铁钉和一把同样锈迹斑斑的铁锤。

"这根钉子是我特意委托一位牧师替我找的，据说曾经钉入过魔鬼的胸口。"何夕认真地说。

郝南村哑然失笑，他觉得何夕可能是有点神经不正常了，"不要玩这些噱头了，你知道这不会有用的。这个世界上没有什么东西能够伤害到我，子弹不能，你手里的玩意儿更不能。"

何夕没有理睬郝南村的话，他一脸虔诚地朝前逼近。"你没有试过怎么就知道不行？等到铁钉的尖锋刺进你的胸膛你就不会这么说了。记得我说过一句话吗？"何夕的眼神迷蒙了，"我说过我相信报应。我知道你是不相信报应的，这正是你我之间最大的不同。不过快了，你马上就会知道什么是报应了。"

郝南村有些怜悯地盯着何夕，就像是看着一个疯子，"你准是疯了。我不想和你纠缠。我奈何不了你，可你也同样奈何不了我。你慢慢玩吧。"说着话郝南村的身体开始变淡，轮廓也开始消失。只一瞬间的工夫何夕的面前便只剩下了一团虚空。

但是何夕的姿势没有变化，他依旧一手执锤一手执钉，脸上满是虔诚地望着苍穹，目光里有希冀的光芒闪现，他的口里念叨着什么，就像是在祈祷。

大约只几秒钟的时间郝南村突然又出现在了何夕面前的金属圈里，他的脸由于极度的惊恐已经扭曲变形，看上去令人害怕。

"你做了些什么？"郝南村挣扎着大叫。

何夕低叹口气，"你终于知道害怕了。你知道你的老师江哲心博士临死前对我说了句什么吗？"

郝南村面色变得像纸一样白，额头上冒出汗水，"他……说什么？"

"他说'天网恢恢疏而不漏'，"何夕指着那个金属圈说，"我给它起的名字就是天网。其实很简单，它并不是单一的，在六道世界里的同一位置里都有这样的一个圈，所以无论你逃到哪一层世界都会发现自己刚好仍然被它牢牢地箍住。这就是天网。"

"天网。"郝南村面无人色地重复着这个词。

"你以为我每天到这里来就是为了享受这种令人作呕的狂热崇拜吗?"何夕鄙夷地看着黑压压的人群,"我承认那种滋味的确让人飘飘欲仙,但是它不值得我留恋。你想主宰这个世界,可我不这么想,我从不认为哪个人有权这样做,而且我说过的,我相信报应。我每天来这里只是为了等你。如果你想避开我的话我是毫无办法的,所以我设计了这一切。我知道这样的盛会对你的诱惑是不可抗拒的。你不是喜欢万众的膜拜吗?你不是喜欢坐在宝座上高高在上的感觉吗?这些我全给你。当然,还有天网。为了布置好这些,我在每一层世界里费尽周折。"何夕撩开衣袖露出伤痕,"这个位置在其中一层世界里甚至是火山口。"何夕扫视台下激动无比的人群,"这些人都是你的信徒,你是他们心中至高无上的'神'。不过——"何夕露出冷酷的表情,"他们将亲眼看着你死。"

"还有这根取自魔鬼身上的铁钉。"何夕将手里的器物高高举起,"它也不是单一的,在六道世界里都安排有一根这样的铁钉。你无处可逃了。"

郝南村彻底瘫软了,他的身体剧烈地哆嗦着,汗水从他的脸上大滴大滴地滚落下来。"你放过我吧。"他呻吟着哀求,"我不是人,你不要杀我。"

何夕用更高的声音打断了他的话:"到现在才说这些已经太迟了。"他的眼里有隐隐的泪光闪动,他的眼前晃过一些故人的面孔,"想想为你而死的那些人吧,想想你将把世界引向的去处吧。这就是你的报应。"何夕突然举起了铁锤,"拿命来——恶魔。"他高声喊道。

全场哗然。

"以圣灵的名义——"何夕击打着铁钉。

血光飞溅。郝南村在惨叫。人群发出惊呼。

"以圣子的名义——"何夕睁大了双眼，污血溅得他满脸都是。

郝南村喉咙里发出咕咕的响声，他已经说不出话。

"以死难者的名义——"何夕继续挥动铁锤。

郝南村的身躯扭曲着忽隐忽现，他在六道世界里左冲右突却无路可逃，他的眼睛瞪得很大，像是要暴突出来。污黑的血顺着铁钉往下淌。

"以正义的名义——"何夕的神色已是极度亢奋，他的心里升起一股嗜血的快感。

郝南村抽搐着，口里吐出血沫。

何夕停下来，但是立刻又补上一下，"以我的名义——"

铁钉贯穿了郝南村的身体，直达背后的十字架，他的身体已经以铁钉为支撑悬挂在了上面，有如某种象征。

何夕朝郝南村的尸体上啐上一口，他已经筋疲力尽。但是他还是强打精神转向已经惊呆了的人群。一时间何夕有些茫然，他不知道应该如何向人们解释发生的一切。也许是该让人们知道真相的时候了，尽管这个真相并不美好，里面浸透了人类的疯狂与贪婪，但是，它是真实的。

"这就是你们的'神'。"何夕走到麦克风前，他指着郝南村的尸身大声说，"但是他死了，和所有人一样，他也会死，所以他也不再是神了。"何夕扔下手里的铁锤，打在地上发出巨大的声音，"我来告诉你们这一切究竟是怎样发生的吧。这个故事实在太长了，它从200

多年以前延续至今，而几乎所有人却对它一无所知……"

……

四下里的火堆已经燃尽，收敛了曾经喧嚣直上的妖冶的火光，有气无力地冒着烟。而东方的天空已经现出了淡淡的天光，预示着真正的光明就要来临。

何夕还在讲述着。

周围安静极了，所有人都静静地站立着，就像是一群雕像。

"后来的事你们都看到了。"何夕轻声叹口气，他像是要虚脱了一般，"这就是真相。也许你们现在还不愿意相信我，但是迟早你们会明白的。"何夕无奈地笑了一下，目光惨淡，"有时我会忍不住想人类真是伟大，能够凭借智慧发现那么多自然的秘密，用以造福自己。而有时我却又想，如果大自然是一位母亲的话，那么人类就是她最聪明但也是最可怕的一个孩子。这个小家伙顽劣不堪却又自以为是，他总是不断地向母亲要这要那。母亲疼爱自己的孩子，但是她并不想纵容他。可是这个孩子实在是太聪明了，他总能够变着花样地从母亲那里得到自己想要的东西。而有些东西是母亲本不愿意给、不能给，同时也给不起的。但是因为孩子的聪明，他总是如愿以偿。他每一次背着母亲偷偷地火中取栗都是有惊无险，每次都自以为得计地享受着自己的聪明，却不知母亲一直就站在他的身后，默默地为他将来的命运伤心垂泪。"

何夕说不下去了，他的眼中淌出了泪水。泪光中他见到一个人走上高台，轻轻地依偎在他的胸前——那是一个姑娘。这就是结局了，何夕想。

尾声

微风扫过无人的城市，蓝色天幕上巨大的云影缓缓移动。

134岁的何夕已是白发苍苍，他站在宽大的街道上，环视着雄伟壮观的枫叶刀市。一座高大而荒凉的过街天桥横亘在他的面前，昔日人流上下奔忙的景象已是苍狗白云。周围没有一个人，也没有有人的迹象，就像是一座死城。死城——何夕回味着这个词，是的，这里是一座死城。"重归"计划是从100年前启动的，也就是郝南村死后不久。何夕想着这个时间，他在心里惊叹自己居然活了这么久，也许是因为他的身体异于常人，但是他知道自己确实老了，他已经能够看到死亡的身影。在这个计划里人们用了100年的时间返回故里——谁能想到回家的路竟然有这么长。

牧野静已经离开这个世界很久了，在不太遥远的未来的某一天，何夕自己也终将离开这个世界。但是这个世界将继续存在下去，连同他们的子孙。何夕想到这一点时内心充满宁静。

阳光还在，反射万丈光芒的玻璃幕墙还在，但是人们已经归去了。这片异域的土地本来就是不存在的，它也不应该存在。它只是空中楼阁，就如同镜子的反光。但是它毕竟存在过，并且在那么长的时间里承载过无数人，连同他们的爱与悲哀。只是，现在不需要它了。

再有几分钟，当"重归"计划结束之时，位于另一个世界的一些人将启动巨大的仪器湮灭五个新创的世界。何夕周围的一切将消逝无痕，就如同它们根本就不曾存在过。这个时刻何夕想了许多，无数思绪在他的脑子里匆匆而过。他仿佛看到了百余年前那个惊梦的童稚少年，仿佛看到许多故人向他微笑着走来。

何夕抬起手臂，做了个挥手道别的动作——向往昔的一切，也向这座令他永世难忘但却终将在繁华落尽之后归于虚幻的城市。微风吹过来，掀起他的白发。当何夕的手还停在空中的时候，他的眼前突然闪过一阵亮到极点的白光，他不自觉地闭上了双眼，他知道，那件事情发生了。

等到何夕重新睁开眼睛的时候，刚才的一切都已消逝不见，他发现自己身在一间亮着灯光的屋子里，脚下是真正坚实的大地。何夕跺跺脚，享受着沉闷踏实的声音。不会有雪崩了，也不再有离奇的灾难，这很好，他想。

这时房门突然吱吱呀呀地被推开了，一个小脑袋小心翼翼地钻了进来，那是一个七八岁的长得胖乎乎的小男孩。

男孩见到有人先是一惊，但是立刻问道，"你在我家厨房做什么？"

"厨房？"何夕一怔，他环视了一圈，这里果然是个厨房，"我……路过这里。"他来了兴趣，"那你到这里又是做什么？"

小男孩不好意思地笑笑，他指着肚子说："我饿了，想找东西吃。只要过了吃饭时间我妈妈就不准我吃东西。"

何夕心念一动，他这才发觉周围的景物是那样熟悉。时光的流逝停止了，窗外小园子里花草们的身影随风摇曳。"告诉我，这是什么地方？"他轻声问道。

小男孩打开冰箱，食物的香气扑鼻而来，他的脸上立刻写满幸福。"檀木街，十号。"男孩咽了口唾沫，嘟哝着说。

《宇宙钟摆》新书预告

超光速追缉挑战想象力极限，

宇宙钟摆系统概念带你滑向宇宙深渊！

生命形态可以量子化呈现？

高极智能的最终归宿难道都要进化到能量状态？

点燃木星虽可以给人类取暖，但可怕后果谁能预料？

移民水星是否可行？

驾地球逃出太阳系难道就能找到新家……

世间万物，皆有生灭，就算存在了 130 多亿年的宇宙也概莫能外！

"宇宙钟摆"就是这样一个控制宇宙生死轮回的大系统。它由两个以上引力中心构成一个奇特的时空结构，在这个宏大无匹的结构中，宇宙中的所有物质只能在几个引力支点中作钟摆运动，宇宙万物的轮回由此而生。

对于这个系统，人类原本一无所知，但一场无法躲避的灾难，却加速了我们对它的认知：

公元二十二世纪初，地球进入一片需要 3000 万年才能穿越的星际尘云。早在两三亿年前，地球便因穿越这片浩瀚尘云而进入漫长的冰河期，地球上 97% 以上的生物惨遭灭绝……而这次，走进这条进化死胡同的，却是我们人类！

为了应对这场末日劫难，有人主张利用量子发动机技术，将地球推离原有轨道；有人主张移民水星或点燃木星取暖；还有人暗中策划"涅槃计划"，试图利用外星智慧，将人类改造成嗜杀成性但能适应恶劣环境的的鹮羽人……

不同的意见导致无尽的争执与杀戮，人类面临两难抉择：要么被异化，要么被灭绝？最终主张维持人类本性的一方占据上风，"涅盘计划"策划者因此叛逃向宇宙深处。于是，一场超光速飞船追缉叛逃者的太空大戏在宏大的宇宙背景下展开。在惊心动魄的追缉中，狄拉克号飞船诡异的陷入时空陷阱，没想到却让人类意外地掀开了"宇宙钟摆"的神秘面纱。

"宇宙钟摆"能否改变人类面临的厄运？最终结局超出了所有人想象……

银河行星：本名吴信才，重庆市璧山人，新生代科幻作家。作品叙事宏大，擅长多角度展现人与宇宙万物的对应关系，擅长在众多科幻创意中反复切换，进而展现人类在极端状态下的生存状态，心理状态。其作品画面感极强，受到多家影视公司肯睐。代表作《宇宙钟摆》三部曲以及其所著的所有作品，均已天价签约影视。